THE QUEEN OF CRIME
繁體中文版
20週年
紀念珍藏

未知的旅途

著——阿嘉莎・克莉絲蒂
譯——楊照明

Destination Unknown

Agatha Christie®

策畫者的話

通俗是一種功力

吳念真（導演、作家）

通俗是一種功力。絕對自覺的通俗更是一種絕對的功力。

這樣的話從我這種俗氣的人的嘴巴說出來，大概很多人要笑破褲底了。不過，笑完之後請容我稍稍申訴。這申訴說得或許會比較長一點，以及，通俗一點。

小時候身材很爛，各種遊戲競爭完全任人宰割，唯一隱遁逃避的方法是躲起來看書或聽大人瞎掰。那年頭窮鄉僻壤的小孩能看的書不多，小學二年級時最喜歡的是超大本的《文壇》，老師借的。看著看著，某天老師發現我的造句竟出現：「捧著：朝陽捧著一臉笑顏為群山剪綵」這樣亂七八糟的文字，就拒絕再讓我看那些超齡的東西了。

老師的書不給看，我開始抓大人的書看。一種是厚得跟磚塊一樣的日文書，對我來說那完全是天書，但插圖好看，經常有限制級的素描。另一種書是比較薄的，通常藏得很嚴密，只是裡面有太多專有名詞、重複的單字和毫無限制的標點，比如「啊啊啊」、「……！！！」

老讓我百思不解。有一天，充滿求知欲地詢問大人竟然換來一巴掌後，那種閱讀的機會和樂趣也隨著消失了。

所幸這些閱讀的失落感，很快從大人的龍門陣中重新得到養分。講到這裡，我似乎先得跟一個村中長輩游條春先生致敬，並願他在天之靈安息。

我所成長的礦區，幾乎全是為著黃金而從四面八方擁至的冒險型人物，每人幾乎都有一段異於常人的傳奇故事。這些故事當事人說來未必精采，但一透過游條春先生的嘴巴重現，有時連當事人都聽得忘我，甚至涕泗縱橫，彷彿聽的是別人的故事。

條春伯沒當過日本兵，可是他可以綜合一堆台籍日本兵的遭遇，一如連續劇般從入伍、受訓、逃亡荒島，面對同鄉同袍的死亡，並取下他們的骨骸寄望帶回故鄉，乃至骨骸過多搞不清哪是誰的等等，讓聽的人完全隨他的敘述或悲或笑，彷彿跟他一起打了一場太平洋戰爭。此外他也可以把新聞事件說得讓一個三、四年級的小孩，到現在仍記得當時腦中被觸動的畫面。例如當年瑠公圳分屍案的凶手做案之後帶著小孩到安東街吃麵（這讓我一直以為台北的安東街是條專門賣麵的街道），還有甘迺迪總統被暗殺、賈桂琳抱住她先生、安全人員跳上飛快的車子保護賈桂琳……當然，這記憶全來自條春伯的嘴巴而不是報紙。我的記憶全是畫面，有畫面，是因為條春伯說得精采，說得有如親臨他至死都還搞不清地理位置的達拉斯命案現場。

於是這小孩長大後無條件地相信：通俗是一種功力，絕對自覺的通俗更是一種絕對的功力。透過那樣自覺的通俗傳播，即使連大字都不識一個的人，都能得到和高階閱讀者一樣的感動、快樂、共鳴，和所謂的知識、文化自然順暢的接軌。也許就是因為這些活生生的例子，俗氣的自己始終相信：講理念容易講故事難，講人人皆懂、皆能入迷的故事更難，而能隨時把這樣的故事講個不停的人，絕對值得立碑立傳。

條春伯嚴格地說是有自覺的轉述者，至於創作者，我的心目中有兩個。一個是日本導演山田洋次，一個是推理小說家阿嘉莎．克莉絲蒂。

山田洋次創造了寅次郎這個集合所有男人優點跟缺點的角色，在以《男人真命苦》為名的系列下，總共完成百部左右的電影。它們的敘述風格、開頭、結尾的方法不變，唯一改變的是故事，是時代，是遍歷日本小鄉小鎮的場景。數十年來，看《男人真命苦》幾已成為日本人每年的一種儀式，一如新春的神社參拜。

數十年前訪問過山田導演，他說，當他發現電影已然有它被期待的性格時，電影已經不是導演自己的。他說：當所有人都感動於美人魚的歌聲時，你願意為了讓她擁有跟你一樣的腳，而讓她失去人間少有的嗓音嗎？

人間少有的嗓音與動人的歌聲，都來自山田導演絕對自覺的通俗創造。

再如阿嘉莎．克莉絲蒂，如果我們光拿出她說過的故事和聽過她故事的人口數字，就足以嚇死你。五十多年的寫作生涯，她總共寫出六十六本長篇推理小說，外加一百多篇短篇小說和劇本。其中有二十六本推理小說被改編，拍了四十多部電影和電視劇集。作品被翻譯成一百零三種文字的版本，銷量超過二十億本。

夠了。你還想知道什麼？知道二十億本的意義是什麼嗎？二十億本的意義是全世界平均三個人就有一個人讀過她的書，聽過她說的故事。

說來巧合，她和山田洋次一樣，創造出個性鮮明的固定主角（當然，前前後後她弄出來好幾個），然後由他（或是她）帶引我們走進一個犯罪現場，追尋真正的罪犯。

故事就這樣？沒錯，應該說這是通常的架構。那你要我看什麼？不急，真的不急，克莉絲蒂會慢慢冒出一堆足夠讓你疑惑、驚嚇、意外，甚至滿足你的想像力、考驗你的耐心和智商的事件來。

推理小說不都是這樣嗎？你說得沒錯，大部分是這樣，不一樣的是……對了，她像條春伯，像山田洋次，她真會說，而且她用文字說。

文字的敘述可以讓全世界幾代的人「聽」得過癮、「聽」個不停，除了聖經，也許就是克莉絲蒂。她不是神，但她真的夠神。

數十年前，台灣剛剛出現她的推理系列中譯本，那時是我結婚前，常有同齡的文藝青年來我租住的地方借宿，瞄到我在看克莉絲蒂，表情詭異地說：「啊？你在看三毛促銷的這個喔？」

我只記得他抓了一本進廁所，清晨四點多，他敲開我的房門說：「幹，我實在很討厭那個白羅……再拿一本來看看，我跟你說真的，要不是你的書，我真的很想把那個矮儸壓到馬桶吃屎！」

我知道他毀了，愛吃又假客氣，撐著尊嚴騙自己。克莉絲蒂再度優雅地撕破一個高貴的知識份子的假面具，她的手法簡單，那手法叫通俗，絕對自覺的通俗，無與倫比、無法招架的功力。

昔日的文藝青年如今跟我一樣，已然老去，但不時還會看到他寫一些充滿理念和使命感極重的文章，在報紙和雜誌上出現。我知道他要說什麼，只是常常疑惑他想跟誰說；同樣，我記得他說過什麼，但轉眼間忘記他說了什麼。但請原諒我，幾十年前那個晚上，他在我家看完的那兩本克莉絲蒂的小說內容，我可還記得清清楚楚。

也許有一天再遇到他的時候，我會問他之後是否還看過克莉絲蒂其他的書，如果沒有，我會跟他說，想讀要趁早，因為你會老、會來不及。至於白羅那個矮儸，大概永遠不會消失。哦，對了，還有一個叫瑪波，你說不定會來不及認識……

從他種視角到跨界嘗試的閱讀體驗

路那（推理評論家）

說到阿嘉莎・克莉絲蒂，即使是不太常閱讀推理小說的讀者，也很難不聯想到有個完美鬍子的偵探白羅、老小姐瑪波，又或者是她享譽國際的《東方快車謀殺案》、《一個都不留》等名著吧。

克莉絲蒂的廣受歡迎，還在於台灣近乎出版了她的全集。儘管台灣的出版能量相當驚人，但放眼國內外作家，有此殊榮者也在少數。這些作品中，除了廣受歡迎的系列作外，另有數量相對較少的獨立作品。這些作品或受累於知名度不高，或受累於缺乏讀者熟悉的偵探角色，而較少進入讀者的視野之中，然而，這不表示它們本身不值得一讀。

在這裡，我要先岔出去談一下柯南・道爾（Conan Doyle）與莫里斯・盧布朗（Maurice Leblanc）。這兩位除了同樣大受歡迎之外，他們其實也同受被角色綁架之苦——柯南・道爾一心想當個嚴肅作者，為此不惜「殺害」福爾摩斯，卻又在大眾壓力之下不得不讓他神奇地死而復生的事件，相信大家都耳熟能詳。然而，或許不是很多人知道，創造了亞森·羅蘋此一大受歡迎怪盜角色的盧布朗，最終也因羅蘋大受歡迎，且擅長易容的形象深植人心，導致他不得不將新偵探角色吉姆·巴內特（Jim Barnett）降級為羅蘋的分身。與道爾交好的克莉絲蒂，自然理解箇中艱辛，或許也因此早早意識到她不能再重蹈覆轍，是以她不僅致力於故事的創造，同樣致力於角色性格的劃分。但此事並非一蹴可幾。舉例而言，短篇小說〈情牽波倫沙〉的偵探，發表時由帕克·潘擔任偵探角色，稍後又更替為白羅一事，即讓人意識到帕克·潘與白羅之間的共性：相同的公務員退休身分、同樣與偵探小說家奧利薇夫人為好友，帕克·潘的祕書萊蒙小姐日後成為白羅的祕書等，種種線索都暗示著帕克·潘與白羅可能享有的共同根源。然而，是什麼讓帕克·潘沒有被白羅「吸收」，一如巴內特與羅蘋？閱讀《帕克潘調查簿》與收錄於《情牽波倫沙》的兩個短篇時，不妨仔細考察白羅與帕克·潘的不同之處。

除了角色外，故事情節的他種視角乃至於跨界嘗試，也是非系列作品的一大看點。《李斯特岱奇案》、《死亡之犬》、《殘光夜影》等短篇小說集中收錄的作品，有之後遭改頭換面的靈感之作，也有溢出推理小說規制，蔓延至靈異、恐怖、言情等領域之作。它們的開頭，與我們習慣的克莉絲蒂推理小說似無甚差異，然則在一個十字岔路的輕巧滑脫，卻足以造就全然不同的類型閱讀體驗。

同樣的體驗，在非系列長篇小說中亦可一見。不用系列角色，意味著不須遵守類型既定的規範，或受限於角色既有的設定，遂得以更加無拘無束的形式自在揮灑。眾所周知，克莉絲蒂絕非信奉范・達因（S. S. Van Dine）「故事中不能摻有戀愛成分」戒律的一人，相反地，她頗擅長於小說中加入情感元素。她筆下的系列偵探，無論白羅或瑪波，自身均不涉浪漫情感，而多以神仙教父／教母的姿態從旁協助，從而使小說中的推理情節與羅曼史主次分明，僅為點綴。但她筆下這些聰慧的男女，是否始終只能作為系列偵探的配角存在？對此，克莉絲蒂的回答是，許多時候，擺脫了神仙教父／教母的他們，會顯現出更令人矚目的風采。

另一方面，推理小說的大體布局，從謎團初現、偵查過程到真相大白，與羅曼史主角們從陌生到相知到決定是否相守，也自有其契合之處。是以，在克莉絲蒂的非系列作品中，有不少長篇故事均以處於曖昧狀態的男女作為偵查或敘事主體，如《西塔佛祕案》、《為什麼不找伊文斯？》、《死亡終有時》與《白馬酒館》等。其中的情感除了經典的兩情相悅外，亦存在著無私的奉獻，與狡獪的以情感作為武器等多種樣態。

克莉絲蒂同樣擅長以三角關係作為障眼法，從角色間的誤會到敘事手法的誤導等，在在能使讀者以為掌握了十之八九的關係圖，瞬間翻出別樣花色。《無盡的夜》保留了克莉絲蒂時常描繪的羅曼關係，卻撤去了推理小說的型態，改以令人聯想到達芬・杜莫里哀（Daphne du Maurier）的奇情（sensation）風格，確實令人耳目一新，難怪克莉絲蒂會將之選為十大最愛之七。而其自選最愛第八的《畸屋》，則巧妙地擺脫了傳統推理小說家族敘事中以惡意為基底的設定，別出心裁地講述了謀殺如何發生在一個充滿善意的家族之中。《畸屋》之「畸」，既源於同樣具備扼殺力量的善意，也源於天生之惡——克莉絲蒂對善與惡之觀點，由是鋪陳出了一個頗為耐人尋味的視角。

一般而言，以克莉絲蒂為首的黃金時期推理小說家的作品，不太會令人聯想到國際政治、社會情勢等，感覺起來就「硬邦邦」，一點也不「舒逸」（cozy）的事物。它應該是以鄉村、大飯店、（前）殖民地為核心，間或夾雜一兩句讀者也不甚在意的時局觀察以加固背景的狀態。但克莉絲蒂出生於一八九〇年，生平歷經奧匈帝國與俄羅斯帝國的崩潰、兩次世界大戰、經濟大恐慌等，樁樁件件都是近代歷史難以抹滅的大事件，她可能當真無動於衷嗎？是以，早在一九二七年，克莉絲蒂便以白羅為主角，寫出諜報小說《四大天王》，其後更塑造出湯米與陶品絲這對橫跨二次世界大戰的夫妻檔業餘情報員。然而這對歡喜鴛鴦的氛圍，或許終究難以展現克莉絲蒂對戰後國際形勢演變之思慮。職是之故，她持續創作鴛鴦神探的系列之餘，在他們力所未逮之處，再度啟用了非系列角色，《巴格達風雲》、《未知的旅途》、《法蘭克福機場怪客》均是此類作品，試圖傳遞她在《四大天王》中即已反覆論及的「幕後的力量」。

這個「幕後的力量」又是什麼呢？見識過帝國的崩潰，對於早年的克莉絲蒂來說，共產主義無疑是危險的。在她第二部出版品《隱身魔鬼》中，克莉絲蒂將幕後黑手設定為布爾什維克的信徒。然而，伴隨著一九二四年工黨政府首次執政，克莉絲蒂對相關思潮的憂慮似有緩和態勢，此後，她的小說中偶爾會出現被眾人視為嫌疑犯的左翼同情者最終卻得證清白的情節。

伴隨著二戰結束與冷戰的開啟，許多涉及諜報的故事紛紛以蘇俄作為陰謀主腦。但克莉絲蒂頗具深意地將《巴格達風雲》與《未知的旅途》背後的陰謀組織者拐了彎，不以冷戰雙方作為主使者，而是更廣泛地指向「無政府主義者」、「理想主義者」。這樣的觀點，在以新納粹為主軸的《法蘭克福機場怪客》中亦曾多次表述——但這不是說她就放棄了一些既存觀點。不意外地，赫伯特．馬庫色（Herbert Marcuse）、法蘭茲．法農（Frantz Fanon）這些思想家仍舊不討克莉絲蒂的喜歡。

克莉絲蒂對法農等人的抗拒，與她對大英帝國的忠誠，以及對中東（特別是埃及）的偏愛或許不無關聯。眾所周知，克莉絲蒂於一九三〇年結婚的第二任丈夫是考古學家，她因此與中東和考古結緣。當時，方於一九二二年在名義上脫離英國管治的埃及，是個年輕的新興國家，尚未能擺脫殖民宗主國的影響，克莉絲蒂對埃及乃至於中東的描繪，是以多半本於殖民者的視線而開展。她的背景與經驗，決定了她理解的視角。然則，這並不表示她無意了解該地的歷史淵源——以古埃及為背景的《死亡終有時》正是最好的例證。這部入選英國犯罪作家協會「史上百大犯罪小說」第八十三名的精采作品，向讀者講述的不只是一個關於謀殺的故事，更是千年前定居於此的埃及人究竟如何生活的故事。

在《巴格達風雲》中，有一段主角與主謀對峙時的敘述：「人命無關緊要……這是愛德華的信條。那個用瀝青黏補起來、三千年前的粗陶碗突然無來由地閃現在維多莉亞心頭。那些東西當然要緊。小小的日常用品、待養的家人、構築成一個住家的牆壁，還有一兩件被當作寶貝的財產。」顯而易見，對克莉絲蒂而言，考古文物的珍貴，不在於它們悠久歷史或蘊藏的知識，而在於當代人得以透過它們深刻感受過往人們的生活。正是這樣的感受，構築出對人與生命的尊重。這樣的尊重，正是克莉絲蒂推理小說的基石所在吧！

在娛樂之外，還有許許多多閱讀克莉絲蒂的方式，正如同在知名的偵探系列之外，仍存在著許許多多精采的非系列作品一般。你所看到的克莉絲蒂，又是什麼樣子呢？

獻詞

阿嘉莎．克莉絲蒂是世界讀者最眾，也最廣受喜愛的女作家。
身為克莉絲蒂的孫兒，我相信奶奶會非常樂見這次出版，
因為她極以自己作品中的趣味與娛樂為豪。
歡迎所有喜歡本系列的台灣新讀者參與這場饗宴！

——馬修．培察（Mathew Prichard）

獻給和我一樣熱愛異國之旅的安東尼

／01

坐在桌子前的那個人把一個厚重的玻璃文鎮向右移動了一點，他的臉與其說在沉思或心不在焉，倒不如說是面無表情。由於一天的大部分時間都活在人工光線下，他的面色蒼白。你可以看出，這是一個習慣室內生活的人，一個經常坐辦公室的人。要到他的辦公室，必須經過一條彎彎曲曲的地下長廊。這種安排雖然有點奇特，卻與他的身分相應合。很難猜出他有多大年紀。他看起來既不老，也不年輕。他的臉光光的，沒有一點皺紋，但兩眼顯得過分疲憊。

房裡另一個人年紀要大一些。他的臉色黝黑，留著一撇軍人的小鬍子。他動作靈敏，有點緊張不安。甚至現在，他也不能安靜地坐著，而是在房裡踱來踱去，並不時地從嘴裡蹦出一兩句話來。

「報告！」他暴躁地說，「接二連三的報告，但他媽的沒有一個報告有點用處！」

那個坐在桌子前面的人低頭看了看他面前的文件。在一堆文件的頂上放著一張寫有「托馬斯．查爾斯．貝特頓」字樣的名片。名字下面畫有一個問號。這個人沉思地點點頭，然後說：「你已經看完了這些報告，難道沒有一份報告有點用處嗎？」

另一個人聳聳肩。

「怎麼分辨呢？」

坐在桌前的那個人嘆了口氣。

「是的，」他說，「問題就在這裡。我們的確很難分辨。」

年紀較大的那個人像機關槍連射似地繼續說：「羅馬和都靈來的報告：有人在里維拉看見他；有人在安特衛普注意到他；有人在奧斯陸肯定地認出他；有人在比亞里茨確定看見他；有人在史特拉斯堡看見他行動可疑；有人在奧斯坦德海灘上看見他和一個迷人的金髮女郎在一起；有人看見他帶著一隻獵犬在布魯塞爾街上；暫時還沒有人看見他在動物園裡擁抱一匹斑馬，但我敢說，這樣的報告也會出現！」

「你本人沒有任何想法嗎，沃頓？就我而言，我對安特衛普的報告抱有希望，雖然它還未幫我們取得任何成果。當然，現在……」這個年輕人停止了講話，好像就要睡著似的。但很快他又醒過來，含糊其辭地說：「是的，或許。但是……我覺得奇怪。」

沃頓上校突然坐到椅子的扶手上。

「我們必須弄清楚，」他堅持說，「他們是怎麼走、為什麼走、又到什麼地方去了？這一切我們都必須搞清楚。每隔個把月就損失一個溫順的科學家並且不知道他們是怎麼走的、為什麼走、到什麼地方去了，那是不行的。他們是到了我們所想的那個地方，還是哪裡？我們一向想當然耳地認為他們是到我們所想像的那個地方去了，但是現在我卻不那麼有把握。最近從美國寄來有關貝特頓的內部消息你都看了嗎？」

坐在桌子旁邊的那個人點了點頭。

「在大家都左傾的時候，他也有一般的左傾觀點。但據我們所知，他的左傾觀點並不持久。大戰前他的工作成績不壞，但沒有獲得驚人的成就。在曼海姆逃離法國之後，貝特頓被指派為他的助手，結果娶了曼海姆的女兒為妻。曼海姆去世後，貝特頓獨自進行工作，並且獲致卓越成就。由於ZE裂變（原子零功率裂變）這一驚人發現，他一舉成名。ZE裂變是一項輝煌的革命性發現。它使貝特頓登上榮譽的頂峰。他本來已打定主意要在美國做出一番事業，可是他的妻子在他們結婚後不久就死了。這使他悲痛萬分。之後他就到英國去了。近一年半來他住在哈韋爾。六個月前他又結婚了。」

「這當中有蹊蹺嗎？」沃頓機警地問。

傑索普搖搖頭。

「根據我們查明的情況，還看不出什麼問題。她是當地一個律師的女兒。結婚以前在一家保險公司工作。就目前我們已查明的情況來看，她沒有強烈的政治傾向。」

「ZE裂變，」沃頓上校用厭惡的口吻陰鬱地說，「他們用的這些專有名詞是什麼意思？我一點也不懂。我是個老派的人，從來沒想過分子是什麼樣子，而他們眼下卻要分裂宇宙萬物。什麼原子彈、核裂變、ZE裂變，以及這樣那樣的裂變。貝特頓就是個主要的裂變主義者。在哈韋爾人們對他有什麼看法？」

「他們說他是個舉止文雅的人。至於他的工作，倒沒有什麼突出或卓越的地方，不過是在ZE裂變的實際應用方面玩些花樣而已。」

兩個人沉默了一會。他們的談話東拉西扯，幾乎是想說什麼就說什麼。調查報告在桌上堆成一疊，但這些報告都毫無價值。

「當然，他到達英國的時候，我們已經對他進行過徹底審查。」沃頓說。

「是啊，一切都十分令人滿意。」

「他來這裡已一年半，」沃頓沉思地說，「你知道，他們受不了安全保衛措施、長期接受審查以及修道院式的生活。這一切使他們變得緊張不安，變得古怪。這種情況我看得夠多了。他們開始夢想一個理想世界——氣氛自由、兄弟般的關係、分享一切機密、為人類的美好生活而工作。於是，那些人類渣滓發現他們的機會來了，就及時抓住！」他擦了擦鼻子。「再沒有比科學家更容易受騙上當了，」他說，「所有騙人的宣傳工具都是這麼說的。我不十分了解為什麼。」

傑索普微微一笑，很疲乏的一笑。

「哦，是啊。」他說，「就是這麼回事。他們認為他們什麼都知道。這很危險。我們這些人則不一樣。我們毫無雄心壯志，不想去拯救世界，只想做點實際的工作，撿取一兩個破碎的零件或拿掉一兩把扳手……在它卡住機件的時候。」他沉思地用手指輕輕敲著桌子。「我要是多知道一點貝特頓的情況就好啦，」他說，「不是他的生活經歷和活動，而是那些具有啟發意義的日常生活小事，比如哪一種玩笑能引他發笑，什麼事情使得他破口大罵，他欽佩哪些人，討厭哪些人。」

沃頓好奇地注視著他。

「他的妻子怎麼樣？你試探過她了嗎？」

「試探過好幾次了。」

「她不能幫上忙嗎？」

另外一個人聳聳肩說：「眼下她還沒有給我們什麼幫助。」

「你認為她了解一些情況嗎？」

「當然，但她不承認她了解任何情況。她的一切反應也都是這種情況下最常見的：焦慮、悲傷、憂心忡忡；事前沒有出現暗示或疑心，丈夫的生活完全正常，沒有任何緊張不安等等。她的看法是：她的丈夫被綁架了。」

「你不相信她吧？」

「這個問題我不好回答，」坐在辦公桌前的那個人嚴厲地說，「我從來不相信任何人。」

「可是，」沃頓慢吞吞地說，「我們也應當虛心一些，不要輕易下結論。她是個什麼樣的人？」

「你每天玩橋牌時都能碰上的那種普通女人。」

沃頓會意地點點頭。

「這就使事情更難弄清楚了。」他說。

「她馬上就要來見我。我們又要把所有的問題再重複一遍。」

「這是唯一的辦法，」沃頓說，「但是我實在受不了，我沒有那種耐心。」他站起來。「好吧，我不再耽誤你了。我們沒有取得多大進展，不是嗎？」

「很不幸，是沒有。請你把那個奧斯陸報告特別檢查一下。那是一個可能的地點。」

沃頓點點頭出去。另一人拿起電話話筒說：「我現在可以見貝特頓夫人。請她進來。」

他呆呆地坐在那裡出神，直到有人敲門將貝特頓夫人帶進來為止。她是個高大的女人，年紀大約二十六、七歲，最顯著的一個特點是，有一頭極為漂亮的赤紅色頭髮。比之於這頭漂亮的紅頭髮，她的面容看起來就平淡無奇了。就像我們經常看到的紅髮女人，她也有一雙睫毛很淡的藍綠色眼睛。他注意到，她沒有化妝打扮。他一面歡迎她，讓她舒服地坐到辦公桌旁的一把椅子上，一面在想為什麼她不化化妝，打扮打扮。這使他有點傾向於認為，貝特頓夫人所了解的情況要比她承認的多。

根據他的經驗，就算極度悲傷和憂慮，女人也不會忘了打扮自己。因為意識到悲傷損及面容，她們必須盡力修補。他懷疑貝特頓夫人之所以蓄意不打扮自己，是為了更稱職地扮演心煩意亂的妻子角色。她氣喘吁吁地說：「哦，傑索普先生，我希望……有新的消息吧？」

他搖搖頭，溫和地說：「貝特頓夫人，讓你又這樣跑一趟，我感到很抱歉。我們還不能向你提供任何肯定的消息。」

奧麗芙．貝特頓迅速說：「這我知道。你在信裡已經說過了。但是，我不知道，在那之後是否……哦，我很高興來這裡。整天待在家裡亂猜和胡思亂想，是最糟糕不過了。因為什麼事也不能做！」

那個叫作傑索普的人安慰她說：「貝特頓夫人，如果我再三問你同樣的問題，強調同樣的要點，請你不要介意。你知道，經常有這樣的可能：你突然想起某件小事，某件你過去沒想到的事，或者你過去認為不值得一提的事。」

「是的，是的，這個我懂。請你把每件事都再問我一遍吧。」

「你最後一次見到你丈夫是在八月二十三日？」

「是的。」

「那是他離開英國到巴黎開會的時候？」

「是的。」

傑索普很快地說下去。

「他參加了頭兩天的會議，第三天他沒參加。據說，他曾告訴一個同僚那天他不準備參加會議，而要去乘『蒼蠅艇』旅行。」

「乘『蒼蠅艇』？什麼是『蒼蠅艇』？」

傑索普微微一笑。

「就是那種在塞納河上航行的小船。」他機警地看著她。「你覺得這不太像你丈夫做的事嗎？」

她懷疑地說：「不太像。我倒認為，他會十分熱烈地參與會議上的一切討論。」

「有這種可能。然而，那天討論的題目不是他感興趣的。因此，他可能有理由讓自己休息一天。但是，你覺得你丈夫不可能這樣做嗎？」

她搖了搖頭。

「他那天晚上沒有回他住的旅館，」傑索普繼續說，「就目前所能查明的情況來看，他也沒有越過國境。你是否認為，他可能有另外一本護照，用別的什麼姓名？」

「哦，不會的。他何必呢？」

傑索普注視著她。

「你從未看見他有這樣的東西嗎？」

她使勁地搖頭。

「沒看過，而且我不相信他會有第二本護照。我怎麼也不相信會有這樣的事。我不相信他是蓄意離開，像你們所力圖查明的那樣。他一定是出了什麼事，或者，或者有可能他喪失了記憶力。」

「他的身體一向很好吧？」
「是的。他工作很努力，有時感到有點疲乏，如此而已。」
「他有沒有任何憂心或消沉的表現？」
「他沒有因為任何事而感到憂心或消沉。」她用顫抖的手指打開手提包，拿出手帕。「這一切太可怕了，」她的聲音在顫抖。「我簡直不能相信。他過去從來沒有不向我說一聲就離開。他一定是出了什麼事。他可能被綁架，或者遭到歹徒的襲擊。我盡量不這樣想，但是有時候我覺得結局必然是這樣。他一定已經死了。」
「請別這樣想，貝特頓夫人，現在還沒有必要那樣推測。要是他死了，那他的屍體到現在一定早已發現。」
「那可不一定。可怕的事情到處都有。他可能已經溺死或被推進陰溝裡去了。我相信在巴黎什麼事都可能發生。」
「貝特頓夫人，我敢向你保證，巴黎是個治安良好的城市。」
她把手帕從兩眼拿開，十分生氣地凝視著傑索普。
「我知道你在想什麼，但事情完全不是這樣。湯姆[1]不會出賣國家或洩漏機密。他一

1 湯姆是托馬斯·貝特頓的暱稱。

生行事光明磊落。」

「他的政治信仰如何，貝特頓夫人？」

「據我所知，他在美國是個民主黨人。他在英國投工黨的票。他對政治不感興趣。他是個科學家，一個徹頭徹尾的科學家。」她又不示弱地補充一句：「他是個卓越的科學家。」

「是的，」傑索普說，「他是個卓越的科學家。整個問題的關鍵就在這裡。他可能被人用高價引誘離開這個國家到別的地方去了。」

「這不是事實。」她又生氣了。「這只是報紙上力圖證明的事。這是你們這些人在詢問我時所想的東西。這不對。他過去從來沒有不對我說一聲就走，從來沒有不把他的打算告訴我就走。」

「那麼，他什麼也沒告訴你嗎？」

他再次用銳利的目光注視著她。

「什麼也沒有。我不知道他在什麼地方。我想他是被綁架，或者就像我所說的，已經死了。要是他已經死了，那我必須知道，必須馬上知道。我不能繼續這樣等待、徬徨。我不能吃，不能睡，我擔心焦慮得都病了。你不能幫我嗎？一點也不能幫我嗎？」

他站起來，繞過辦公桌去，小聲說道：「我非常抱歉，貝特頓夫人，非常抱歉。我向你保證，我們現在正盡一切努力弄清楚你的丈夫究竟出了什麼事。我們每天都收到各個地方寄來的報告。」

「什麼地方來的報告？」她機警地問，「報告上怎麼說？」

「這些報告全都得仔細研究、核查和檢驗。但是，一般說來，這些報告恐怕都極其模糊。」

「我必須知道，」她又沮喪地小聲說，「我不能這樣生活下去。」

「你非常關心丈夫吧，貝特頓夫人？」

「我當然很關心他。要知道，我們結婚才六個月啊，才六個月！」

「是的，我知道。請原諒我問一句，你們之間沒有發生過任何爭吵吧？」

「哦，沒有發生過。」

「沒有因為其他女人發生過糾紛吧？」

「當然沒有。我已經告訴過你，我們四月才結婚。」

「請你相信，我不是說這種事有可能，但我們必須把可以解釋他出走的每種可能性都加以考慮。你說，他近來並不顯得煩躁、焦慮，也沒有出現易怒和緊張不安的現象，是嗎？」

「是的，是的，是的。」

「貝特頓夫人，你知道，從事你丈夫那種工作是很容易緊張不安的。他們生活在嚴厲的安全防護條件下。實際上，」說到這裡，他笑了笑。「緊張不安是正常的狀態。」

她並沒有報以微笑。

「他就是和往常一樣。」她毫不動搖地說。

「他工作愉快嗎？他有和你討論他的工作嗎？」

「沒有！他的工作太專業了。」

「你不認為，他對他所研究的東西具有破壞力感到不安嗎？科學家們有時候會有這種情緒。」

「他從未說過這一類的話。」

「你知道，貝特頓夫人，」他俯身在桌子上，向她湊近一些，拋掉他的一些冷漠表情。「我在努力捕捉你丈夫的面貌，試圖了解他是一種什麼樣的人。然而，不知怎的，你卻不幫助我。」

「我還有什麼可說、可做的呢？你問的一切問題我都回答了。」

「是的，我問的問題你都回答了，但絕大多數問題你都用否定的方式回答。我需要一些肯定的東西、建設性的東西。只有當你知道他是什麼樣的人時，你才能夠更有效地尋找他。」

她回想了一會兒說：「我明白，至少我以為我明白了。好吧，湯姆是個快樂、脾氣好的人。當然也很聰明。」

傑索普笑了笑，說：「那的確是一些好性情。但是，請你介紹一些更具個人特色的東西吧。他讀書讀得很多嗎？」

「是的，讀得相當多。」

「讀哪一類書？」

「哦，傳記一類的。書籍協會推薦的書。當他疲倦時，也看描寫犯罪的小說。」
「所以，他算是個一般的讀者。他沒有什麼特殊的愛好吧？他玩牌或下棋嗎？」
「他玩橋牌。過去我們每週都和艾文斯博士和他的妻子玩一兩次橋牌。」
「你丈夫有很多朋友嗎？」
「哦，很多，他是一個善於交際的人。」
「我的意思不止於此。我的意思是，你丈夫是個非常關心朋友的人嗎？」
「他常和我們的一兩個鄰居打高爾夫球。」
「沒有特別要好或知心的朋友嗎？」
「沒有。你知道，他在美國住了很長時間，並且是在加拿大出生。在這裡他認識的人並不多。」
傑索普看了一下他手邊的一張紙片。
「據說，最近有三個人從美國來看他。我這裡有這三個人的名字。就我們所了解，這三個人是最近唯一與他有過接觸的外界人士。這就是我們特別注意他們的原因。現在談談第一個，沃爾特．格里菲思。他到哈韋爾來看過你們。」
「是的，他到英國來進行訪問，順便來探望一下湯姆。」
「那麼，你丈夫有什麼反應呢？」
「湯姆看到他感到很驚奇，也很高興。在美國時他們就很熟。你們了解他的一切情況嗎？」

「是的，我們了解他的一切情況。但是我們要聽聽你對他有什麼看法。」

她回想了一下，說：「哦，他很嚴肅，但說話有點嘮叨。對我非常客氣，似乎很喜歡湯姆，急於把湯姆到英國以後他們那裡所發生的事情都告訴他。都是當地一些雜七雜八的事。我對這不感興趣，因為我不認識他們談到的人。而且，在他們回憶往事的時候，我正好在準備晚餐。」

「他們的談話中沒有談到政治問題？」

「你是在暗示說他是共產黨？」奧麗芙．貝特頓的臉唰的一下紅了。「我敢確定他不是這類人。他在美國擔任過政府工作……記得好像是在地方檢察官辦事處。雖然湯姆嘲笑過美國的政治審查，但他也嚴肅地說過，我們這裡的人不理解他們那邊的情形。他說政治審查是必要的。這說明他不是一個共產黨員。」

「貝特頓夫人，請你……請你不要生氣。」

「湯姆不是共產黨員，我一直在對你說，但你就是不相信我。」

「不，我相信。不過這個問題還是得提出來。現在，談談他所接觸的第二個外國人士，馬克．盧卡斯博士。你們是在倫敦多塞特旅館碰上他的。」

「是的。我們去看表演，看完表演後在多塞特旅館吃晚飯。突然這個叫作盧克或盧卡斯的人走過來和湯姆打招呼。他似乎是個研究化學的科學家。他上一次和湯姆見面還是在美國。他是一個取得美國國籍的德國流亡者。但是你必定已經……」

「我必定已經知道這些？是的，我知道，貝特頓夫人。你丈夫見到這個人時，是不是感到很意外？」

「是的，他感到很意外。」

「感到高興嗎？」

「也很高興……很高興，我想是這樣。」

「但你不是很有把握？」他追問。

「哦，他並不是湯姆十分喜歡的人，這是湯姆後來告訴我的。」

「你們是偶然相遇嗎？他們有沒有約定以後什麼時候再見面？」

「沒有，那純粹是偶然相遇。」

「我明白了。他接觸的第三個外國人是個女人，即卡洛・司皮德夫人，她也是從美國來。他怎樣和她見面的？」

「我猜她是在聯合國工作。她在美國時就已經認識湯姆。她從倫敦打電話給他，說她已經到達英國，問湯姆我們能不能找個時間到她那裡吃飯。」

「那你們去了嗎？」

「沒去。」

「你沒去，可是你丈夫卻去了。」

「什麼！」

她兩眼圓瞪。

「這事他沒有告訴你？」

「沒有。」

奧麗芙．貝特頓顯得十分迷惘和不安。詢問她的人覺得有點過意不去，但並未放鬆追問。他第一次認為他可能抓住了點什麼。

「我不明白這是怎麼回事，」她含糊地說，「他沒有對我說過這件事，這似乎很奇怪。」

「他們於八月十二日星期三那天，在司皮德夫人所住的多塞特旅館一同吃午飯。」

「八月十二日？」

「是的。」

「哦，那個時候他是到倫敦去了……可是，他什麼也沒說……」她又突然停下來，接著提出這樣一個問題：「她長得怎麼樣？」

他趕快用使她放心的口氣回答：「她一點也不迷人，貝特頓夫人。她是個年輕能幹的職業婦女，年紀三十出頭，並不特別好看。絕對沒有什麼情況顯示她和你先生很親密。至於你先生為什麼沒把這次會面的情況告訴你，我們也覺得奇怪。」

「好了，好了，我明白了。」

「現在，請你仔細想想，貝特頓夫人。在那段時間，也就是八月中旬的這次會面之前一週左右，你是否注意到你丈夫有什麼變化？」

「沒有，沒有，我沒看到他有什麼變化。沒有什麼引起我注意的事情。」

傑索普嘆了口氣。

桌上的電話又嗡嗡嗡的響起來。傑索普拿起話筒。

「說吧！」他說。

電話線另一端的人說：「先生，這裡來了一個人，他要求會見負責處理貝特頓案件的人。」

「他叫什麼名字？」

電話線另一端的那個人輕輕咳嗽一聲，說：「哦，我不確定這名字怎麼唸，傑索普先生。也許我最好拼給你聽。」

「好，拼吧。」

他在臨時的記錄本上記下了從電話那端拼出來的字母。

「是波蘭人嗎？」記完後他問道。

「他沒這樣說，先生。他的英文說得很流利，只是帶有一點口音。」

「你叫他等一下。」

「好，先生。」

傑索普把電話放回原處，然後看了看桌子對面的奧麗芙·貝特頓。她十分安靜地坐在那裡，帶著一種無可奈何和絕望的平靜神情。他從記錄本上撕下那頁記著來人名字的紙，從桌子上推過去給她。

「你認識叫這個名字的人嗎？」他問。

她看到那張紙的時候，兩眼睜得大大的。他馬上就看出她顯得很吃驚。

「認識，」她說，「是的，我認識。他給我寫過信。」

「什麼時候？」

「昨天。他是湯姆元配的表弟。他剛到英國，對湯姆的失蹤非常關心。他寫信來問我得到什麼新的消息沒有，並且……並且他向我表示深深的同情。」

「在這之前，你從未聽過這個人吧？」

她搖搖頭。

「你聽你丈夫談起過他沒有？」

「沒有。」

「這樣說來，他可能根本不是你丈夫的什麼表弟。」

「對，可能不是。但我從未這麼想。」她顯得很吃驚。「要知道，湯姆的元配是個外國人，她是曼海姆教授的女兒。從信上看，這個人似乎對曼海姆的女兒和湯姆的一切都很了解。那信寫得很得體、正規並且帶有外國味道，你知道。它似乎很真誠。再說，如果他不是真的，這又代表什麼？」

「啊，那是大家應當經常問自己的問題。」傑索普微笑了一下。「我們這裡的人經常問這樣的問題，以至於連最細微的事我們也會認為具有重大意義。」

「是的，我想你們會的。」她突然顫抖起來。「就像你們這個房間一樣，坐落在迷宮一樣的走廊中間，彷彿在夢中一般，你會認為你再也不能從這裡走出去了……」

「是的，是的，我了解，這裡是有一種幽閉的恐怖作用。」傑索普輕鬆愉快地說。

奧麗芙·貝特頓抬起一隻手來，把披到前額上的頭髮向後甩回去。

「你知道，我不能長期忍受老是坐在家裡等待，」她說，「我想到其他地方去換換環境。最好是去外國。到一個地方，那裡沒有記者不斷地給你打電話，人們也不老盯著你看。現在我遇到朋友時，他們總問我得到什麼消息了沒有。」她停了一下，繼續說：「我想……我快要撐不下去了。我一直努力裝出勇敢的樣子，但是我已受不了了。我的醫生也同意，說我應當馬上到別的地方住三、四個星期。他給我寫了一封信，我拿給你看。」

她在手提包裡摸索著，拿出一枚信封，把它從桌面上推給傑索普，說：「你會知道醫生是怎麼說的。」

傑索普把信從信封裡取出來，讀了一遍。

「是的。」他說，「是的，我知道了。」

他把信放回信封裡。

「這麼說，我可以離開了？」她兩眼緊張地注視著傑索普。

「當然可以，貝特頓夫人，」他有點吃驚地回答，「為什麼不能呢？」

「我還以為你會反對呢！」

「反對？為什麼要反對？這完全是你個人的事。只要你做好安排，讓我們在得到任何消息時能夠和你聯繫得上就行了。」

「我當然會安排。」

「你想去什麼地方？」

「一個陽光充足的地方，一個沒有多少英國人的地方。到西班牙或摩洛哥。」

「這太好了。我認為，這會大大有益於你的健康。」

「哦，謝謝你，非常感謝你。」

她站起來，顯得激動而神情愉快，但緊張不安的情緒仍然明顯存在。

傑索普站起來，跟她握了握手，並按鈴叫人送她出去。他回到椅子上坐下。剛開始，他的臉仍和先前一樣毫無表情，但後來慢慢微笑起來，他拿起電話。

「我現在就要見格萊德少校！」他對著話筒說。

／02

「格萊德少校？」傑索普在唸這個名字時，稍微猶豫了一下。

「很難唸是吧？」來客用幽默的讚賞口氣說，「戰爭期間，你的同胞管我叫格萊德[2]。而現在，在美國，我已把我的名字改成格林（Glyn），這樣唸起來會方便一些。」

「你是從美國來的？」

「是的。我是一週前才到這裡的。對不起，你是傑索普先生嗎？」

「我是傑索普。」

格萊德非常感興趣地注視著他。

2　格萊德的英文是Glider，意為滑翔機。

「這樣啊，」他說，「我聽到有人談起過你。」

「真的嗎？從誰那裡聽到的？」

那個人微笑了。

「我們也許進行得太快了。在你允許我提問之前，我先把美國大使館的這封信交給你。」

他鞠了一個躬，把信遞過來。傑索普接過信，看了頭幾行客套話後，就把它放下了。他用審視的眼光瞧著他的客人。他高高的個子，舉止有點呆板，年齡三十左右。他的金色頭髮梳成歐洲大陸流行的式樣。他的話說得很慢、很謹慎，帶有明顯的外國腔調，但語法是正確的。傑索普注意到，他一點也不顯得緊張不安，或對自己感到沒信心。這就很不尋常。到這個辦公室來的人，絕大多數都會緊張不安、激動或憂心忡忡，他們有時隨機應變，有時暴跳如雷。

這是一個完全能夠控制自己的人，一個具有一張一本正經面孔的人。他知道他在做什麼，為什麼要這樣做，而且也不會被人輕易哄騙或矇騙去說出一些他不打算說出的事。傑索普輕鬆愉快地對他說：「你來找我有什麼事嗎？」

「我來找你是為了問你有沒有得到托馬斯．貝特頓的進一步消息，他最近似乎是不可思議地失蹤了。我知道，我們不能全盤相信在報章上讀到的東西。因此，我就去打聽從什麼地方可以得到可靠的消息。人們告訴我，從你這裡可以。」

「很抱歉，我們還沒得到有關貝特頓的確切消息。」

「我想，他可能被派到國外去執行什麼任務了。」他頓了一下，又巧妙地補充一句：「你知道，這是不能聲張出去的。」

「我親愛的先生，」傑索普露出一張苦臉。「貝特頓是位科學家，他不是一位外交家或密探。」

「受教受教。但是頭銜未必代表正確的身分。你也許要問我為什麼對這件事感興趣。托馬斯．貝特頓是我的姻親。」

「明白了。我想，你是已故曼海姆教授的外甥。」

「哦，你已經知道了。你這裡真是消息靈通。」

「常有人來這裡告訴我們一些事情，」傑索普小聲說，「貝特頓的妻子剛才來過這裡。她告訴我說，你給她寫了一封信。」

「是的，我給她寫了一封信，表示我的慰問，並問她是否得到進一步的消息。」

「你這樣做很對。」

「我母親是曼海姆教授唯一的妹妹。他們之間的感情非常好。當我還小住在華沙的時候，經常到舅舅家，他的女兒俄爾莎就像我的親姐姐一樣。我父母死後，我舅舅和表姐的家也就是我的家了。那時候我過得多麼幸福呀！接著爆發了戰爭，發生了許多悲慘和恐怖的事……但這一切我不想講了。我舅舅和表姐逃到美國去，我則留下來參加地下反抗組織。戰爭結束後，我辦了幾項差事，去了一次美國，看我的舅舅和表姐。當我在歐洲擔負的任務結束時，我曾想到美國定居。我希望能和舅舅、表姐和表姐夫一起生活。但是，唉，」他攤開兩手。「當我到了那裡時，舅舅已經死了，表姐也死了，而她的丈夫呢，已經到了英國，並且又再婚了。於是，我又再一次沒有家了。接著，我在報上看到著名科學家托馬斯·貝特頓失蹤的消息，於是我就到英國來，看看究竟應當怎麼辦。」

他頓了一下，用探詢的目光注視著傑索普。

傑索普用毫無表情的目光看著他。

「為什麼他會失蹤，傑索普先生？」

「那正是我們想知道的事。」傑索普說。

「也許你知道吧？」

這個人一下子就把他們的身分轉換過來，傑索普頗為佩服。在這個房間裡，是他習慣於向別人提問題，而現在，這個陌生人卻成了詢問者。

傑索普仍然輕鬆愉快的回答說：「我們真的不知道。」

「但是，你們總有所懷疑吧？」

「是很可能，」傑索普謹慎地說，「這件事是循著某種模式……以前也曾經發生過這樣的事。」

「這我知道。」

客人迅速地引證了半打以上的案件。

「全都是科學家。」他饒富深意地說。

「是的。」

「他們都到鐵幕那邊去了嗎？」

「有這個可能，但現在我們還不清楚。」

「他們是自願去的嗎？」

「這很難說。」傑索普說。

「你覺得這不關我的事？」

「哦，別這麼說。」

「你是對的。只是因為貝特頓，我才對這個案件感興趣。」

「對不起，」傑索普說，「我不大了解你為什麼對這個案件感興趣。貝特頓畢竟也只是你的姻親，你甚至不認識他。」

「你說得沒錯。但對我們波蘭人來說，家庭非常重要，那是一種義務。」他站起來，很不自然地鞠個躬。「很抱歉，占用了你不少時間。謝謝你對我這樣禮遇。」

傑索普也站起來。

「很遺憾，我不能幫助你，」他說，「但是我向你保證，我們對此也一無所知。如果我們聽到什麼消息，可以和你聯繫嗎？」

「透過美國大使館可以找到我。謝謝你。」

他又拘謹地鞠了一個躬。

傑索普按了一下鈴。格萊德少校出去了。傑索普拿起電話。

「請沃頓上校到我房間來。」

沃頓進來以後，傑索普對他說：「事情終於有進展了。」

「怎麼回事？」

「貝特頓夫人想到外國去。」

「去和丈夫相會？」

「我希望如此。她帶著一封她的醫生為她寫的建議函到這裡來。信上說，她需要徹底休息和變換一個環境。」

「看來不錯嘛！」

「當然那也可能是真的。」傑索普警告他說，「就是陳述事實。」

「我們這裡的人從來不信這套。」沃頓說。

「是啊。但是，我得說，她表演得真令人信服。一句話也沒說溜嘴。」

「我想你沒有從她那裡套出更多東西？」

「只有一點點。就是司皮德那女人和貝特頓一起在多塞特旅館吃午飯的那件事。」

「如何？」

「他沒有把這次吃午飯的事告訴妻子。」

「哦！」沃頓考慮了一下。「你覺得那有什麼關係嗎？」

「可能有。卡洛・司皮德曾經受到非美活動調查委員會的調查。她極力澄清，但那畢竟……是的，她——或者人們認為——畢竟是有了汙點。她可能是個聯絡人，是目前我們所發現唯一跟貝特頓失蹤有關的人。」

「那貝特頓夫人那邊呢？最近可能有什麼聯絡人唆使她到外國去嗎？」

「倒沒有什麼人和她聯繫。只是昨天她從一個波蘭人那裡收到一封信。那是貝特頓元配的表弟寫的。剛才這個波蘭人還在我這裡問東問西呢。」

「他是個什麼樣的人？」

「一個不很真實的人，」傑索普說，「一舉一動都帶有外國味道並且合乎禮節，『文雅』至極，就一個普通人而言，他顯得出奇地不真實。」

「你認為他就是那個唆使她去外國的聯絡人嗎？」

「可能是，這我不確定。我弄不懂他。」

「需要對他進行監視嗎？」

傑索普笑了笑。

「是的。我已經按了兩次鈴。」

「你這老滑頭，真是詭計多端。」接著，沃頓又變得一本正經起來。「對了，派誰去？」

「珍妮特，我想，其他照舊？地點是西班牙或摩洛哥。」

「不是瑞士？」
「這次不是。」
「我認為在西班牙或摩洛哥他們會遇到困難。」
「我們不可低估對手。」
沃頓厭惡地用手指翻著那疊調查材料。
「那兩個國家還未出現貝特頓的蹤跡，」他懊惱地說，「這次我們要全力以赴。天哪，要是我們在這個案子上失敗的話……」
傑索普把背靠在椅子上。
「我已經很久沒有休假了，」他說，「我對這個辦公室有點厭煩，可能要到外國旅行一趟……」

03

「搭乘法航一〇八次班機前往巴黎的旅客，請往這邊走。」

希斯洛機場候機室裡的人們聽到這聲音都站了起來。希拉蕊・克雷文拿起她那個小蜥蜴皮的旅行皮箱，跟著人潮向停機坪走去。由於剛從悶熱的候機室裡出來，旅客們格外覺得冷風刺骨。

希拉蕊渾身發抖，把包著身體的皮衣裹得更緊了。她跟著其他旅客穿過廣場向飛機停放處走去。終於實現了！她就要走了，逃了！逃出這灰暗、寒冷和麻木不仁的悲慘境遇。逃向陽光燦爛的藍天之下，逃向一種新的生活。這一切重負，這可怕的橫逆和挫折所帶來的重負，就將遠遠地被拋在身後。她走上飛機舷梯，低頭跨進飛機艙門，由空服員領她到了自己的座位。幾個月來，這是她第一次從痛苦中得到了寬慰。這種精神上的痛苦是如此強烈，以致她幾乎要生病了。「我即將要離開這一切，」她滿懷希望地自言自語，「我就要離開這一切了。」

飛機的轟鳴聲和轉動聲令她感到振奮。在那轟鳴和轉動聲中似乎具有一種原始的野性。她想，文明人的痛苦是最難忍受的痛苦，是灰色而毫無希望的。「但是現在，」她想，「我就要逃開了。」

飛機慢慢沿著跑道滑行。機上的女空服員說：「請繫緊安全帶。」

飛機在跑道上轉了個彎，停下來等待起飛信號。希拉蕊想：「也許這架飛機會墜毀……也許它永遠也離不開地面。那一切就都結束了，什麼問題都解決了。」希拉蕊覺得飛機似乎等了很久沒有起飛。她等待著向自由出發的信號，希拉蕊可笑地這樣想：「我永遠也離不開了，永遠！我將如同一個囚犯被扣留在這裡。」

然而，飛機終於起飛了。

發動機最後轟鳴了一聲，飛機開始向前滑行，沿著跑道愈跑愈快，希拉蕊想：「它飛不起來。它不能夠……一切都結束了。」哦，他們現在似乎已經離開地面了。看起來好像不是飛機在上升，而是地面在剝離，在往下沉，把一切問題、一切失望和挫折都扔到那咆哮而驕傲地向著藍天升起的怪物下面。飛機在上升，繞著機場飛了一圈。下面的機場顯得多麼可笑，像小孩的玩具一樣！小得滑稽的公路，古怪的小鐵路，上面行駛著像玩具一樣的火車。一個可笑、幼稚的世界，在這裡人們相愛、相恨和傷心斷腸。現在，這一切都無關緊要了，因為它們是如此可笑，如此渺小，如此微不足道。現在，在他們下面是雲層，濃密、灰白色的雲層。他們一定是在英吉利海峽上空了。希拉蕊往後靠在椅背上，閉上雙眼。逃吧，逃吧，她已經離開了英格蘭，離開了奈傑爾，離開了那個悲慘的小土堆——布蘭達的墳墓。這一切都被拋在腦後。她睜開雙眼，接著又長嘆一聲，閉上眼睛。她睡著了……

§

希拉蕊醒來時，飛機正在下降。

「巴黎到了！」希拉蕊一面這樣想，一面在座位上坐直了身子，並伸手去拿自己的手提包。然而，這裡並不是巴黎。機上的女空服員從吊艙上走下來，用幼稚園保母那種使旅客感到非常討厭的撫哄腔調說：「由於巴黎霧太大，我們要把你們降落在博韋了。」

她那神情好像是說：「這不是很好嗎，孩子們？」希拉蕊透過她座位旁邊的那扇小窗往下窺視。她幾乎什麼也看不見。博韋看來也被濃霧所籠罩。飛機慢慢繞著機場飛行，飛了一陣才著陸。接著乘客們在寒冷潮溼的霧氣中被人領向一所簡陋的木屋，屋子裡只有幾把椅子和一座長長的木櫃檯。

希拉蕊感到很沮喪，但她努力排遣開這種消沉情緒。她旁邊的男人小聲抱怨說：「這是戰時的一座機場，沒有暖氣或舒適的設備。還好這裡畢竟是法國，我們總能弄到酒喝。」

他說得對極了。幾乎馬上就來了一個帶著幾把鑰匙的男人，他供應乘客許多酒類以振作他們的精神。在這令人討厭的漫長等待中，酒的確使乘客們振作了精神。

這樣無所事事地過了幾個小時後，又有幾架飛機從霧中出現和著陸，這些飛機也因為不能在巴黎著陸而轉移到這裡來。頓時這間小小的屋子就擠滿了冷顫、惱怒的人們，他們都在為這次耽擱而大發牢騷。

對希拉蕊來說，這一切都十分不真實。她彷彿仍在夢中，被仁慈地保護著不用與現實接觸。但是，這僅僅是耽擱一下、等待一下的問題。她仍然在旅途中……逃亡的旅途中。她仍然在逃離這一切，仍然在向她可能重新開始的地方逃去。這種情緒糾纏著她。無論是在漫長、令人困乏的耽擱期間，還是在入夜後忽然來了幾輛公共汽車準備把乘客運往巴黎因而引起一片混亂之時，這種情緒始終困擾著她。

當時來來往往的人群是多麼混亂啊！乘客、辦事員、搬運工全都扛著行李在黑暗中奔跑、碰撞。末了，腳和腿凍得發抖的希拉蕊終於坐上一輛公共汽車，在濃霧中隆隆地向巴黎駛去。

這是一次令人困乏的長途旅程，一共花了四個小時。當他們到達「傷兵博物館」時已經午夜了。使希拉蕊感到快慰的是，她得以即時領取行李，坐車到她預訂了房間的旅館去。她疲倦極了，不想吃飯，只洗了個熱水澡就匆匆上床睡覺。

到卡薩布蘭加的班機原訂於翌日上午十點半從奧利機場起飛，但當他們到達奧利機場時，那兒卻是一片混亂。歐洲許多地方的飛機都已停飛，來往的旅客都被耽誤了行程。

出境服務台那個不斷被人打擾的辦事員聳聳肩說：「女士，你坐不上原訂的班機了。班機時刻表全都得改變。如果你能坐在這裡等一會，那我們將幫你把事情安排妥善。」

最後，有人叫喚她並告訴她說，要去達卡的飛機上還有一個座位，這趟班機通常在卡薩布蘭加是不著陸的，但這次卻準備在那裡著陸。

「女士，你坐這趟較晚的班機，只會耽誤三小時。」

希拉蕊一口就同意了。那個辦事員似乎覺得有點意外，但也因為希拉蕊能接受而感到十分高興。

「女士，你想像不到今天早晨我碰到了多少困難，」他說，「那些先生好不講理。霧又不是我製造的！起霧當然會引起混亂！可是我們應當心平氣和地接受新的情況。我說啊，儘管改變旅行計畫十分令人不快，但我們也應當泰然處之。夫人，耽擱一小時、兩小時或三小時，那有什麼要緊呢？只要能到達卡薩布蘭加，坐哪一班飛機又有什麼關係呢？」

然而，在那一天坐哪一班飛機到卡薩布蘭加實在是關係重大，這是那個矮小的法國人在說那番話時所不知道的。因為，當希拉蕊終於到達卡薩布蘭加並且從飛機上步下陽光燦爛的廣場時，一個推著滿滿一車行李從她身邊走過的搬運工對她說：「女士，你真幸運。你沒有坐上那班飛機……也就是到卡薩布蘭加的正常班機。」

希拉蕊說：「怎麼，出了什麼事嗎？」

那個搬運工神情緊張地向四周看了看，最後，他終於放棄保守祕密。他向希拉蕊湊近一些，壓低聲音說：「多可怕的事啊！那架飛機著陸時墜毀了。駕駛員和領航員死了，絕大多數乘客也是。還活著的四、五個人已經送進了醫院。其中有幾個傷勢還很嚴重。」

希拉蕊聽完這些話的第一個反應是無端的憤怒。她幾乎是情不自禁地這樣想：「我為什麼不坐那班飛機呢？要是我坐上那班飛機，那就一了百了了……死了，擺脫一切了，什麼傷心痛苦的事都沒了。那班飛機上的人希望活下去啊！而我呢，我並不想活下去。為什麼死的人不是我？」

她通過了海關檢查（十分草率馬虎），就帶著行李坐車到旅館去了。這是一個陽光燦爛的下午，太陽正要西落。清新的空氣和燦爛的陽光……這正是她到達這裡以前所想像的一切。現在她人已經到了。她離開了倫敦的迷霧、寒冷和黑暗，她已經把悲哀、猶豫不決和痛苦拋回過去了。這裡有熙熙攘攘的生活，有色彩和陽光。

她走進臥室，拉開窗簾，向大街上張望。是的，這裡的一切都和她想像的一樣。希拉蕊慢慢地轉過身來，離開窗子坐到床邊。逃吧，逃吧！這是自從離開英國以來，在她腦中不斷鳴響的聲音。逃開了，逃開了。而現在，她已冷靜、嚴酷地了解到，她是逃不開的。

這裡的一切和倫敦完全一樣。她，希拉蕊．克雷文也仍然和以前一樣。她想逃脫希拉蕊．克雷文，而希拉蕊．克雷文在摩洛哥還是希拉蕊．克雷文，和倫敦的希拉蕊．克雷文一樣。她小聲對自己說：「以前我是個傻瓜……現在還是傻瓜一個！為什麼我會認為，只要離開英國就會有完全不同的心情呢？」

布蘭達的墳墓，那個淒涼的小土堆，還在英國，而奈傑爾會很快在英國娶一個新的妻子。為什麼她會認為這兩件事在這裡就對她無傷了呢？這根本是一廂情願！好啦，這一切都過去啦。現在她必須正視現實，正視她自己還存在的這個現實，正視什麼事她能忍受，什麼事她不能忍受。希拉蕊想，人對痛苦是能夠忍受的，只要它有忍受的理由。她已經忍受了長期的病痛，忍受了奈傑爾的背叛，以及背叛發生後的殘酷現實。這一切痛苦的事她都忍受了下來，因為她還有布蘭達。接著，她為搶救布蘭達的生命進行了長期、緩慢、絕望的戰鬥，那場戰鬥她輸了，失敗了……現在，世上再也沒有什麼值得她活下去。這一點，是她到了摩洛哥才認識清楚的。在倫敦她有一種古怪的迷思，以為只要到別的地方去，就能夠把留在英國的東西忘掉而開始一種新的生活。因此，她就訂下飛往這個地方的機票。這裡沒有任何事物使她想到過去，對她來說，這是一個全新的世界，這裡有許多她衷心喜愛的美麗事物，陽光、純淨的空氣、新人和新環境。她曾揣想，在這裡，一切將完全不同。然而，其實並沒有什麼不同，它們還是一樣。世事是十分簡單而不能逃避的，她，希拉蕊．克雷文再也沒有活下去的意願。事情就是這麼簡單。

要是沒有大霧從中作梗，要是她乘坐了那班她預訂機票的飛機，也許問題早已解決了。現在她可能已經躺在某個法國官方的公墓裡，肉體摔得殘缺不全，精神卻得到了安寧，擺脫了痛苦。當然，這樣的結局現在還是可以達到，但需要費一點心力。

要是她隨身帶著安眠藥，事情就十分好辦。她記起她怎樣問過格雷醫生，以及格雷醫生回答問題時那種頗為奇怪的表情。

「最好別吃安眠藥，最好學會自然而然地入睡。一開始可能很困難，但最後終究會睡著的。」

哦，格雷醫生臉上那種古怪的表情。當時他是否已經知道或懷疑她會走上這一步？嗯，那應該不會很困難。她毅然地站起來。她要到藥局去。

§

希拉蕊一向認為，在外國城市很好買藥。當她發現情況並非如此時，頗感意外。她光臨的第一家藥局，藥劑師只賣給她兩劑藥。那個藥劑師說，如果她要買兩劑以上，需要有醫生的處方。她笑著謝了他，然後若無其事地迅速走出藥局。這時恰好有個個頭很高、面色嚴肅的年輕人也往藥局裡走，差點和希拉蕊撞了個滿懷。那個年輕人用英文向她說了聲對不起。她離開藥局時聽見那年輕人說要買牙膏。

這年輕人要買牙膏。不知怎的，希拉蕊覺得有趣。這多麼可笑，多麼正常，多麼普通啊！接著，她感到一陣劇痛。因為那人要買的那種牙膏正是奈傑爾喜歡用的。她穿越街道，走進對面的一家藥局。回旅館前總共跑了四家。使她有點高興的是，在第三家藥局裡，那個面孔嚴肅的年輕人又出現了，並且又固執地詢問在卡薩布蘭加的法國藥局裡不會販賣的那牌牙膏。

希拉蕊幾可說是輕鬆愉快地更換了上衣，還上了妝，然後下樓去吃飯。她故意遲了一會兒下去，因為她深自期盼不要碰上任何旅伴或同一班飛機的人。其實這情況發生的機率微乎其微，因為她坐的那班飛機又繼續飛往達卡了，而她認為她是唯一在卡薩布蘭加下機的旅客。

她進去餐廳的時候，裡面幾乎沒有什麼人，只看到在靠牆的那張餐桌旁，那個面孔像貓頭鷹的年輕人就快要吃完晚飯了。他一邊吃飯一邊讀一份法國報紙，似乎對報上所寫的東西十分感興趣。

希拉蕊吃了一頓豐盛的晚餐，喝了半瓶酒，感到有點醉意和亢奮。她想道：「畢竟這是最後一次冒險。」她吩咐服務生送一瓶維希礦泉水到她的房間裡，然後就離開餐廳上樓了。

服務生送來了維希礦泉水，並打開瓶蓋，把瓶子放在桌上，向她道了晚安，隨即離開了房間。希拉蕊寬慰地舒了一口氣。服務生隨手把門關上之後，希拉蕊走到門邊，轉動鑰匙，把門鎖上。她從梳妝台的抽屜裡拿出從藥局買來的四包東西，並把它們打開。她把藥錠放在桌上，倒了一杯礦泉水。既然藥劑是錠狀的，她只需要將藥錠和水服下就行了。

她脫了外衣，把晨衣裹在身上，又回去坐在桌邊，心臟跳動得很快。現在她感到有點兒恐懼了。但那恐懼只是一種輕微的蠱惑，不是什麼會促使她放棄計畫的畏縮。她十分鎮靜，對自己所要做的事非常清楚。

這是最後的逃亡，真正的逃亡。

她呆呆地看著書桌，心裡考慮著是否應當留下一張字條。最後，她決定不留字條，她沒有什麼親屬，也沒有親密的朋友，總之，沒有一個她想要訣別的人。至於奈傑爾，她不願意給他添上無意義的悔恨和負擔，雖然她只要寫下一個字條就能達到目的。奈傑爾也許會在報紙上讀到這樣一則消息：一位叫希拉蕊．克雷文的女人在卡薩布蘭加因服食安眠藥過量而死亡。那也許只是報上的一小段消息。奈傑爾一定會按它的字面含義來解讀這則消息。「可憐的希拉蕊，」他會這樣說，「你真倒楣。」也許，在內心深處，他還會感到相當寬慰呢。因為，她猜想，她是奈傑爾良心上的一個小小負擔，而奈傑爾是一個只求輕鬆自在的人。

現在，奈傑爾似乎離得很遠、很遠了，而且也莫名地變得無關緊要了。再沒有什麼事需要做了。她就要吞下這些藥錠，躺到床上睡去，再也不會醒來。她沒有……或者她自認沒有任何宗教情懷。布蘭達的死已經讓她鎖閉了這類的感情。因此，再沒有什麼好考慮了。和在希斯洛機場時一樣，她又成了一個旅行者，一個等待著向未知的旅途出發的旅行者，沒有行李的拖累，也沒有訣別引起的感傷。在她的一生當中，這是她第一次能夠自由地、完全自由地想怎樣做就怎樣做。過去的一切已經和她割斷了聯繫。長期以來，在清醒時刻始終拖磨著她的悲哀痛苦現在消逝了。是的，她現在感到輕鬆、自由和無牽無掛。她已準備好踏上新的旅途。

她伸出手去拿第一顆藥。就在此時，門上忽然響起了輕輕的敲門聲。希拉蕊皺緊眉頭，呆坐在那裡，一隻手停在半空中。是誰？女服務生嗎？不可能，床已經整理好了。也許是辦理文件或護照的什麼人吧。她聳聳肩，不想去開門。何苦多此一舉？這個人最後反正會離開，等晚點再來的。

敲門聲又響了，這次敲得比上次稍響一些。然而，希拉蕊還是坐著不動。不可能有什麼真正緊急的事，敲門的人很快就會走開。

她的眼睛緊盯著那扇門。忽然那雙眼睛因驚訝而睜大開來。插在鎖孔裡的鑰匙慢慢地向反方向轉動，猛地跳出來，鏗鏘一聲落到地板上。接著門把轉動，門開了，走進一個男人。她立刻認出這人就是那個到藥局買牙膏、面孔嚴肅得像貓頭鷹一般的年輕人。希拉蕊呆呆地看著他，驚訝得目瞪口呆。

那名年輕人轉過身去，把門關上，並且撿起鑰匙，將它重新插入鎖孔裡，把門鎖上。接著，他向她走過來，在桌子另一邊的椅子上坐下來，說了一句在她看來非常不得體的話：「我的名字叫傑索普。」

希拉蕊頓時脹紅了臉。她把身子向前探了一下，然後冷冷地、憤怒地說：「請問，你以為……你這是在幹什麼？」

他嚴肅地瞧著她，眨了眨眼睛。

「真滑稽，」他說，「我來就是要問你這個問題。」

他迅速地向旁邊桌子上的藥錠擺了擺頭。

希拉蕊厲聲說：「我不知道你這話是什麼意思。」

「哦，你知道。」

希拉蕊頓了一下，顯然在努力尋找恰當的言詞。她心中有千言萬語，想要表示憤怒，想要叫他走出這個房間。然而，奇怪極了，她的好奇心占了上風，所以她沒說出那種表示憤怒的話。

一個問題自然而然地湧到她嘴邊，她不自覺地就把它說出來了。

「那把鑰匙，」她說，「它是自己在鎖裡轉動的嗎？」

「哈，這個嘛……」

那年輕人忽然像小孩一般咧開嘴笑起來。他把手放進口袋裡，取出一個金屬物，遞給希拉蕊看。

「就是這個，」他說，「這是個非常好用的東西。把它插進鎖孔裡，它就能抓住鑰匙，讓它轉動。」他把那東西從希拉蕊手裡拿回，放進自己口袋。「小偷就是使用這種東西登堂入室。」他說。

「這麼說，你是個小偷？」

「不，不，克雷文夫人，請不要冤枉我。你知道我敲了門，而小偷是不敲門的。只是我認為你不打算讓我進來，我才使用這個東西。」

「為什麼你要進來？」

客人的眼睛又一次瞟著桌子上的藥錠。

「如果我是你，就不會那樣做，」他說，「你知道，那一點也不像你所想像的那樣。你以為，你只不過是睡了一覺，然後就不再醒來。但是事情完全不是那樣。會發生各種各樣不愉快的反應，有時皮膚會發生痙攣和壞疽。如果你對這藥物具有抵抗力，那就需要很長的時間才會發生作用，這樣就可能被人及時發現，從而發生各種不愉快的事情。什麼胃唧筒呀，蓖麻油呀，熱咖啡呀，拍打推搥呀……我向你保證，這些一定很不好受。」

希拉蕊往後靠在椅背上，眼睛瞇成一條縫。她輕輕握拳，強迫自己微笑起來。

「好可笑啊你，」她說，「你以為我要自殺，或者要做那一類的事？」

「我不僅以為你要自殺，」那個叫傑索普的年輕人說，「我敢確定你要自殺。你知道，當你走進那家藥局的時候，我也在店裡面。事實上，我是去那裡買牙膏。可是，那家藥局沒有我喜歡用的那一種。於是，我又去另一家藥局。在那裡，我又看到你在買安眠藥。我想這事有點古怪。因此，你知道，我就跟蹤你了。你在不同的地方都買了安眠藥。這一切總結起來只意味著一件事。」

他的聲調友好、輕鬆，使人感到放心。希拉蕊．克雷文注視著這個年輕人，把自己的一切偽裝都拋棄了。

「既然如此，你不認為，你試圖阻止我，是多麼不可原諒的無禮行為嗎？」

他考慮了一下後搖搖頭說：「不，並非我無禮。你知道，你不能做這種事。」

希拉蕊氣呼呼地說：「你可以暫時阻止我這樣做。我的意思是，你可以把這些藥錠拿走，把它們扔到窗外或別的什麼地方。但你不能阻止我過幾天再買更多的藥錠，或者從大樓的頂層跳下去，或者臥倒在一列火車前面。」

那個年輕人想了一下。

「當然不能，」他說，「我同意我阻止不了你。不過，你今後是否還想要這樣做，卻是個問題。比如說，明天呢？」

「你認為明天我就會有不同的感覺嗎？」希拉蕊用略帶辛酸的語調問。

「一般人是這樣。」傑索普辯解似地這樣說。

「也許是……」她考慮了一下，說：「如果你是在一時衝動的絕望下做出這種事的話。但如果那是在冷靜的絕望下發生，那就完全不一樣了。你知道在這個世界上，沒有什麼值得讓我活下去的東西。」

傑索普把他貓頭鷹似的頭偏向一邊，並且眨了眨眼睛。

「真有趣。」他說。

「才不是，一點趣味也沒有。我不是一個有情趣的人。我深愛的丈夫拋棄了我，我唯一的孩子因為患了腦膜炎而痛苦地死了。我沒有親密的朋友或親人。我沒有工作，也沒有熱愛的興趣或嗜好。」

「你的命真苦，」傑索普感嘆地說。接著，他有點遲疑地補了一句：「你不認為這樣做……不對嗎？」

希拉蕊激動地說：「為什麼不對？這是我的生命呀！」

「是你的生命沒錯，」傑索普急忙強調，「我不是在高談倫理道德，但是，你知道，有些人認為這樣做不對。」

希拉蕊說：「但我不是這些人。」

傑索普不太甘願地說：「是沒錯。」

「所以，現在，呃……」

「我叫傑索普。」年輕人說。

「所以，現在，傑索普先生，你可以別管我了吧？」

但是傑索普搖搖頭說：「還不行。我要知道這背後的原因究竟是什麼。我有沒有弄清楚了：你對生活失去了興趣，你不想繼續活下去，你某種程度上喜歡死亡這個念頭？」

「是的。」

「好，」傑索普樂呵呵地說，「現在我們知道你的想法了。讓我們繼續下一步吧。一定得用安眠藥嗎？」

「你這是什麼意思？」

「哦，我告訴過你，安眠藥的效用並不像人們以為的那樣羅曼蒂克。從大樓上跳下去呢？也不怎麼美妙，你不會馬上死掉。在火車前臥倒也一樣。我要說的是，還有其他路子可走。」

「我不明白你的意思。」

「我建議你採用另外一種方法，而且是一種光明正大的方法。這種方法還具有某種刺激性。我可以毫不隱瞞地對你說，你只有百分之一的可能性不會死。但是，我相信，假如出現了這種情況，你不會反對活下去。」

「我一點也不懂你在說些什麼。」

「當然，你不會懂，」傑索普說，「因為我還沒開始講給你聽。恐怕我不得不囉嗦一番……我的意思是，我要給你講個故事。我可以開始了嗎？」

「隨你便吧。」

傑索普不理會她那種勉為其難的模樣，就一本正經地談起來了。

「我猜你應該是以看報來了解時事的那種婦女，」他說，「你一定在報上看過有一些科學家陸續失蹤的消息吧。大約一年前有個義大利科學家失蹤了，還有兩個月前，一個叫作托馬斯．貝特頓的年輕科學家失蹤了。」

希拉蕊點點頭，說：「是的，我在報上看過這些消息。」

「可是，實際失蹤的人比報上登載的要多得多。我的意思是說，有更多的人失蹤了。他們並不都是科學家。其中有些是從事重要醫學研究的年輕人，有些則是從事研究的化學家，有的是物理學家，有一個是律師。哦，很多，很多，這裡那裡，到處都有人失蹤。要知道，我們的國家是個所謂的自由國家，只要你願意，你可以隨時離開。但是對於這些奇怪的現象，我們必須了解。為什麼這些人要離開？他們去哪裡了？以及——這一點也很重要——他們是怎樣去的？他們是自願去的嗎？他們是被綁架去的嗎？他們是被拐騙去的嗎？他們是從哪條路走的？主謀者是一個什麼樣的組織？其最後的目的是什麼？這其中存在著許許多多的問題。我們想為這些問題找出答案，而你也許可以幫助我們。」

「我？我怎麼幫？我為什麼要幫？」

「現在我們就先談談托馬斯．貝特頓這個案件。他是兩個月前從巴黎失蹤的，他把妻子留在英國。她憂愁得快要發狂……或者聲稱她快要發狂了。她斬釘截鐵地說，她不知道他為什麼走、到什麼地方去，或者是怎樣走的。她說的可能是真話，也可能不是。有的人認為——我是其中一個——她說的不是實話。」

希拉蕊把身子向前湊近了一些。她不禁變得好奇起來。傑索普繼續說下去。

「我們準備對貝特頓夫人進行祕密監視。大約兩週前她來找我，告訴我說，她的醫生囑咐她去外國徹底休息並好好玩一下。她在英國過得很不舒服，人們不斷來打擾她，報社的記者呀、親戚呀、好心的朋友呀！」

希拉蕊冷冷地說：「這個我可以想像。」

「是的，她很不快樂。她想離開一段時間，這十分自然。」

「我認為這十分自然。」

「但是，你知道，幹我們這一行的人都有嚴重的疑心病。我們已經派人監視貝特頓夫人。昨天她已經按預定計畫離開英國到卡薩布蘭加來了。」

「卡薩布蘭加？」

「是的……在卡薩布蘭加停留一下，再到摩洛哥的其他地方。一切都是公開的，光明正大的，做了旅行計畫，預訂了飛機票和旅館房間。但是，很可能，這趟摩洛哥旅行只不過是貝特頓夫人逃往那個不明目的地的藉口而已。」

希拉蕊聳聳肩。

「我不明白你為什麼要讓我知道這些事。」

傑索普微笑了一下。

「你必須知道這些事，因為你有一頭非常漂亮的紅頭髮，克雷文夫人。」

「紅頭髮？」

「是的。這是貝特頓夫人最顯著的特徵，紅頭髮。你也許聽說了，今天早你那班飛機起飛的那個班次，在著陸時墜毀了。」

「這我知道。我本來應當坐那班飛機的。實際上我已經預訂了那班飛機的機票。」

「有趣，」傑索普說，「貝特頓夫人就在那架飛機上。但她沒死。她被人從墜毀的飛機裡救出來時還活著，現在人在醫院裡。但是據醫生說，她活不到明天早晨。」

一道微光照到希拉蕊的心坎上。她用探詢的目光注視著傑索普。

「嗯，」傑索普說，「現在你該明白我向你建議的自殺方式了吧？我建議你化身為貝特頓夫人。」

「但是，」希拉蕊說，「這不太可能。我的意思是，他們會立刻認出我不是貝特頓夫人。」

傑索普把頭側向一邊。

「那完全要看你所謂的『他們』究竟是指誰。『他們』是個非常含混的詞語。誰是『他們』呢？有這樣的東西嗎？有所謂『他們』這樣的人嗎？我不知道有這樣的人。但是我可以告訴你一點：如果我們採用『他們』這個詞語最通俗的解釋，那麼這些人工作的方式是極為封閉的。他們那樣做是為了自身的安全。如果貝特頓夫人的旅行有一定的目的，並且是計畫好的，那麼在這邊負責這次旅行的人，對於它在英國方面的情況一定一無所知。他們只安排好在約定的時間和地點與某個女人聯繫，並按原定計畫繼續進行下去。貝特頓夫人的護照上寫著她身高五英尺七英寸，紅頭髮，藍綠色眼睛，嘴中等大小。無識別標記。好極了。」

「但是，這裡的政府，他們當然……」

傑索普笑了笑。

「這方面完全沒問題。法國人也損失了一些有價值的年輕科學家和化學家。他們會與我們合作。事情會這樣安排：遭受腦震盪的貝特頓夫人已被送進醫院。飛機上的另一名乘客克雷文夫人也被送進醫院。克雷文夫人將在一兩天內死於醫院，而貝特頓夫人則將出院。她只受到輕微的腦震盪，仍能繼續旅行。飛機墜毀是真的，貝特頓夫人的腦震盪也是真的，而腦震盪則為你提供了一個良好的掩護。它可以為許多事情——像記憶力喪失以及各種無法預期的行為——提供藉口。」

希拉蕊說：「真是瘋狂。」

「哦，是的！」傑索普說，「這很瘋狂，對極了。這是個非常艱難的任務。而且如果我們的懷疑是真的，你可能會被殺死。你看，我十分坦率吧。照你所說，你已做好死的準備，並且渴望死亡。比起在火車前臥倒或類似的行為，我認為你會發現這項任務要有趣多了。」

希拉蕊突然大笑起來。

「我相信，」她說，「你說得對。」

「那麼，你願意接受？」

「是的。為什麼不呢？」

「既然如此，」傑索普一面說，一面迅速地從椅子上站起來。「我們不能再浪費任何時間了。」

04

醫院裡實際上並不冷，但人們總感覺冷。空氣中散發著防腐劑的氣味。偶爾在病房外面的走廊上，可以聽到手推車經過時玻璃器皿和器械發出的響聲。希拉蕊·克雷文坐在病床旁邊的一把鐵椅上。

奧麗芙·貝特頓在一盞遮光燈下直挺挺地躺在床上不省人事，頭上紮著繃帶。一個護士站在床的一邊，醫生站在另一邊。傑索普坐在病房角落的一把椅子上。醫生轉過身去，用法語對他說：「不會拖太久。現在脈搏已經非常微弱。」

「她不會再恢復知覺了嗎？」

這個法國人聳聳肩。

「這我不確定。臨死的時候也許會回光返照。」

「再也無能為力了嗎，不能注射興奮劑？」

醫生搖了搖頭，隨即便出去了。護士也跟著醫生一起走。一個修女進來，走到床頭，站在那裡用手指撥弄著念珠。希拉蕊看著傑索普。傑索普向她使了眼色，於是她走到他身邊。

「你聽見醫生說的話嗎？」他小聲問。

「聽到了。你想向她說些什麼？」

「如果她恢復了知覺，我們要努力獲取一些情報：口令、標記、資訊或其他任何東西。你明白嗎？她可能更願意對你講，而不願對我講。」

希拉蕊突然感性起來。

「你要我去欺騙一個垂死的人嗎？」

傑索普把頭像鳥一樣地偏向一邊，這是他的一種習慣姿勢。

「你覺得這是欺騙？」他思索著說。

「是的，沒錯。」

他若有所思地注視著希拉蕊。

「好吧，那你喜歡說什麼、做什麼，你就去說、去做吧。至於我，我可沒有什麼顧忌，你明白嗎？」

「當然，這是你的職責所在。你可以問你高興問的問題，但不要叫我這麼做。」

「你擁有完全的自由。」

「有個問題我們現在就必須做出決定。我們要不要告訴她，她就要死了？」

「我不知道。這個問題我得考慮考慮。」

她點了點頭，接著走回病人床邊的座位上。現在她心裡對那個垂死婦人充滿了深切的同情。這個婦人真的是要去和愛人團聚嗎？也許他們弄錯了？這個婦人到摩洛哥來，僅僅是為了尋求安慰，為了在丈夫是活是死的確定消息到來之前消磨一下時間？希拉蕊感到納悶。

時間一分一秒過去。大約兩個小時後，那修女撥弄念珠的咔啦聲停止了。她用一種柔和而不帶個人感情的聲音說：「有點變化了，夫人，我認為，她就要死了。我得去請醫生來。」

她離開了病房。傑索普走到病床的另一邊，背靠牆站著，以便脫離那個垂死女人的視野。病人的眼瞼顫動著，張開了。她那茫然的藍綠色眼睛直視著希拉蕊的眼睛。然後那雙眼睛再度合攏，又張開，露出困惑不解的神情。

「什麼地方……」

醫生走進病房的時候，這句話在她那幾乎斷了氣的兩唇之間顫動著。醫生拉起她的手，用手指按住她的脈搏，站在床邊俯視著她。

「夫人，你是在醫院裡，」他說，「飛機失事了。」

「飛機？」

她恍恍惚惚地用異常微弱的聲音把這兩個字重複了幾遍。

「夫人，在卡薩布蘭加你有沒有想見的人？你有沒有什麼話需要我們轉達？」

她痛苦地抬起兩眼，望著醫生的臉。她說：「沒有。」

她的眼睛又轉過來望著希拉蕊。

「你是誰？誰……」

希拉蕊躬身向前，用非常清晰的聲音說：「我也是從英國坐飛機到這裡的旅客。如果你有什麼事需要我幫你，就請說吧。」

「沒有，沒有……除非……」

「什麼？」

「沒有。」

那雙眼睛再次顫動，而且又半閉上了。希拉蕊抬起頭，向對面望去，看到傑索普焦急而命令似的眼光。她堅定地搖了搖頭。

傑索普走向前來，緊挨著醫生站著。那個垂死婦人的眼睛又睜開了。她突然認出了傑索普，說：「我認識你。」

「是的，貝特頓夫人，你認識我。你願意把有關你丈夫的事情告訴我嗎？」

「不。」

她的眼皮又閉上了。傑索普輕輕轉過身來，離開了病房。醫生望著對面的希拉蕊，輕聲說：「結束了。」

那垂死婦人的兩眼又睜開了。那雙眼睛痛苦地環視了一下房間，然後呆呆地看著希拉蕊。奧麗芙．貝特頓做了一個非常微弱的手勢，於是希拉蕊本能地用兩手握住奧麗芙那隻蒼白而冰冷的手。醫生聳聳肩，點了點頭就離開了病房。這兩個女人終於可以獨處了。奧麗芙・貝特頓費力地說：「告訴我……告訴我……」

希拉蕊知道她在問什麼，於是馬上知道應當怎樣反應。她向這個垂死的婦人彎下腰來。

「是，」她說，她的話清楚而有力。「你快要死了。這是你想要知道的，對吧？現在，你聽我說，我要設法找到你的丈夫。要是我成功，你要我帶什麼音信給他？」

「告訴他……告訴他……要當心。鮑里斯……鮑里斯……危險……」

隨著一聲喘氣，她的呼吸又顫動起來。希拉蕊把身子更彎近這個垂死的婦人。

「為了幫助我……幫助我進行這趟行程，幫助我與你的丈夫取得聯繫，你有什麼事要告訴我嗎？」

「雪。」

這個字說得非常不清楚，使希拉蕊大惑不解。雪？雪？她把這個字反覆唸了幾遍，但始終不能領會其義。奧麗芙・貝特頓發出微弱而鬼魂般的咯咯笑聲，說出了下面微弱的語句：

雪啊，雪啊，美麗的雪啊，
你滑了一跤，就此離去！

她把最後一個字重複了幾遍：「去……去……去把鮑里斯的情況告訴他。我不相信，我無法相信。但是，也許是真的……如果是這樣，如果是這樣……」
她把眼睛抬起來，凝視著希拉蕊，眼神裡透著一絲痛苦的疑惑。
「……當心……」
她喉嚨裡響著奇怪的沙沙聲，嘴唇痙攣了起來。
奧麗芙．貝特頓死了。

§

在隨後的五天裡，希拉蕊雖然沒有進行什麼勞力活動，精神卻完全透支。她被關在醫院的一間密室裡，開始工作起來。每天晚上她都必須接受測驗，確定她記下了當天所學的一切。目前有關奧麗芙．貝特頓生活的所有情況都寫到了紙上，以備她去死記硬背。奧麗芙．貝特頓居住的房子，她雇用的女傭人、她的親屬、她寵愛的狗和金絲雀的名字、她與托馬斯．貝特頓六個月的婚姻生活細節。她的婚禮、女儐相的名字和她們所穿的衣服。窗簾、地毯和擦光印花布的花色圖案。奧麗芙．貝特頓的興趣、愛好，她的日常活動。她喜歡吃的食物、喝的酒……這一切她都必須記住。希拉蕊對他們搜集了這麼多看來毫無意義的情報很感驚訝。有一次她對傑索普說：「這些東西用得上嗎？」

傑索普沉著地答道：「也可能用不上。但是你必須使自己成為真正的奧麗芙．貝特頓。

希拉蕊，你最好把自己設想成一個作家，在寫一本關於一個女人的書。這個女人就是奧麗芙。你描寫她的幼年和少女時期，你描寫她的婚姻、所住的房子。在這樣做的過程中，她對你來說，就變得愈來愈像一個真實的人。然後，你再把整個過程重複一遍。這次，你把它寫成一部自傳，用第一人稱來寫。你明白我的意思嗎？」

她慢慢地點點頭，儘管內心很反感，但還是給說服了。

「只有變成奧麗芙．貝特頓，你才能夠像奧麗芙．貝特頓一樣。如果你有時間慢慢學習這個角色，當然要好得多。但現在我們沒時間讓你慢慢學習了，所以，只好讓你死記硬背。我們把你當成一個學童來灌輸知識，把你當成一個要參加一次重要考試的學生。」他又補充一句：「幸好，你很聰敏，記憶力很好，感謝上帝。」

他冷靜地打量著希拉蕊。

護照上所寫的奧麗芙．貝特頓和希拉蕊．克雷文的相貌特徵幾乎完全一樣，但是實際上這兩個人的面孔全然不同。奧麗芙．貝特頓相貌平常，並不漂亮。她個性固執而且不夠聰明。希拉蕊的臉卻強悍、迷人。她有一雙濃眉，深凹的藍綠色眼睛充滿著熱情和睿智。她的嘴角以極大的弧度向上彎曲。她的下巴很特別，一個雕塑家會對這張臉的輪廓大感興趣。

傑索普想：「這張臉具有熱情和膽量，雖然受到壓抑，但並未被撲滅，還保有一種頑強的活潑精神，想要享受生活，並且追求冒險。」

「你辦得到，」他對希拉蕊說，「你是一個機靈的學生。」

這種挑戰智力和記憶力的訓練使希拉蕊興奮不已。她對這項任務開始有興趣，急於取得成功。有一兩次她也萌生過拒絕這項任務的想法，也告訴了傑索普。

「你說，人家不會說我不是奧麗芙．貝特頓；你說，人家只知道她大略的情況，而不知道她究竟是什麼樣子。你怎麼能夠如此有把握呢？」

傑索普聳聳肩說：「我對任何事都不可能十分有把握。但是我們對於這類事情有一些經驗。看來他們和其他國家的來往極少。事實上，這對對方很有利。如果我們在英國遇到的是一個薄弱環節（請注意，每個組織裡都會有個薄弱環節），這個薄弱環節對法國、義大利、德國或者什麼地方正在發生的事都一無所知，這樣我們只好放棄，因為對方無料可查。負責這個環節的人只知道整體的一小部分，其他就一無所知。對另一方來說，情況也是這樣。我敢肯定地說，在這裡活動的對方機構，所知道的也只不過是奧麗芙．貝特頓將坐什麼飛機到達這裡，以及必須給她什麼指示而已。你看，這不就代表說她本人並不重要嗎？如果他們把她帶到她丈夫那裡，那一定是因為她丈夫的要求，而他們認為如果讓他們夫婦團聚，她丈夫的工作效率就會更好。她本人只不過是這場賭博中的籌碼而已。你也必須記住，用一個假的奧麗芙．貝特頓來冒名頂替，絕對是我們一時靈機一動而想出來的，那是由於飛機失事和看到你的頭髮顏色而萌生的。我們的行動計畫是對奧麗芙．貝特頓進行監視，弄清楚她到什麼地方去，怎樣去，以及將會見到誰等等。而這些也是另一方正在密切注意的。」

希拉蕊問：「你過去沒有試驗過這種方法嗎？」

「試驗過，在瑞士，做得非常隱祕。然而，就我們的主要目的而言，那次試驗算是失敗了。我們不知道在那裡有誰和她聯繫過。如果他們有聯繫，那種聯繫也必然很簡短。他們判斷會有人不斷地監視著奧麗芙．貝特頓，因此已做好應變的準備。這次我們應當把工作執行得更徹底一些。我們必須做得比對手更巧妙。」

「因此，你會對我進行監視？」

「當然。」

「怎樣監視呢？」

傑索普搖了搖頭，說：「這個我不能告訴你。你最好別知道。不知道的事就不會不小心洩漏出去。」

「你認為我會洩漏嗎？」

傑索普又擺出貓頭鷹似的嚴肅表情。

「我不知道你演戲的技巧怎樣，說謊的本領怎樣。你知道，這是一件不容易的事。這不是說話謹不謹慎的問題。任何事情都可能引起麻煩：突然吸一口氣，在做什麼事時……比如點燃一根香菸，暫時停了一下表示認得某個人或名字；你也許可以迅速地掩飾，但是只要那一點點工夫就足以引起懷疑。」

「我明白了。也就是說，我們必須隨時保持警覺。」

「完全正確。眼下你還是繼續學習吧。就好像又重新上學一樣，對吧？現在，你對奧麗芙·貝特頓的情況，已經一字不錯地記熟了。讓我們繼續學習其他東西吧。」

接著學習暗號、接頭時的應答以及地下工作人員應有的各種知識。他們詢問、反覆追問、想辦法把她弄糊塗，使她犯錯；然後，布置假情況，看她對這些情況如何反應。最後，傑索普點點頭，表示他對希拉蕊感到很滿意。

「你一定辦得到，」他像一個長輩似的拍著希拉蕊的肩膀說，「你是個聰明的學生。不管何時，當你覺得自己好像在孤軍奮戰時，請記住，其實你可能並不孤單。我只能說『很可能』，我不想說得太過頭。因為，對方也是些聰明人。」

「旅途的終點會發生什麼事呢？」希拉蕊問。

「你的意思是……」

「我的意思是，當我最後面對面碰上托馬斯·貝特頓的時候，會發生什麼事？」

傑索普嚴肅地點點頭。

「是的，」他說，「那很危險。我只能說，到那時，只要是一切順利，你會得到保護。這是假設事情就像我們所希望的那樣發展。但是，你應該還記得，這次行動的基礎是……生存的機會並不很大。」

「你不是說過，生存的可能性只有百分之一嗎？」希拉蕊冷冰冰地說。

「當時我不知道你是個什麼樣的人，我想現在我可以把它的可能性增大一些。」

「對，我想你不會知道。」她沉思起來。「對你來說，我想，我當時不過是……」

傑索普替她說完她想說的話：「一個有著一頭顯眼紅髮的女人，一個沒有勇氣繼續活下去的女人。」

她的臉一下子紅起來。

「這是個嚴苛的評斷。」

「也是個真實的評斷，對吧？我不願意為別人感到惋惜。因為這侮辱了他的人格。只有當別人為他自己惋惜的時候，我們才應當為別人惋惜。自憐是促進世界進步最大的絆腳石之一。」

希拉蕊沉思地說：「我認為你可能是對的。在完成這項任務時，如果我被消滅了（對不起，我不知道你通常用什麼詞語），你會不會為我感到難過呢？」

「為你難過？我才不呢，我要拚命地大罵，因為我們損失了一個花過心血栽培、具有價值的人。」

「你終於稱讚我了。」希拉蕊不禁感到高興。

她繼續用一種實事求是的口吻說：「我還想起另外一件事。你說不大可能有人知道奧麗芙・貝特頓長什麼樣子。但是萬一我原來的身分被認出來，那怎麼辦呢？在卡薩布蘭加我不認識任何人。但是和我坐同一架飛機來的人呢？也許我會偶然碰上一個認識的人？」

「你不必為此操心。和你一起坐飛機到這裡來的人都是些商人，他們又繼續飛往達卡了；至於在這裡下飛機的那個男乘客，他隨後又坐飛機回巴黎了。你離開醫院之後，要住到另外一個旅館去，住到貝特頓夫人預訂房間的那個旅館去。你要穿她常穿的衣服，梳她常梳的髮式，然後再在臉上貼上一兩塊膏藥，那你的面貌就會很不一樣了。順便說一下，我們已經請來一位醫生，準備對你的臉部進行加工。只會局部麻醉，因此那不會痛。但你的確要有幾個飛機失事後留下的疤痕。」

「你做得真徹底。」希拉蕊說。

「不得不如此啊！」

「你從來沒有問我，」希拉蕊說，「奧麗芙．貝特頓在臨死前是否對我說過什麼。」

「我知道你必須遵守諾言。」

「我很抱歉。」

「別客氣。其實，我倒因此而尊敬你呢……我自己也很想遵守諾言，但這不列入近期計畫之中。」

「她的確說了一些我應當告訴你的事。她說：『告訴他……』那是指貝特頓。『告訴他要當心……鮑里斯……危險……』」

「鮑里斯？」傑索普饒有深意地重複著這個名字。「啊，那是我們永不犯錯的外國少校鮑里斯．格萊德。」

「你認識他？他是誰？」

「一個波蘭人。在倫敦時他來見過我。據說是托馬斯．貝特頓元配的表弟。」

「據說是？」

「我們就說得更確切些吧：如果他真是他自己所說的那個人，他就是已故貝特頓夫人的表弟。但是，對這一點，目前只有他自己這麼說。」

「她很害怕，」希拉蕊皺起眉頭說，「你能描繪一下他的樣子嗎？我希望能認出他。」

「好。那我就不妨描繪一下吧。他身高六英尺，體重約一百六十磅，金色頭髮，面容一本正經，淡色眼睛，舉止有股外國人的味道……英文說得很正確，但帶有明顯的口音。軍人的嚴謹舉止。」

他繼續說下去。

「他離開我的辦公室時，我曾經叫人跟蹤他，但沒什麼結果，他直接去美國大使館了。這也很正常，因為他是從那裡帶著一封介紹信來見我的。那是一封尋常的官方介紹信。我認為，他要嘛是坐在別人的汽車裡，要嘛是化裝成一個男僕或別的什麼人從後門溜出了大使館。總之，他擺脫了我們的跟蹤。是的，我應當說，奧麗芙・貝特頓說鮑里斯・格萊德危險可能有點道理。」

05

聖路易旅館的小客廳坐著三位女士，每一位都在做著自己的事。

矮小、豐滿、頭髮染成藍色的凱芬．貝克夫人，正在用她一貫旺盛的精力寫信。凱芬．貝克夫人是一位正在旅行的美國人，這是誰都不可能搞錯的。她生活優渥，饑渴地想探知太陽底下的每件事。

赫瑟林頓小姐坐在一把很不舒服的帝王椅裡。她是一位旅行中的英國人，這也是誰都不可能搞錯的。她正在編織一件英國婦女總在編織的那種醜陋毛衣。她長得很高很瘦，脖子瘦骨嶙峋，頭髮亂蓬蓬的，而表情呢，似乎在道德上對全人類都感到失望。

珍妮．馬里科小姐優雅地坐在一把豎椅上，望著窗外打呵欠。她是一個把黑頭髮染成金黃色的女人，臉蛋並不好看，但打扮得十分引人注目。她的衣著入時，而且對這個客廳裡的人毫無興趣。她打心底鄙視她們，認為她們只不過是一些尋求刺激的旅遊者。此刻她正在思考她情感生活的一個重要變化，沒有工夫理睬這些像動物一樣四處游移的旅遊者。

赫瑟林頓小姐和凱芬．貝克夫人已經在聖路易旅館住了兩夜，彼此都已熟悉了。凱芬．貝克夫人具有美國人那種愛交際的性格，和每個人都談得來。赫瑟林頓小姐雖然也急於尋求友伴，卻只和她認為具有一定社會地位的英國人或美國人交談。至於法國人，除了那些會在餐廳裡和自己兒女同桌吃飯的正派家庭，她是不與其他人交往的。

一個樣子像富商的法國人往客廳裡瞥了一眼，被這清一色的女性氣氛嚇住了，於是帶著對珍妮．馬里科小姐甚為留戀和悔恨的臉色走開了。

赫瑟林頓小姐開始低聲地數起針數來：「二十八針、二十九針，怎麼搞的……哦，我明白了。」

一個長著一頭紅髮的高個子女人往客廳裡窺視，並且躊躇了一下才又繼續沿著走廊往餐廳走去。

凱芬．貝克夫人和赫瑟林頓小姐立即警覺起來。貝克夫人從寫字檯轉過身來，激動地說：「赫瑟林頓小姐，你注意到那個往客廳裡窺視的紅髮女人嗎？他們說，她是上週那場可怕空難的唯一倖存者。」

「我看見她是在今天下午到達這裡的，」赫瑟林頓小姐說，激動之下她又漏織了一針。「坐救護車來的。」

「旅館經理說，她直接從醫院來。我不知道她這樣快就離開醫院是否明智。據我了解，她有腦震盪。」

「她臉上還紮著繃帶……也許是被玻璃割破的，幸好沒被燒傷。據說飛機失事所引起的火傷很可怕。」

「簡直不堪設想。這可憐的年輕女人，不知道她丈夫是不是和她在一起。他是不是也死了？」

「據說她丈夫沒和她一起來，」赫瑟林頓小姐搖搖灰黃色的腦袋。「報上只提到她一個人。」

「沒錯，報上登了她的姓名。一個叫作貝弗利的夫人……不對，是貝特頓夫人。」

「貝特頓，」赫瑟林頓小姐沉思地說，「這姓名好像使我想起了什麼？貝特頓。對了，我在報上看到過這個姓名。哦，嗯，我敢確定就是那個名字。」

「皮耶爾見鬼去吧，」馬里科用法語自言自語地說，「他真叫人受不了。但小朱爾斯，他好可愛，而且他的父親在社會上頗有地位。我決定了。」

接著，馬里科小姐就邁著優雅的大步伐走出了客廳，從我們的故事中消失了。

§

貝特頓夫人在飛機失事後的第五天下午離開醫院。一輛救護車把她送到了聖路易旅館。

她顯得蒼白而有病容，臉上貼著膏藥、紮著繃帶。她立刻就被帶到專門為她保留的那個房間裡，那位富有同情心的經理緊緊跟在她周圍侍候她。

「夫人，你經受了多大的痛苦啊！」那位經理親切地問她這間為她保留的房間是否合她的意，並且毫無必要地把所有的電燈都打開。「死裡逃生多不容易啊！真是奇蹟！多幸運啊！據說只有三個生還者，而其中一個現在還處於危險狀態呢！」

希拉蕊困乏地一屁股坐到椅子上。

「是的，的確如此，」她咕噥道，「我幾乎不敢相信這件事。甚至到現在我也記不起什麼東西。對我來說，飛機失事前二十四小時的情況其實十分模糊。」

「哦，是的。那是腦震盪的結果。我的一個妹妹也得過腦震盪。戰爭時期她在倫敦。一顆炸彈落下來，把她震得不省人事。但是，她馬上就爬了起來。她在倫敦亂轉，在尤斯頓車站搭上一列火車。她在利物浦醒來之後，關於炸彈的事情她都記不得了，怎樣在倫敦亂轉也記不得了，搭火車的事或怎樣到達利物浦的事也不記得了。她唯一記得的一件事，是她把她的裙子掛在倫敦的衣櫃裡。這些事情都非常奇怪，對吧？」

希拉蕊同意經理的意見，認為這些事情的確很奇怪。那位經理鞠了個躬就走了。希拉蕊站了起來，走到鏡子前去照一照自己。現在她是如此入戲，以至於感到四肢一點勁力都沒有，這對一個遭受過一番嚴厲折磨、剛從醫院出來的人來說，十分自然。

她在旅館服務台查問過，獲知並沒有她的電報或來信。看來，她扮演這個新角色的頭幾步，必須在一無所知中邁出。奧麗芙．貝特頓可能曾被告知在卡薩布蘭加應當撥某個電話號碼或和某某人聯繫。但是，這一點她毫無線索。目前她能夠據以行事的東西只有奧麗芙．貝特頓的護照、信用卡和庫克旅行社的票券本。這些票券上註明她在卡薩布蘭加住兩天，在菲斯住六天，在馬拉喀什住五天。當然，現在這些票券都過期了，需要加以處理。護照、信用卡和隨身攜帶的身分證明信都已經妥善處理過了。護照上現在已經換上希拉蕊的照片，信用卡上的簽名也是希拉蕊親筆寫的「奧麗芙．貝特頓」幾個字。總之，她的憑證已經齊全。當前的任務就是恰如其分地扮演這個角色並等待指示。她手中掌握的王牌就是飛機失事以及由此引起的記憶力喪失和迷迷糊糊的神智。

飛機失事是真的，奧麗芙．貝特頓也真的乘坐了這班飛機。而腦震盪則能恰當地把她未有請示行動這件事掩蓋過去。因此，糊塗、迷惘、虛弱的奧麗芙．貝特頓就只好就地等待命令。

當前要做的事自然是休息。因此，她躺在床上，用兩小時把他們教給她的事情在腦子裡又複習了一遍。奧麗芙的行李已經在飛機上燒毀了，希拉蕊只帶著醫院提供給她的幾件東西。她梳了梳頭，在嘴唇上塗點口紅，就下樓去餐廳吃飯了。

她注意到有人好奇地看著她。有幾張餐桌坐了一些商人，他們幾乎看都不看希拉蕊一眼。但是在另外幾張顯然是旅客占用的餐桌上，她覺得他們正在竊竊私語。

「那個女人，那個紅頭髮女人，是這次飛機失事的一個生還者，親愛的。她是從醫院坐救護車來的。她到達的時候我正好看見。她看起來仍然非常虛弱。我不知道他們這麼快就讓她出院是否太早了。多可怕的經歷啊！能死裡逃生多幸運啊！」

吃完晚飯，希拉蕊在這個小小的客廳裡坐了一會。她不知道會不會有人以某種方式來接近她。客廳裡只零零落落地坐著一兩個人。突然，一個把白髮染成藍色的小個子胖婦移到希拉蕊旁邊的一把椅子上。她用活潑而令人愉快的美國口音說：「我希望你能原諒，我非說一兩句話不可。你就是前幾天從那架失事飛機上奇蹟般逃出來的人嗎？」

希拉蕊放下她正在閱讀的雜誌。

「是的。」她說。

「哎呀，多麼可怕！我是說那次失事。他們說，只有三個生還者，對吧？」

「只有兩個，」希拉蕊說，「當中有一個在醫院裡死了。」

「天哪！是這樣的嗎？嗯，怎麼稱呼……」

「我姓貝特頓。」

「哦。如果你不介意的話，請告訴我你在飛機上是坐在什麼位置？你是坐在飛機頭部還是尾部？」

希拉蕊知道應當怎樣回答這個問題，於是馬上就開口說：「坐在尾部。」

「大家總是說，那是最安全的地方，對吧？我每次坐飛機時總是堅持要坐在靠近後門的位置。你聽見沒有，赫瑟林頓小姐？」

她把頭轉向另一個中年女士。那是一個不苟言笑的英國人，有一張像馬一樣長的臉。

「我前幾天就這樣說過。你坐飛機時，可千萬不要讓空中小姐把你帶到機頭的位置。」

「但是總得有人坐在飛機頭部啊。」希拉蕊說。

「對，但我不坐。」那個美國人斬釘截鐵地說，「順便說一句，我姓貝克，凱芬．貝克太太。」

希拉蕊頷首示意。接著貝克夫人就開始攀談起來，並且一下就壟斷了整個談話。

「我剛從莫加朵到這裡，而赫瑟林頓小姐則是從丹吉爾來。我們在這裡才認識的。你準備遊覽馬拉喀什吧，貝特頓夫人？」

「我原本打算這樣做的。」希拉蕊說，「但這次飛機失事把我的整個計畫都打亂了。」

「那當然啦，這一點我明白。但是你絕不能不遊覽馬拉喀什呀。赫瑟林頓小姐，你說對吧？」

「遊覽馬拉喀什太花錢，」赫瑟林頓小姐說，「我這點可憐的旅行費用很難辦事。」

「那裡有一家非常好的旅館，叫馬穆尼亞旅館。」貝克夫人繼續說。

「那家旅館貴得要命，」赫瑟林頓小姐說，「對不起，當然，對你來說那不算什麼，貝克夫人，你有的是錢。有人給我那裡一家小旅館的名字。那旅館很好、很乾淨，而且據說吃得也挺不錯。」

「你還計畫去哪些地方，貝特頓夫人？」凱芬．貝克夫人問。

「我還想遊覽菲斯，」希拉蕊謹慎地說，「當然，我必須重新預訂旅館房間了。」

「是的，你當然也不能不遊覽菲斯或拉巴特。」

「你到過那裡嗎？」

「沒有。我打算近日就去，赫瑟林頓小姐也一樣。」

「據說，舊城的景色一點也沒被破壞。」赫瑟林頓小姐說。

談話又東拉西扯地繼續了一段時間。希拉蕊藉口說剛出院有些疲倦，就上樓回臥室了。這一晚就這樣無功而返。跟她談話的那兩個女人，顯然是那種人們熟知的旅客，她想像她們可能是別的什麼。她決定，如果明天還接不到任何電話和指示，就親自去庫克旅行社在菲斯和馬拉喀什重新預訂旅館。

第二天早晨她仍然沒有接到任何信函、電報或電話。大約在十一點，她動身去旅行社了。那裡已經有一些人在排隊辦理手續，當她終於走到櫃檯，開始和辦事員談話的時候，突然有人打斷了他們的談話。一個戴眼鏡的高級辦事員用手肘把那個年輕辦事員推到一邊。他透過眼鏡看著希拉蕊，笑嘻嘻地說：「你是貝特頓夫人吧？我已經把一切預訂手續都辦好了。」

「恐怕，」希拉蕊說，「那些預訂都逾時了。我一直住在醫院，並且……」

「是的，這我知道。恭賀你得以生還，夫人。但是我已接到你重新預訂旅館的電話。我們已經給你辦好了。」

希拉蕊覺得自己的心跳快了起來。據她所知，沒人打電話給旅行社。這必定是奧麗芙・貝特頓的行程已經受到監視。她說：「我不敢肯定他們打過電話沒有……」

「但是，的確有人來過電話，夫人。我現在就拿給你看。」

他拿出火車票和預訂旅館的收據。幾分鐘後，手續就辦好了。希拉蕊將於翌日動身去菲斯。

凱芬・貝克夫人午飯和晚飯都沒在旅館吃。赫瑟林頓小姐則午、晚飯都在旅館吃。當希拉蕊經過她的餐桌向她點頭時，她向希拉蕊還了禮，但看來並不想和她談話。第二天，在買了一些必要的衣物之後，希拉蕊就坐火車去菲斯了。

§

在希拉蕊離開卡薩布蘭加那天，凱芬・貝克夫人像往常一樣活潑愉快地走進旅館，赫瑟林頓小姐走上前來和她談話。赫瑟林頓小姐細長的鼻子因激動而輕微地顫抖，她說：「我已經記起貝特頓這個名字了……他就是那個失蹤的科學家。所有的報紙都登過這件事。他大約是兩個月前失蹤的。」

「哦，我現在也想起點什麼來了。他是個英國科學家，是的。他去巴黎參加一個什麼會議。」

「對了，就是這麼回事。你是否認為，這個女人可能是他的妻子？我查看了登記本，她的通信地址是哈韋爾……你知道，哈韋爾是原子試驗所的所在地。我認為製造原子彈是不對的。而一旦用上鈷——顏料盒上的鈷是多麼美啊！我小的時候常用這種顏色——很糟糕，據說，沒有一個人能倖存。我們不該做這種試驗。前幾天有人告訴我，她的一個表弟說了（一個非常聰明的人），全世界都會受到放射線毒害。」

「天哪，天哪。」凱芬・貝克夫人叫道。

06

摩洛哥的卡薩布蘭加是個繁華的法國式城鎮，除了街上擁擠的人群，沒有半點東方的神祕氣味，有點使希拉蕊失望。

天氣仍然是晴空萬里，一碧如洗。她在北上的旅途中透過車窗觀賞飛快而逝的景致，十分快意。一個看起來像旅行推銷員的小個子法國人坐在她對面。斜對面的角落裡，一個皺著眉頭的修女正在數著念珠祈禱。兩個攜帶很多包袱的摩爾族婦女愉快地交談著。這就是這個車廂的全部旅客。那位法國人借希拉蕊點了一根菸，因此很快就和她攀談起來。他指點沿途經過的名勝古蹟，把這個國家的很多事情說給她聽。她發覺這個人很有趣，也很聰明。

「夫人，你應該去拉巴特。不去拉巴特就錯了！」

「我會想辦法去。但是我的時間不多。」她笑著說，「此外，錢也不夠了。你知道，我們在國外只能隨身帶一點錢。」

「那很簡單。可以請這裡的朋友安排一下嘛。」

「很遺憾，我在摩洛哥還沒有這種朋友哩。」

「夫人，下次你再外出旅行，通知我一下。我可以把我的名片給你。而且，我可以代你安排一切。我經常有事去英國，你可以在那裡盡地主之誼。簡單得很嘛。」

「你太好了，我真希望有機會再來摩洛哥。」

「從英國到這裡，夫人，對你來說，變化一定很大吧。倫敦一向寒冷多霧，叫人非常不舒服。」

「是呀，變化大極了。」

「我是三個星期前才從巴黎來的。那時巴黎又是飄霧又是下雨的，真討厭死了。到了這裡一直是陽光明媚。儘管，請注意，空氣還是比較冷，但是，很乾淨。總之，空氣非常清新宜人。你離開英國時，天氣怎麼樣？」

「大都跟你說的一樣，」希拉蕊說，「有霧。」

「對啦，正是霧季嘛。雪……今年下雪了嗎？」

「沒有。」希拉蕊說，「還沒下。」

她開心地自忖道，這個小個子法國人大概認為跟英國人聊天最好是多談天氣，所以就這樣一路聊了下來。她問了他一兩個摩洛哥和阿爾及利亞政局的問題。他很願意回答，也流露出一副消息很靈通的模樣。

她向斜對面的角落瞟了一眼，發現那個修女很不以為然地盯著她。那兩個摩洛哥婦女下車了，又上來另外一些人。當他們到達菲斯時，天已經黑了。

「夫人，讓我協助你吧。」

希拉蕊站在那裡，看著車站上嘈雜的人群擠來擠去，有點迷惘。阿拉伯腳夫們從她的手中爭奪行李，大聲喊叫，爭相介紹旅館。她用一種乞求的眼光轉身看著她剛認識的法國朋友。

「夫人，你是去吉美宮旅館嗎？」

「是呀。」

「那好。你知道嗎，那裡離這裡有八公里呢。」

「八公里？」希拉蕊沮喪了。「原來還不在市內呀。」

「在舊城。」那個法國人解釋道，「至於我，我一般住在新城商業區的旅館裡。到了假日，或是想休息，或是要遊玩，自然是到吉美宮去。你也知道，那裡原本是摩洛哥貴族的住宅，有漂亮的花園，從花園可以直接進入那個原封未動的菲斯舊城。看來好像吉美宮旅館並未派車來接這趟火車。你要是同意，我就替你雇一輛計程車吧。」

「你太好了，只是……」

那個法國人對腳夫講了幾句流利的阿拉伯語，一會兒，希拉蕊就帶著她的行李上了計程車。那個法國人還確切地告訴她應給那些貪得無厭的阿拉伯腳夫多少錢。儘管他們爭辯說錢給得太少，他還是提高嗓門用阿拉伯語把他們打發走了。之後，他突然從口袋裡取出一張名片，遞給了希拉蕊。

「這是我的名片，夫人。什麼時候需要我幫忙，僅管告訴我。我會在此地的豪華大旅館住四天。」

他行個禮走了。希拉蕊走出耀眼的火車站，才看清手中的名片寫著：「亨利．勞里耶先生」。

計程車飛快地開出了城市，經過鄉村，上了一座小山。希拉蕊向窗外看他們是去了什麼地方，但是天色已暗下來。除了經過一座座有燈光的樓房外，其他什麼也看不見。難道從這裡開始，她就離開了正常的旅行而進入不明之地？勞里耶先生就是勸說托馬斯．貝特頓離開他的工作、家庭和妻子的某個組織的使者嗎？她坐在計程車裡胡思亂想，不知汽車要把她帶去哪裡。

但是，計程車毫無差錯地把她送到了吉美宮旅館。她下了車，通過一個拱形入口，發覺室內是東方樣式的，她非常高興。長沙發，咖啡桌和本地地毯；從接待處，她又被帶著穿過互相連接的幾個房間，到了一個露台。一路上淨是橙樹香花，然後上了一道迴旋梯，到達一間寬敞而舒適的臥室。那裡也全是東方情調，但又裝備了二十世紀旅館所必需的「現代化設備」。

服務生通知她，晚飯七點半開始。她打開行李拿了點日常用品，梳洗一下，就下樓了。

她經過那間東方式的長形吸菸室，穿過露台，從右邊走上幾步，到了燈火通明的餐廳。

晚餐很精緻。希拉蕊用餐時，餐廳裡人們進進出出，絡繹不絕。這一夜，她實在太累了，沒有心思去打量那些人，並對他們加以分類。但是，一兩個特別顯眼的人還是引起了她的注意。一個上了年紀的人，臉色發黃，留著一小撮山羊鬍子。她之所以注意到他，是因為他身邊的人都對他畢恭畢敬。他一抬頭，桌上的菜盤就撤下去了，並且換上新的。只要他的眉毛稍微皺一下，服務生就急忙跑過來侍候。她很想知道這個人是誰。大多數用餐的人很明顯都是度假的旅客。中央的大桌上有個德國人，還有一個中年男人和一個黃頭髮的漂亮女郎。她想，這一對大概是瑞典人，也可能是丹麥人。有一家帶著兩個小孩的英國人。還有幾群旅遊的美國人。另外，還有三家法國人。

晚餐後，她在露台上喝咖啡。似乎有點涼意，但不打緊，她很喜歡撲鼻的陣陣花香。不過，她還是很早就去睡覺了。

第二天早晨，她坐在露台上一頂鑲著紅邊的遮陽傘下，覺得這一切真是不可思議。她坐在那裡，裝扮成一個死了的女人，期待著驚人、奇特的某些事情發生。話說回來，那個可憐的奧麗芙．貝特頓出國的目的，難道不只是為了放鬆心情？有可能，就和別人一樣，那個可憐的女人也被蒙在鼓裡哩。

老實說，她臨死前所說的那番話，也可以被當成很普通的話來解釋。她要托馬斯．貝特頓提防那個名叫鮑里斯的什麼人。她腦筋不清醒，說了一小段奇怪的詩……她曾說什麼「剛開始她並不相信」。不相信什麼呢？可能只是指托馬斯．貝特頓怎麼被拐走了。

看不出有什麼邪惡的陰謀，也找不出什麼有用的線索。希拉蕊凝視著下面的花園，這裡很美，又美又安靜。孩子們絮聒著跑上跑下，法國媽媽呼喊他們，呵責他們。那個瑞典金髮女郎走過來在一張桌旁坐下，打了個呵欠。她取出一管桃紅色唇膏，在她那已經塗得很美的嘴唇上抹了起來。她認真地端詳自己的臉，微微皺了眉頭。

立刻，她的伴侶來了……希拉蕊認為是她的丈夫，也可能是她的父親。那女人點頭示意，連笑都沒有。她向前傾著身子跟他談話，很明顯是在埋怨什麼。他先是辯解，又表示道歉。

那個臉色發黃並留著一小撮山羊鬍子的老人從下面的花園走上露台。他一直走到盡頭處的那張桌子邊坐下，服務生立即跑過來。他點了些什麼，服務生鞠了個躬就走開，急忙去為他張羅。那個金髮女郎興奮地抓住了她伴侶的手，並且兩眼直盯著那個老人。

希拉蕊要了一杯馬丁尼。服務生端酒上來時，她低聲向他打聽：「靠牆坐著的那個老人是誰？」

「哦！」服務生像演戲一樣向前傾斜著身子說，「那是阿利斯泰德先生。他可是一個非常有錢——是的，非常有錢——的大富翁呀！」

嚮往著別人的萬貫家財而想入非非，他不禁嘆一口氣，而希拉蕊則仔細審視著那個彎腰駝背的乾癟老頭。好一個佝僂、乾癟的小老頭！然而因為他的錢多，服務生就跑上跑下，來回侍候，說起話來還得輕聲細語，畢恭畢敬。老阿利斯泰德移動了一下位子。就在這個時候，他和希拉蕊四目相接。他注視了她一下，隨即就轉看別處了。

「並不是那樣膚淺嘛。」希拉蕊對自己說。

即便是隔著這麼遠的距離，那雙眼睛還是流露出智慧和活力。

那個金髮女郎和她的同伴起身到餐廳去了。那個以嚮導和輔導員自居的服務生收拾盤子時，在她的桌旁停下來，又對她說三道四起來。

「剛才那位先生，他是一位瑞典大亨。很有錢，是個檯面人物。那個和他在一起的女人是個電影明星——人家都說是嘉寶第二，非常嫵媚，非常動人。但是，她一直在跟他吵鬧，算舊帳。沒有什麼能使她高興的。她……怎麼說呢，就是對這個地方『煩透了』。在菲斯城，沒有珠寶商店，沒有雍容華貴的女人稱讚、羨慕她的打扮。她要求他明天帶她到更好玩的地方去。啊，再有錢的富翁也不能享受心靈的平靜和寧謐啊。」

他這番頗有感慨的話還沒說完，就看見有人用手召喚他。他飛也似地穿過露台走了，就像通了電一樣。

「先生？」

大多數人都進去用午餐了。希拉蕊因為早餐吃得較晚，並不急於用午餐。她又要了一杯酒。一個漂亮的法國青年走出酒吧間，穿過露台，飛快地對希拉蕊投以謹慎的一瞥，幾乎沒有什麼掩飾，好像在說：「不知道這個女人在這裡做什麼？」然後，他順著台階走到下面的露台上去。他下去時，半唱半哼著法國歌劇中的一個片段：

沿著玫瑰紅、月桂樹，

夢想著愛情的溫暖。

那些詞語在希拉蕊的大腦中構成一個小小的圖案。「沿著玫瑰紅、月桂樹」，月桂樹，那不是火車上那個法國人的姓[3]嗎？兩者之間是有關聯，還是偶然的巧合？她打開手提包，尋找他給她的那張名片：「亨利・勞里耶，新月路三號，卡薩布蘭加」。她翻看名片背面，那裡隱隱約約有鉛筆的字跡。好像先寫過什麼，後來又用橡皮擦擦掉了。她盡力設法辨認這些字跡。「在何處」，一開始是這樣寫的，接下去她就認不出來了，最後一個字是「丹坦」。她一度以為這是某種資訊，但是過了一會兒，她搖搖頭，把名片放回了手提包。想必是他本來在上面寫了某些語句，後來就擦去了。

一個身影籠罩在她身上，她抬頭一看，大吃一驚。原來是阿利斯泰德站在她和太陽之間了。他的眼睛並未看她，而是穿過下面的花園，眺望遠山的輪廓。她聽見他嘆息了一下，之

3 月桂樹的法文與「勞里耶」同音。

後突然向著餐廳一轉身，衣袖掃著了她桌上的酒杯，一下子掉在露台上摔碎了。他馬上很客氣地回過頭來說：「噢，夫人，真抱歉。」

希拉蕊微笑著用法語連連表示沒關係。他輕輕彈了一下手指，把服務生召喚過來。

服務生和往常一樣跑過來。老人命令他給她換一杯酒，並且再一次道歉，然後就去餐廳了。

那個還在哼著小調的法國人再次上了台階。他從希拉蕊身邊經過時，還故意逗留了一下，但是，因為希拉蕊沒有什麼反應，他只好像一個哲學家那樣聳聳肩，到餐廳去了。

一家法國人穿過露台，父母呼喊著他們的子女。

「到這邊來，波波。你在幹什麼？快點來。」

「別玩球了，親愛的。我們吃午飯了。」

他們上了台階，走進餐廳。幸福家庭生活的一個小核心！一陣孤獨感和恐懼感忽然湧上了希拉蕊的心頭。

服務生給她拿了酒來。她問，阿利斯泰德是否單獨一個人在這裡。

「噢，夫人，像阿利斯泰德這樣的富翁是從不單獨外出旅行的。他帶了僕人、兩個祕書和一個司機來這裡。」

服務生很驚訝竟然會有人認為阿利斯泰德是單獨外出旅行。

然而，希拉蕊發現，當她最後走進餐廳時，那個老人還像昨晚那樣，自己一個人坐在桌旁。附近一張桌子坐著兩個年輕人。她想，那兩個人大概就是祕書，因為她注意到他們兩人之中，總有一人保持警覺，經常注意著阿利斯泰德的那張桌子。那個面容枯槁得像猴子一樣的阿利斯泰德坐在那裡用他的午餐，好像根本沒注意世界上還有那兩個人。很顯然，在阿利斯泰德看來，祕書根本不是人！

下午像睡夢一樣糊里糊塗地過去了。希拉蕊在花園裡散步，從一個露台下到另一個露台。這裡的安詳和美麗十分使人驚豔。噴泉濺濺，金黃色的桔子閃閃發光，數不盡的花香陣陣撲鼻。這才是東方的神祕氣氛，希拉蕊感到十分心滿意足。「幽閉的花園是她的姐妹，她的配偶……」花園就意味著一個與世隔絕的地方，充滿了綠意和黃金。

「我要是能在這裡住下去就好了，」希拉蕊想道，「我要是能在這裡永遠住下去就好了……」

她心中所想的並不是眼前的吉美宮花園，這個花園引起了一種心理狀態：她不再追求安靜時，反而找到了安靜；而心神獲致安靜之時，也正是她投身於冒險和危難之日。

然而也許沒有什麼危難，也沒有什麼冒險……也許她能在這裡稍做停留，什麼也不致發生。然後……

然後，怎麼辦？

一陣涼風襲來，希拉蕊打了個寒顫。你誤蹈和平生活的花園，但是，到頭來，你還是要從那裡叛離的。人世間的混亂，生活的艱難，數不清的遺憾和失望，沉重地壓在她的心頭。

夕陽西下時，希拉蕊拾級而上，回到了旅館。

在東方休息室的陰暗處，當希拉蕊的眼睛適應了室內暗淡的光線以後，她看見了健談而愉悅的凱芬．貝克夫人，這位夫人新染了頭髮，外表和往常一樣潔淨無瑕。

「我剛搭飛機到這裡，」她解釋道，「我簡直受不了那些火車，太慢了！而且，火車上的人都不講衛生！這些國家的人根本不懂什麼是衛生。親愛的！看看攤子上擺的那些肉食吧，蒼蠅到處都是。他們大概認為蒼蠅趴在東西上是很自然的事。」

「我的確這樣認為。」希拉蕊說。

貝克夫人不打算放過這個異端的聲明。

「我堅決擁護『食物清潔』運動。在我們美國，容易腐爛的食品總是用玻璃紙包著。可是，甚至在倫敦，你們的麵包和糕點也沒有什麼包裝。告訴我，你逛夠了嗎？我想，你今天一定逛了舊城，對吧？」

「真抱歉，我什麼地方也沒逛。」希拉蕊笑著說，「我一直在太陽底下坐著。」

「自然，你剛出院嘛。我倒忘了。」希拉蕊最近住過院，所以沒有出去觀光，這很顯然是貝克夫人唯一能夠接受的理由。「我怎麼這樣傻呢？完全正確，腦震盪以後，白天最好在黑暗的房間裡躺下休息。過一陣子，我們就可以出去玩了。我就是這樣一個人，喜歡過得很緊湊，事事有計畫，處處有安排，每一分鐘都閒不下來。」

就希拉蕊目前的情緒而言，這種安排聽起來和地獄一樣可怕。但是她卻對貝克夫人的精力充沛表示讚佩。

「嗯，像我這種年紀的婦女，我過得還很不錯。我幾乎沒感到疲倦過。你還記得在卡薩布蘭加的那個赫瑟林頓小姐嗎？一個英國女人，臉很長。她今晚就要到了。她寧可坐火車而不搭飛機。旅館裡都住了些什麼人？我想，大概是法國人。而且，都是度蜜月的新婚夫婦。我現在得去看看我的房間了。我不喜歡他們給我的那一間。他們答應給我換一間。」

像一陣充滿活力的旋風，貝克夫人走了。

那天晚上，當希拉蕊走進餐廳時，一眼就看到赫瑟林頓小姐坐在靠牆的一張小桌旁吃晚餐，面前攤著一本芳坦納公司出版的書。

三位女士飯後在一起喝咖啡，赫瑟林頓小姐對那位瑞典大亨和那個金髮影星很感興趣。

「據我了解，並沒結婚，」她低聲說，用合理的不滿掩飾了她的愉悅。「在國外這類事情太多了。窗下那張桌子好像是很美滿的一家法國人。孩子們很喜歡他們的爸爸。當然，法國兒童是可以熬夜到很晚。有時要到十點以後才睡覺。而且他們也吃了菜單上的每一道菜。小孩應該只喝牛奶和吃餅乾才對。」

「儘管如此，他們看來都還滿健康的。」希拉蕊笑著說。

赫瑟林頓小姐搖搖頭，發出一陣不同意的聲音。

「有一天他們會付出代價的。」她帶著一種可怕的預感說，「他們的父母甚至還讓他們喝酒。」

好像再也沒有什麼比這更可怕了。

凱芬・貝克夫人開始制定明天的計畫。

「我明天不去舊城了，」她說，「上次我逛得很徹底。有趣極了，簡直是一個令人神往的迷宮——要是你明白我的意思的話。那樣一個離奇而古老的地方，假若沒有一個嚮導陪著我，我根本找不到回旅館的路。你簡直不可能不迷失方向。我那個嚮導很好，他告訴了我很多有趣的事。他好像說他有個兄弟在美國，在芝加哥。逛完舊城以後，他又把我帶到一個飯館或茶館，就在山坡上，可以俯瞰整個舊城，景致美極了。我不得不喝那種叫人害怕的薄荷茶。哎呀，別提多叫人噁心了。而且，他們還要我們買這買那，有些東西倒不壞，有些卻是破銅爛鐵。我發現自己得意志堅定才行。」

「是的，的確如此。」赫瑟林頓小姐附和著。她還意味深長地補充說：「當然啦，買紀念品的錢是絕不能省的。攜帶外幣也要受限制，真是煩人哪！」

07

希拉蕊希望避免和那個令人討厭的赫瑟林頓小姐一起去逛菲斯舊城。幸好貝克夫人邀請赫瑟林頓小姐乘汽車兜風去了。赫瑟林頓小姐手頭不寬裕，一聽說貝克夫人要付車費，就欣然同意了。希拉蕊在服務處詢問過以後，雇了一名導遊，就出發去逛菲斯舊城了。

他們從露台開始，一階一階地沿著花園走下來，到了圍牆中的一個大門前。導遊拿出一把大鑰匙把門慢慢打開，並且示意希拉蕊穿過去。

宛如進入另一個世界，她的四周被古老的菲斯城牆包圍住。狹窄而蜿蜒的街道，高大的城牆，她不時從門廊外瞥一眼院子裡面的景色，全城到處是馱著重負的驢子，挑著重擔的男人、孩子，還有蒙著面紗或沒蒙面紗的女人，希拉蕊看到這個摩爾城的祕密生活內幕。在這狹窄的街道上漫遊，她簡直忘掉了一切，忘掉她此行的任務，她過去生命中的悲劇，以至於她本人。她只顧著去聽、去看，好像生活和漫遊在一個夢幻的世界裡。她唯一的煩惱是這位導遊滔滔不絕地說個沒完，並且慫恿她進入那些她並不怎麼感興趣的商店去。

「你看，夫人，這個人有很多好東西哩，很便宜，真正古色古香、地道的摩爾貨。他還有長袍和絲綢。你不喜歡這些小巧玲瓏的念珠嗎？」

到處是東方人在向西方人兜售商品，但這並未破壞希拉蕊心中美的感受。很快地，她連自己是在什麼地方以及正向什麼方向走都糊塗了。在這個高牆環繞的城鎮裡，她既不知道自己是在向南還是向北，也不知道她是否又一次來到了她剛才已經逛過的同一條街。她累極了。導遊提了最後一個建議，很明顯這也是例行行程的一部分。

「我帶你到那所漂亮的房子吧，非常高級喔。那是我朋友的。你在那裡可以喝到薄荷茶，他們會給你看許多好東西。」

希拉蕊知道這便是凱芬．貝克夫人所說的那種騙人玩意兒。不過，她還是願意去看一看（或被別人帶去看一看）人們建議她去看的東西。她對自己說，明天她要一個人到舊城來好好逛逛，省得導遊在身邊嘮叨。於是她跟著導遊穿過門閘，走上一條通往牆外的曲徑。最後他們到了一座環繞著漂亮房子的花園，房子是按本地風格建造的。

在那間可以鳥瞰全城的大屋子裡，她被帶到一張小桌旁坐下，侍者馬上端來幾杯薄荷茶。對於像希拉蕊這樣一個喝茶不愛放糖的人來說，喝這些薄荷茶真有點不好受。不過，她設法不把這杯薄荷茶看作是茶，只當作是一種新型的檸檬水，還是大口大口地喝下去了。他們還拿出一些地毯、念珠和窗簾給她看，她也十分高興。出於禮貌而不是什麼別的原因，她還買了一兩件小東西。然後，那位不知疲倦的導遊說：「我準備了一輛車，帶你出去兜一兜風吧。玩個把鐘頭，看看美麗的風景，還有鄉村風光，然後回旅館。」他非常謹慎而婉轉地加了一句：「這個女孩先帶你到一個相當精緻的盥洗室去一下。」

那個端茶上來的女孩站在他們身邊，立刻微笑著用英語小心翼翼地說：「夫人，請吧。我們的盥洗室相當精緻，就像麗緻飯店的一樣。在紐約或芝加哥也不過如此。」

希拉蕊笑了一下，就跟著她去了。盥洗室雖然沒有精緻到他們所說的那種程度，但至少有自來水，還有洗臉盆，只是鏡子有裂紋。希拉蕊看到自己的臉乾皺得不像樣，吃了一驚。她洗了洗手，並用自己的手帕擦乾淨，因為裡面的毛巾看來不大對。她轉身準備出去了。

可是，盥洗室的門好像給卡住了，她徒勞地扭了扭門上的把手，怎麼也打不開。她想，大概是從外面鎖上或上閂了。她大為光火。把她關在裡面是什麼意思？後來，她注意到另外一個角落還有一個門，就走過去轉了一下把手。一下子就打開了，於是她走了出去。

之後，她發現自己在一間東方式的小房間裡，光線從牆上高高的裂縫中透了進來。亨利・勞里耶先生，她在火車上遇到的那個法國小個子，坐在一張低矮的長沙發上抽菸。

他並未站起來和她打招呼，只說了一句：「午安，貝特頓夫人。」聲音聽起來不大一樣。

希拉蕊愣了一下，有點驚惶失措。事情原來是這樣！她恢復了鎮靜。「你所等待的事出現了。你應該按照『她』會怎樣反應而行動。」她走上前去，熱情地說，「有什麼消息要告訴我嗎？你能幫助我嗎？」

他點點頭，然後用一種責備的口氣說：「夫人，我發現你在火車上有點遲鈍。大概是你調適得太好，沒想到要談論天氣。」

「談論天氣？」她凝視著他，有點莫名其妙。

他在火車上說了些什麼呢？寒冷？霧？雪？

雪。那是奧麗芙．貝特頓臨死時低聲說的，她當時唸過一小段詩……是什麼來著？

雪啊，雪啊，美麗的雪啊，
你滑了一跤，就此離去！

希拉蕊結結巴巴地重複了一遍。

「就是嘛！當時你為什麼沒有按照計畫立即做出回答？」

「你不知道，我一直在生病。飛機失事，我因腦震盪而住院，嚴重影響了我的記憶力。以前的事是夠清楚的，但中間有段可怕的空白，有巨大的間隔。」她舉起手來摸著自己的頭。她發現繼續用她原來有點發抖的聲音說話並不難。「你不知道那有多可怕呀。我一直認為我把重要的事情給忘掉了……一些真正重要的事。我愈是想記起來，就愈是想不起來。」

「是啊，」勞里耶說，「飛機失事是很不幸。」他用一種談生意的口吻說，「今後的問題就是，你有沒有繼續完成旅程的精力和勇氣了。」

「我當然要繼續我的旅程。」希拉蕊喊道，「我丈夫……」她的聲音啞了。
他笑了一下，但並不是愉快的笑，而是帶點鬼祟。
「我知道，」他說，「你的丈夫正渴望你前去哩。」
希拉蕊的聲音更加沙啞了。
「你根本不知道，」她說，「他走了以後，我這幾個月是怎麼過的。」
「關於你是否知道他的下落這件事，你認為英國當局已經做出肯定的結論了嗎？」
希拉蕊兩手一攤說：「我怎麼會知道……我怎麼分辨呢？他們似乎很滿意。」
「儘管如此……」他忽然停下來了。
「我認為，」希拉蕊說，「我到這兒一路上都有人在跟蹤我。我指不出一個具體的人，但我感到自從我離開英國以後，一直有人在監視我。」
「這很自然。」勞里耶非常冷靜地說，「我們早就料到了。」
「我認為我應該警告你。」
「親愛的貝特頓夫人，我們都不是小孩子，知道自己在幹什麼。」
「對不起，」希拉蕊很恭順地說，「我什麼也不知道。」
「什麼都不知道也沒關係，只要你服從命令聽從指示就行。」
「我一定服從命令聽從指示。」希拉蕊輕聲地說。
「毫無疑問，自從你丈夫離開後，你在英國被嚴密監視。但你還是得到消息，不是嗎？」

「是的。」希拉蕊說。

「現在，」勞里耶鄭重地宣布，「我要向你傳達指示，夫人。」

「請吧。」

「後天，你要從這兒繼續前往馬拉喀什。這和你所計畫以及你所預定的機票和旅館是一致的。」

「是的。」

「你到那裡之後，就會接到一封從英國來的電報。我不清楚電報的內容是什麼，大概是要你做好立刻回英國的準備。」

「立刻回英國？」

「請聽著，我還沒說完。你要訂一張第二天離開卡薩布蘭加的機票。」

「要是訂不到票，要是票都賣光了呢？」

「不至於都賣光。一切都安排好了。這樣明白了嗎？」

「我明白了。」

「那麼，請回到導遊在等著你的地方去吧。你在女盥洗室待得太久了。順便提一句，你跟住在吉美宮旅館的那位美國婦女還有那位英國婦女交上朋友了嗎？」

「是的，有什麼不對的地方嗎？這是難以避免的呀。」

「沒有不對。完全有利於我們的計畫，很好。你要是能說服她們之中的某一位陪同你去馬拉喀什，那就更好了。夫人，再見。」

「先生，再見。」

「跟你再見面，」勞里耶先生興味索然地對她說，「是不大可能的了。」

希拉蕊又回到女盥洗室。這一次，她發現另外那個門並未上鎖。幾分鐘後，她在茶室裡重新見到了導遊。

「我弄到一輛非常漂亮的小車在外面等著，我要帶你好好兜一次風。」

旅遊按計畫進行著。

§

「這麼說，明天你就要去馬拉喀什了。」赫瑟林頓小姐說，「你在菲斯待得並不久，不是嗎？先到馬拉喀什，然後到菲斯，之後再回卡薩布蘭加，這樣不是方便得多嗎？」

「大概真的方便得多，」希拉蕊說，「但是預訂房間太困難了，這裡太擁擠了。」

「這裡英國人不多，」赫瑟林頓小姐頗為憂鬱地說，「眼下，幾乎碰不上自己的同胞，太可怕了。」她輕蔑地打量了四周繼續說：「都是法國人。」

希拉蕊微笑了一下。摩洛哥是法國殖民地，這點對赫瑟林頓小姐來說似乎意義不大。

「全是些法國人、德國人、亞美尼亞人和希臘人。」凱芬．貝克夫人咯咯地笑著。「那個邋遢的小老頭，準是個希臘人。」

「有人告訴我，他是希臘人。」希拉蕊說。

「看來是個重要人物。」貝克夫人說，「你們看服務生在他周圍跑來跑去。」

「如今，他們瞧不起英國人了。」赫瑟林頓小姐心情十分沉重。「經常讓我們住在那些照不進陽光的房間。那都是往日男女傭人們住的房間。」

「呃，自從我到摩洛哥以來，我的房間倒是挑不出什麼毛病。」凱芬·貝克夫人說，「我每次總是被分到帶洗澡間的舒適房間。」

「你是美國人嘛！」赫瑟林頓小姐有點挖苦地說，聲音裡帶有一種惡意，而且邊說邊使勁把織毛線的針弄得咔啦咔啦地響。

「但願我能說服你們二位和我一起去馬拉喀什。」希拉蕊說，「能在這裡遇見你們、和你們聊天，我太高興了。」希拉蕊又說：「真的，單獨一個人旅行太寂寞了。」

「我去過馬拉喀什了。」赫瑟林頓小姐大聲說。

但是，凱芬·貝克夫人好像對這主意有點興趣。

「好哇，這的確是個好主意。」她說，「我有一個多月沒去馬拉喀什了。我很願意再去那裡住上幾天，我還可以給你帶路，貝特頓夫人，免得你上當受騙。你只有到那裡好好玩了之後，才懂得其中的奧妙所在。我現在就去辦事處，看看能否辦成這事。」

她走後，赫瑟林頓小姐尖酸刻薄地說：「美國女人就是這樣，從一個地方奔到另一個地方，從不在任何地方好好待一會兒。今天到埃及，明天去巴勒斯坦，有時我真覺得她們連自己是在哪個國家都搞不清楚。」

她猛然咬住嘴唇停止議論，站起身來，仔細收拾正在編織的毛線，向希拉蕊點點頭，就走出這間土耳其式的房間。希拉蕊看了看錶，決定今晚不按慣例先換衣服再去吃晚飯。她獨自坐在這間掛著東方簾帷的昏暗低矮房間裡。服務生向裡面看了一下，打開兩盞燈，又走開了。燈不很亮，朦朧宜人。這是一種東方式的寧靜。希拉蕊背靠沙發，盤算下一步怎麼辦。

僅僅在昨天，她還不確定她承諾擔負的任務是不是一種騙人的玩意兒。可是，如今……如今，她卻真的要開始行動了。她一定要小心謹慎，十分小心謹慎，一點差錯都不能有。她就是奧麗芙．貝特頓本人，受過一般性的良好教育，不愛好文藝，不搞邪門外道，但思想顯然左傾，而且是個對丈夫絕對忠誠的女人。

「我可不能出半點差錯呀。」希拉蕊低聲對自己說。

獨自一人在摩洛哥坐著，這多奇怪啊！她覺得彷彿到了一個神祕而迷人的國度。她身旁那盞昏暗的燈！要是她雙手拿住燈的銅雕把手摩擦一下，燈神會出來嗎？當這些想法從她腦中冒出來時，她嚇了一跳。從燈的上方忽然出現了阿利斯泰德那張充滿皺紋的小臉和那一抹尖尖的小鬍子。他謙恭有禮地點了點頭，然後在她身邊坐下，並且說：「可以嗎，夫人？」

希拉蕊也很有禮貌地做了回答。

他打開菸盒，遞給她一根香菸。她接了過來。他自己也點燃了一根。

「你喜歡這個國家嗎，夫人？」過了片刻，他問。

「我才剛到這裡。」希拉蕊說，「我發現這裡實在太迷人了。」

「噢，你逛過舊城了？喜歡嗎？」

「我認為舊城棒極了。」

「是的，棒極了。那裡的一切和過去一樣，熙熙攘攘的市場，宮廷裡的陰謀，老百姓的竊竊私議，門板後面的活動，城市所有的神祕和激情，都包含在狹窄的街道和高大的城牆之中。夫人，當我在菲斯街頭漫步時，你知道我想起了什麼嗎？」

「不知道。」

「我想起了倫敦的西街。我想起了街道兩旁工廠的高大建築群。我想起那些被霓虹燈照得如同白晝的高樓大廈。當你驅車從路上駛過時，可以清清楚楚看到裡面的人們。一切都是毫不隱蔽的，沒有一點神祕之處。甚至窗戶上連窗簾都沒掛。他們在那裡做他們的工作，既然全世界都想看，就讓全世界來看吧。就像把螞蟻窩的蓋子揭開了一樣。」

「你是說，」希拉蕊很感興趣地說，「這種對比使你很感興趣。」

阿利斯泰德先生把他那老朽的玳瑁頭點了一下。

「是的，」他說，「那裡一切都是公開的，而在菲斯古老的大街上，沒有什麼是露天的。一切都隱蔽而黑暗。但是……」他向前靠著，用手指輕輕敲了一下那張小小的黃銅咖啡桌。「但是，同樣的事情仍在進行。殘忍、壓迫、權欲、討價還價和爭論不休。」

「你認為人類的天性在哪裡都一樣嗎？」希拉蕊問。

「在任何一個國家，過去也好，現在也好，總是有兩件東西主宰著一切，那就是殘忍和仁慈！不是殘忍就是仁慈。有時候二者都有。」他一口氣繼續說，「有人告訴我，夫人，日前你所搭乘的飛機在卡薩布蘭加出了事？」

「是呀，出了事。」

「我真羨慕你。」阿利斯泰德先生令人意外地說。

希拉蕊對他投以十分驚異的眼光。他再次搖頭晃腦，表示非常肯定。

「是的，」他補充道，「應該羨慕你。你有了經驗。我很羨慕九死一生的經驗。有了那種經驗而又倖存下來……夫人，難道你沒感到，從那以後你就判若兩人了嗎？」

「是用一種頗為不幸的方式。」希拉蕊說，「腦震盪使我頭痛得非常厲害，並且影響了我的記憶力。」

「那僅僅是不方便而已。」阿利斯泰德先生說著，把手擺了一下。「但你經歷了一次精神上的冒險，對吧？」

「沒錯，」希拉蕊慢條斯理地回答，「我已經經歷了一次精神上的冒險。」

她想起一杯維希礦泉水和一小堆安眠藥片。

「我從未有過那種經驗。」阿利斯泰德先生用一種不大滿意的口吻說，「別的經驗倒有得是，但沒有這種經驗。」他站起來，點了點頭說：「夫人，我向你致敬。」就走開了。

08

希拉蕊想，所有的機場何其相似！它們全都毫無特色，距離所屬城鎮都很遙遠，以致使人幾乎感覺不到它們的存在。你可以從倫敦飛到馬德里、羅馬、伊斯坦堡、開羅，飛到任何想去的地方。而且，假若搭的是直達飛機，你根本不知道那些城市看起來是什麼樣子，假如你從空中瞥它們一眼，它們只是一張閃閃發光的地圖而已，像兒童用積木搭蓋的一樣。

她環顧四周，苦惱地自忖：為什麼總是要這麼早就到機場來呢？

她們在候機室裡等了將近半小時。那個決定陪同希拉蕊去馬拉喀什的凱芬．貝克夫人，一到這兒就喋喋不休地和她東拉西扯。希拉蕊幾乎是機械式地應答著。可是，此刻，她發現貝克夫人不再嘮叨了。原來，貝克夫人把自己的注意力轉移到坐在她附近的兩位旅客身上。那兩個人都很年輕，身材修長，瀟灑英俊。一個是美國人，笑嘻嘻的；另一個是表情嚴肅的丹麥人或挪威人。那個挪威人說話很慢，聲音低沉，英語講得字斟句酌，頗帶學究氣。那個美國人因為發現旅伴中有同胞而高興。貝克夫人立刻以一種盡責的態度轉向希拉蕊。

「先生，我願意介紹我的朋友貝特頓夫人和你認識一下。」

「我是安德魯．彼得斯，朋友們都叫我安迪。」

另一個年輕人也站起來，相當呆板地點了點頭，自我介紹。

「托古．艾力森。」

「好啦，現在大家都認識了。」貝克夫人高興地說，「我們全去馬拉喀什嗎？我的朋友是第一次去那裡。」

「我也是，」艾力森說，「我也是第一次去那裡。」

「我也是第一次去。」彼得斯說。

擴音器突然響了起來，正在用嘶啞的法語播送一個通知。內容幾乎聽不清楚，好像是召喚大家上飛機。

除了貝克夫人和希拉蕊，還有四名乘客。其中，除了彼得斯和艾力森之外，還有一個瘦高的法國人和一個表情嚴肅的修女。

天氣晴空萬里，很適合飛行。希拉蕊背靠著座位，瞇著眼睛，滿腹疑竇，如坐針氈，只好打量旅伴，希望能夠分散自己的思緒。

走道的另一側，貝克夫人坐在她前面一個座位上，穿著一件灰色旅行服，活像一隻洋洋得意的肥鴨子。淺藍色頭髮上戴著一頂有總的小帽子，她正在翻閱一本封面漂亮的雜誌。那個滿臉笑容的黃頭髮年輕美國人彼得斯坐在她面前，她不時傾身向前輕輕拍一下他的肩頭。這時，他回過頭來，笑得更愉快，很有生氣地回應她所說的話。希拉蕊想道，美國人是多麼和藹友好啊！和那些呆板的英國旅行者迥然不同。比如，她就難以想像赫瑟林頓小姐會那麼容易就和飛機上的同胞攀談上，她也懷疑哪個人能像這個美國青年這樣愉快地應答別人。

走道對面是那個挪威人艾力森。

當她的目光和他相遇時，他生硬地點了點頭，並斜過身子把他剛合上的雜誌遞給了她。她道了一聲謝，就拿了過去。艾力森後面的座位上是那個瘦削、黑頭髮的法國人，他的兩腿伸直，好像睡熟了。

希拉蕊轉頭向後看。那個表情嚴肅的修女坐在她後面，眼神非常冷漠、恬靜，與希拉蕊的眼神相遇時，也毫無表情。她一動不動地端坐在那裡，兩手緊握。對希拉蕊來說，這簡直是一場古怪的時間戲法：一個身著中世紀傳統服裝的女人，在二十世紀乘飛機旅行！

希拉蕊想，六個人在一塊兒旅行，目的不同，目的地也不同，幾個鐘頭以後，又各自西東，或許今生今世再也見不著面了。她曾讀過類似題材的一本小說，在那本小說中，那六個人的底細都很清楚。她想，這個法國人一定是來休假的，看起來很疲倦。這個美國青年大概是個學生。艾力森可能是去述職的。至於那位修女，毫無疑問是回她的修道院。

希拉蕊閉上眼睛，忘掉她的旅伴。她昨天一整夜對那番指示都相當迷惑不解，此刻也是一樣。要她回英國？簡直瘋了！或許他們發現她有某些可疑，不能信任：她沒有說出奧麗芙應說的話或提出應提出的憑據。她咳聲嘆氣，坐臥不安。「算了，」她想，「我只有這麼大的本事。我要是失敗了……那就失敗吧，不管怎麼說，我已盡了最大的努力。」

又一種想法湧進她的腦海。亨利．勞里耶認為，在摩洛哥就有人盯她的梢是很自然的，也難以避免。所以，回英國是一種讓她擺脫嫌疑的手段嗎？由於貝特頓夫人突然返回英國，英國方面的結論必定是，她並不是學她丈夫到摩洛哥去「溜之大吉」，對她的懷疑因此會放鬆，會把她看成一個信得過的旅遊者。

她要去英國，乘法航班機途經巴黎。或許在巴黎……

是的，當然，是在巴黎，托馬斯．貝特頓就是在巴黎失蹤的。在那個地方失蹤太容易了。或許托馬斯．貝特頓根本沒有離開巴黎。或許……希拉蕊像這樣毫無章法地胡思亂想一陣，不知不覺進入了夢鄉。睡醒後，又打起盹來，不時毫無心思地翻一翻手中的雜誌。

突然，她從沉睡中驚醒過來，發覺飛機在急速降低高度並且盤旋。她看了看錶，距離預定到達的時間還早。而且，透過窗戶向下看，下面根本沒有什麼機場的跡象。

一會兒，她隱隱約約地醒悟了。那個滿頭黑髮的瘦個子法國人站起身來，打了個呵欠，伸一伸手臂，向外張望，並說了幾句她聽不懂的法語。但是，艾力森傾過身子說：「我們好像要在這裡降落了……不過，是為什麼呢？」

希拉蕊說：「我們好像要在這裡著陸了。」

這時，貝克夫人傾過身來，很愉快地點了點頭。

飛機盤旋得更低了。他們下面的大地好像是一塊沙漠，完全沒有什麼房屋和村莊。起落架「砰」的一聲落在地面上，蹦蹦跳跳地向前滑跑，最後停下來。著陸動作有點粗糙，而且誰也不知道是降落在哪裡。

希拉蕊想，一定是發動機出了問題，或者汽油沒了？駕駛員，那個皮膚黝黑、英姿颯爽的青年從前門走了過來。

他說：「請大家下飛機。」

他打開後艙門，放下一副短梯，站在一旁等他們全部下去。他們六個站在地上，有點顫抖。從遠山刮來的風很大，冷得很。希拉蕊注意到，山上有積雪，很是壯觀。空氣冷得刺骨。駕駛員也下來了，用法語對他們說：「你們都在吧？對不起，你們可能必須在這兒等一會兒。哦，不用等了，你們看，來了。」

他指著地平線上一個小斑點，漸漸地愈來愈近。希拉蕊用一種略微迷惑的口吻說：「我們為什麼要在這裡降落？出了什麼事嗎？我們要在這裡待多久？」

那個法國旅客說：「我知道來了一輛貨車。我們要坐上那輛車再繼續走。」

「是發動機不行了嗎？」希拉蕊問。

安迪．彼得斯開心地笑了。

「不是，我想不是，」他說，「我聽得出來，發動機十分正常。但是毫無疑問，他們有些特別的安排。」

她大吃一驚，也迷惑不解。貝克夫人喃喃地說：「天哪，站在這兒多冷呀，天氣壞透了。看起來是萬里無雲，但日落時可真冷呀！」

駕駛員低聲喃喃自語，希拉蕊認為他在咒罵。他說的是：「總是遲到，真受不了。」貨車飛也似地朝他們開過來，那個柏柏爾族的司機來了個緊急煞車，車停下來。他一跳下車，駕駛員就憤怒地和他吵起來。希拉蕊真沒想到，貝克夫人竟用法語插了話。

她決斷地說：「別浪費時間了。爭吵有什麼用？我們趕快走吧。」

司機聳了聳肩，走向貨車，他把車後部的貨倉打開，裡面有個非常大的箱子。在艾力森和彼得斯幫助下，他和駕駛員一起把箱子抬了下來。他們搬得那樣吃力，大概箱子很重。他們打開箱蓋時，貝克夫人把手放在希拉蕊的臂上說：「親愛的，不要看。絕不是什麼好看的東西。」

她把希拉蕊帶開，到了貨車另一側。那個法國人和彼得斯也和她們一起過去。那個法國人用法語說：「那是什麼？他們在那裡搞什麼名堂？」

貝克夫人說：「你是巴倫先生嗎？」

那個法國人鞠了個躬。

「看到你真高興。」貝克夫人說，她伸出手來，好像一位女主人歡迎他參加舞會一樣。

希拉蕊更加迷惑不解，問：「我真不明白，箱子裡是什麼東西？為什麼不看的好？」

彼得斯很體貼地俯視著她。希拉蕊想，他的面孔真讓人有好感。他大概很和氣，也很可靠。他說：「我知道那是怎麼回事，駕駛員對我說了，可能不好看，但大概又不可避免。」

他平靜地說：「裡面是屍首。」

「屍首？」她目瞪口呆地望著他。

「哦，不是什麼謀殺之類的事情，」他好像要使她放心似地一笑。「他們弄這些屍體是為了醫學研究，完全合法。」

但是，希拉蕊仍然驚慌不知所措，她說：「我實在不明白這是怎麼回事。」

「哦，貝特頓夫人，你知道嗎？我們的旅程結束了，我是說，其中的一段已經結束了。」

「旅程結束了？」

「是的。他們很快就會把屍首抬進飛機，駕駛員會把事情安排好。一會兒我們開車離開這裡時，會看到遠方的火光沖天而起。又一架飛機墜毀並且燃燒，機毀人亡，無一倖存。」

「但是，為什麼呀？太荒唐了！」

「我想……」此刻跟她說話的是巴倫先生。「我想你知道我們要到哪裡去吧。」

貝克夫人挨了過來，笑嘻嘻地說：「她當然知道，不過，可能她沒料到這麼快。」

因莫名其妙而短暫停頓一下之後，希拉蕊說：「你是說……我們大家？」她環顧四周。

「我們是同路人。」彼得斯親切地說。

那個年輕的挪威人點點頭，也以一種幾乎難以想像的熱情說：「是的，我們都是同路人。」

09

駕駛員向他們走了過來。

「你們現在可以開車了，請吧。」他說，「愈快愈好。還有很多事要做，按計畫我們遲到了。」

希拉蕊後退了幾步。她緊張地把手放在自己的喉頭上。在手指的壓力下，她脖子上戴的珍珠項鍊斷了。她拾起鬆掉的珍珠，把它們塞進了自己的口袋。

他們全部上了車。希拉蕊在一條長板凳上，夾在彼得斯和貝克夫人之間。她把頭轉向那個美國女人說：「這麼說，這麼說，你就是所謂的聯絡員囉，貝克夫人？」

「你說得很確切。我做得很稱職，儘管這是我自己說的。一個酷愛四處旅行的美國女人是不會引起人們懷疑的。」

她仍然是那樣滿面春風，笑嘻嘻的。可是，希拉蕊察覺（或者認為自己察覺）她變成另外一個人了。那種微帶癡傻和古板的模樣全都消失。眼前是一個精明能幹、可能還很冷酷無情的女人。

「這將是報上的頭條新聞，駭人聽聞！」貝克夫人高興地大笑了起來，說：「我指的是你，親愛的。他們會報導說，禍不單行。先是，卡薩布蘭加飛機失事，你差點送了命；後來，在這場災難中，終於還是死於非命。」

希拉蕊一下子悟出了這個計謀非常高明。

「其他人呢？」她低聲說，「他們真是自己所說的那些人嗎？」

「是的。據我所知巴倫博士是位細菌學家。艾力森先生是一位很有前途的年輕物理學家。彼得斯先生是一位化學研究人員。尼達姆小姐嘛，當然，並不是什麼修女，而是一位內分泌學家。至於我嘛，我跟你說了，只是一位聯絡員而已。我並不屬於這個科學集團。」她一面說一面又大笑起來。「赫瑟林頓那個女人想跟我鬥，門兒都沒有。」

「赫瑟林頓小姐？她是，她是……」

貝克夫人使勁地點了點頭。

「我的看法是，她一直在跟蹤你。她在卡薩布蘭加接手跟蹤你的任務。」

「可是，儘管我一再要求，她並沒有跟我們一起來呀！」

「她來不合適，和她扮演的角色不符。已經去過馬拉喀什之後再去一次，那就有點太顯眼了。不，她一定會發個電報或打個電話，你到了馬拉喀什就會有人在那裡暗中迎候。簡直是個大笑話，不是嗎？看！看那兒！著火了。」

他們穿過沙漠，車開得很快，當希拉蕊伸長脖子透過車窗向外張望時，她看到身後火光沖天，並聽到隱隱約約的爆炸聲。彼得斯轉回頭去大笑了起來，他說：「前往馬拉喀什的飛機失事，機上六名乘客全數身亡。」

希拉蕊輕輕地說：「好……好嚇人呀！」

「跨入未知世界？」彼得斯說，他此刻很嚴肅。「是的，這是唯一的途徑。我們正在離開『過去』，走向『未來』，」一種突如其來的興奮使他精神煥發，「我們就要擺脫那些陳舊、腐朽的東西了。那些腐敗的政府，可惡的戰爭販子。我們就要走進一個新世界——一個科學的世界，遠離泛起的殘渣，一塵不染。」

希拉蕊深深地吸了一口氣。

「我丈夫過去也愛這樣說。」她故意說了這麼一句。

「你的丈夫？」他飛快地瞟了她一眼。「呵，就是托馬斯·貝特頓嗎？」

希拉蕊點了點頭。

「哦，太好了。我在美國從未見過他，雖然有多次機會。原子零功率分裂是當今最偉大的發現之一，是的，我的確要向他致敬。他曾與老曼海姆在一起工作過，對吧？」

「是的。」希拉蕊說。

「人家不是說他和曼海姆的女兒結婚了嗎?可是，你並不是……」

「我是他的第二任妻子，」希拉蕊說，雙頰紅暈起來。「他……他的俄爾莎在美國去世了。」

「我記起來了。他後來去英國工作，之後突然失蹤了，搞得英國人狼狽不堪。」他驀地哈哈大笑起來。「在巴黎開一個什麼會，忽然就消失得無影無蹤。」他帶著欣賞的口吻加上一句：「不能說他們安排得不高明呵。」

希拉蕊同意他的說法。他們安排得天衣無縫，使她有點毛骨悚然。所有那些經過精心安排的計畫、代碼、暗號，統統沒有一點用處了。因為現在，一點兒線索也沒有了。一切早已安排妥當，這架致命飛機上的每個人都是去那個「不明目的地」的同路人，托馬斯·貝特頓先他們去到了那個地方。沒有留下任何一點線索。除了一架徹底燒光的飛機，什麼也沒留下。飛機中甚至還有燒焦的屍首。傑索普和他的組織……能猜出她希拉蕊並不在這些燒焦的屍首之中嗎？值得懷疑。這場飛機失事製造得如此高明，如此逼真。

彼得斯又開口了。他的聲音因過度熱情而顯得有些稚嫩。對他來說，做這件事他問心無愧，毋需回頭，只知一心一意向前奔。

「我想知道，」他說，「我們要到哪裡去？」

希拉蕊也想知道。因為，這將決定一切。或遲或早，一定還得接觸外界。或遲或早，假如有人進行調查，發覺某輛貨車上有六個人和清早搭飛機走的那六個人很相似，或許有可能會被人注意到。她轉向貝克夫人，盡力使自己的語調和她身邊那個美國青年一樣天真熱情。

「我們上哪兒去？下一步怎麼辦？」

「等一下你就知道了。」貝克夫人說，儘管她的聲音非常悅耳，這句話裡總有點什麼不祥之兆。

車子繼續向前開。飛機燃燒的火光把天空都染紅了，並且由於太陽已下山，顯得更為清晰。夜幕降臨了。車仍在向前開。路很不好走，因為他們很明顯地並未駛上公路幹線。有時他們好像是在田野土路上，有時又像在開闊的原野上。

希拉蕊一路上都沒打盹，腦海中翻騰著各種各樣的想法和猜測。不過，左顛右簸，拋上拋下，害她實在精疲力竭已極，終於還是睡著了。這一覺睡得斷斷續續。突然，路上的壕溝和突然的震動把她弄醒了。開始一兩分鐘她糊里糊塗地搞不清楚自己是在什麼地方，過了一會兒她清醒過來，但腦海裡思緒萬千，雜亂無章。她又一次向前低下頭，頭不住地點著點著，再次進入夢鄉。

§

一個緊急煞車突然把她驚醒了。彼得斯輕輕地搖了搖她的手臂。

「醒醒，」他說，「我們好像到了個什麼地方。」

所有人都下了車。他們都全身僵硬，疲憊不堪。伸手仍然不見五指，他們好像停在一棟房屋外面，四周都是橡樹。不遠的地方有些昏暗的燈光，似乎是個村莊。一個燈籠引著他們走進那棟房屋。那是一間土著房屋，裡面有兩個咯咯傻笑的柏柏爾族女人，她們驚奇地望著希拉蕊和貝克夫人，對那個修女卻毫不在意。

這三個婦女被帶到樓上一間小房間裡。地板上有三個墊褥和幾堆被子，此外別無他物。

「我的四肢簡直僵硬了，」貝克夫人說，「坐這麼久的汽車，都快要抽筋了。」

「不舒服沒有多大關係。」那個修女說。

她的聲音堅定有力，但刺耳難聽。希拉蕊發現她的英語講得流利準確，只是腔調很重。

「尼達姆小姐，你還在扮演你的角色，」那個美國女人說，「我能想像你在修道院裡，天未亮四點鐘就跪在硬邦邦的石頭上。」

尼達姆小姐驕傲地笑了一笑。

「基督教愚弄婦女，」她說，「崇拜軟弱！哭著臉丟人！異教女人有力量。她們活潑而積極！為了取勝，她們能克服一切艱難困苦。沒有什麼是受不了的。」

「現在，」貝克夫人打了一個呵欠。「我要是在吉美宮旅館的床上就好了。你呢，貝特頓夫人？可以確定，一路上的顛簸對你的腦震盪很不利。」

「是呀，沒有好處。」希拉蕊說。

「等一下，她們會拿點什麼東西給我們吃。然後，我給你幾片阿斯匹靈。你最好是盡可能快點入睡。」

接著，她們聽到了上樓梯的腳步聲和女人咯咯的笑聲，原來是那兩個柏柏爾族女人進來了。她們托著一個盤子，裡面有一大碟粗麵包和燉肉。她們把盤子放在地板上，隨後又拿來了一鐵盆的水和毛巾。她們之中的一個摸一摸希拉蕊的衣服，用手指搓了一下，向另一個人說了點什麼，那個女人急忙點了點頭表示同意。然後對貝克夫人也如法炮製。就是不去注意那個修女。

「噓！」貝克夫人揮手要她們走開。「噓！噓！」就像趕小雞一樣。

那兩個女人走開了，一直哈哈笑個不停。

「蠢東西，」貝克夫人說，「和她們在一起真受不了。她們活著想必只知道養孩子和穿衣打扮。」

「她們也只配幹那些事，」佛羅蘭．尼達姆說，「她們屬於奴隸民族。侍候侍候她們的主人還可以，別的就什麼也幹不了了。」

「你是不是說得太刻薄了一點？」希拉蕊被尼達姆的態度激怒了。

「我不能容忍這種傷感的情緒。少數人是統治者，多數人是奴僕。」

「但是怎能……」

貝克夫人用一種君臨萬物的口吻插了進來。

「我想，我們在這些問題上各有各的想法，」她說，「這些想法都很有趣。不過，我們沒有時間呀！我們需要的是爭取休息時間。」

薄荷茶來了。希拉蕊吞下了幾片阿斯匹靈，因為她的頭真的很疼。然後，這三個女人躺下睡著了。

她們一直睡到第二天日上三竿。要到傍晚才上路，這是貝克夫人說的。她們睡覺的房間外面，有樓梯通到屋頂，從那裡可以看到周圍的一部分風光。不遠的地方是個村莊，但她們所在之地，是個大橡樹林中一所孤零零的房子。醒來以後，貝克夫人把已經堆在門內的三堆衣服指給她們看。

「下一段路程，我們要打扮成土著，」她解釋道，「把我們的其他衣服都留在這裡。」於是，那精明的小美國女人整齊的外衣和希拉蕊的粗呢上裝和裙子，還有那個修女的黑袍，統統都脫到一邊了，只見三個摩洛哥的土著女人在屋頂上談天。整件事情有一種古怪的不真實感。

由於尼達姆小姐脫掉了她那件修女的黑袍，希拉蕊遂得以仔細端詳她了。她比希拉蕊原先以為的要年輕，大概不會超過三十三、四歲，外表看起來很整潔，蒼白的膚色，粗而短的手指，還有冷漠的眼睛，不時迸發出一種狂熱、令人討厭又不算吸引人的目光。她說話生硬、無禮，對貝克夫人和希拉蕊表示了某種程度的輕蔑，好像不屑於為伍似的。希拉蕊對她這種自高自大感到非常惱火。而貝克夫人卻好像根本沒注意到這回事。不知怎麼搞的，希拉蕊覺得那兩個給她們食物且一直咯咯傻笑的柏柏爾族女人，比這兩個西方人的旅伴親近得多，也有人情味得多。那個年輕德國女人對她給人這種印象顯然毫不在乎。從她的表情上可以看出她有些不耐，很明顯地她一心一意想趕路，對她的這兩個旅伴毫無興趣。

希拉蕊發現要對貝克夫人的態度做出判斷更不容易。在領略了那個德國女專家不近人情的態度之後，她起先還覺得貝克夫人比較像個自然而正常的人。但是到了傍晚，她卻感到貝克夫人比尼達姆更加難以捉摸，更加令人反感。貝克夫人待人接物好像一台機器似的毫無差錯。她滔滔不絕，但措詞得體。她的話說得十分自然、正規、不矯揉造作，可是不由得使人覺得她像一名演員，而且可能已是第七百次扮演這個角色。這是一種完全機械式的扮演，可能與貝克夫人平日的思想感情完全不同。希拉蕊不斷地嘀咕：貝克夫人到底是何許人也？為什麼她能像機器人那樣準確無誤地扮演這個角色呢？她也是個極端主義者嗎？她也夢想過什麼美麗新世界……她是否也是一個贊成用武力反對資本主義制度的人？難道她會由於政治信仰和渴望而放棄了她的正常生活？太難說了。

那天傍晚，她們繼續踏上旅途，不再乘貨車了。這次是一輛敞篷車。所有人都穿著土著服裝，男人圍一條白色的穆斯林外袍，女人則戴上面紗。他們緊緊擠在一起，再次出發，整整坐了一夜的車。

「你還好嗎，貝特頓夫人？」

希拉蕊對安迪．彼得斯笑了一笑。太陽剛從東方升起，他們停車吃早飯。在一個汽油爐子上烤本地麵包、煮雞蛋、燒茶水。

「我好像是在作夢一樣。」希拉蕊說。

「是的，有那麼點味道。」

「我們到了哪裡？」

他聳了聳肩膀。

「誰知道！毫無疑問，除了我們的貝克夫人，其他人全不知道。」

「這一帶荒無人跡。」

「是的，簡直就是沙漠地帶。不過，一定得這樣，不是嗎？」

「你是說，這樣就可以不留下任何痕跡？」

「對啦。人人都看得出整件事情構思得多麼巧妙！我們旅程中的任何一段，都與整個旅程中的其他各段毫無關係。飛機燒毀了。舊貨車摸黑開車。不知你注意到了沒有，車上有一塊牌子，標明它是載著一團正在這一帶從事挖掘的考古遠征隊。第二天，又來了一輛滿載柏柏爾族土著的旅行車，這在公路上太不足為奇了。至於下一段，」他聳了聳肩。「誰知道？」

「但我們要上哪兒去？」

安迪・彼得斯搖搖頭。

「問也是白問。等一下就知道了。」

那個法國人巴倫博士也加入談話。

「是的，等一下就知道了。」他說，「但是我們怎麼能不問呢？這是我們西方人的脾氣。我們絕不說什麼『今天滿足了』。明天，我們總是想著明天。把昨天拋在腦後，嚮往著明天，這就是我們的要求。」

「你想促使世界前進，對吧，博士？」彼得斯問。

「要做的事太多了，」巴倫博士說，「生命太短暫了。一個人必須有更多的時間，更多的時間，更多的時間！」他激昂地揮動雙手。

彼得斯問希拉蕊：「你們國家談論的四大自由是些什麼？免於匱乏的自由，免於恐懼的自由……」

那個法國人打斷了他的話。

「免於被愚弄的自由。」他挖苦地說，「我所要的就是這個。我的工作就需要這種自由。免於沒完沒了的、只顧雞毛蒜皮的經濟自由！免除阻礙工作的那種橫加干涉的自由！」

「巴倫博士，你是一位細菌學家，對吧？」

「是的，我是研究細菌的。哦，你不了解，那是一門多麼迷人的學問！但需要有耐性，無休止的耐性，反覆的實驗……還有，金錢，大量的金錢！你必須有設備、助手和原料。有了你所要求的一切，什麼目的不能達到呢？」

「幸福呢？」希拉蕊問。

他飛快地向她笑了一下，突然又富有人情味地感嘆起來。

「唉，夫人，你是女人。女人總是在追求幸福。」

「而且很少得到？」希拉蕊問。

他聳聳肩膀。

「可能是這樣。」

「個人幸不幸福無所謂，」彼得斯認真說，「一定要大家都幸福，這才是四海一家的精神！工人們，自由而團結，擁有生產工具，從戰爭販子和壟斷一切的那種貪婪又不知足的人手中解放出來。科學屬於全人類，不能讓這個或那個強國自私地據為己有。」

「好得很！」艾力森讚賞地附和著。「你說得完全正確。科學家必須是主人。他們必須主宰一切。他們，也只有他們才是『超人』。只有超人才有用。我們固然要善待奴隸，但他們畢竟是奴隸。」

希拉蕊從他們中間走開了幾步。過了一兩分鐘，彼得斯也跟著她走過來。

「看起來你似乎有點害怕。」他打趣地說。

「我想是有點。」她稍微抿嘴笑了一下。「當然，巴倫博士所說的都很正確。我不過是個女人，不是科學家，不做什麼研究，不懂外科醫學和細菌學。我大概腦子不太靈光。正如巴倫博士所說的，我追求的只是幸福……就像任何一個傻里傻氣的女人一樣。」

「那有什麼錯呢？」彼得斯說。

「嗯，我感到我太淺薄，配不上你們這些有學問的人。你知道，我只是一個去找丈夫的女人。」

「這很夠了。」彼得斯說，「你代表著人類最基本的素質。」

「你這樣說，真是太好了。」

「我說的都是實話，」他壓低嗓門補充道，「你很關心丈夫嗎？」

「要是不關心，我到這裡來幹什麼呢？」

「不關心，當然不會來。你和他的觀點一致嗎？據我所知，他是共產黨！」

希拉蕊避免直接回答。

「說起誰是共產黨，」她說，「你不認為我們這一群人有點奇怪嗎？」

「怎麼奇怪？」

「嗯，儘管我們要去的是同一個目的地，但我們這些人的政治見解好像不一樣。」

彼得斯意味深長地說：「哦，是呀，你剛才說的有些道理。我原來沒有從那方面想……但我認為你是對的。」

「我認為，」希拉蕊說，「巴倫博士根本沒有任何政治傾向！他只是需要錢做實驗。尼達姆說話像個法西斯，並不像共產黨。還有艾力森……」

「艾力森怎麼樣？」

「我發現這個人很可怕，他專心矢志到非常危險的程度，就像電影中的狂妄科學家。」

「但我相信『四海一家』，而且，你是一位愛丈夫的妻子。還有貝克夫人……你把她擺在什麼地位呢？」

「我也不知道。我發現她的地位比誰都難擺。」

「哦，我不這樣認為。我覺得很容易。」
「你是什麼意思？」
「我要說，她從頭到尾只是為了金錢。她僅是一個生活優渥的小人物而已。」
「她也使我害怕。」希拉蕊說。
「為什麼？她怎麼會使你害怕呢？她可沒有那種瘋狂科學家的味道呀！」
「正因為她非常平凡，才使我害怕。你知道，她就和普通人一樣，但她參與了這一切。」
彼得斯嚴肅地說：「你也知道，我們組織是很實際的。它雇用的是那些最稱職的男人和女人。」
「可是，任用一個只知道要錢的人是好辦法嗎？難道他們不會叛變嗎？」
「那是要冒極大風險的。」彼得斯平靜地說，「貝克夫人是個很機靈的女人，我想她不至於去冒那個險。」
希拉蕊突然打了個寒噤。
「冷嗎？」
「是的，有點兒冷。」
「我們走走吧。」
他們來回走動著。走著走著，彼得斯彎下腰去撿起一點東西。
「你瞧，這是你丟失的吧？」

希拉蕊接了過來。

「哦，沒錯。這是我項鍊上的珍珠。前天……不，昨天斷了。真好像是若干年以前的事情似的。」

「我希望不是真的珍珠。」

希拉蕊笑了。

「不是，當然不是。只是珠寶裝飾品。」

彼得斯從口袋裡掏出菸盒。

「珠寶裝飾品，」他說，「多麼巧妙的說法。」

他遞給她一根菸。

「聽起來的確很荒唐，在這樣的地方。」她拿了一根菸。「這個菸盒太怪了，好沉呀！」

「鉛做的，所以很重。這是一件戰爭紀念品。一顆炸彈差點沒把我報銷掉，我用其中的一塊彈皮做了這個菸盒。」

「這麼說，你參戰過囉？」

「我是一個從事祕密研究的人，專門研究會砰然作響的玩意兒。別談什麼戰爭了吧。還是讓我們把注意力集中到明天的好。」

「我們到底是要去哪裡？」希拉蕊問，「誰也不告訴我。我們是……」

他打斷了她。

「猜測是不被鼓勵的，」他說，「你只需要去叫你去的地方；做叫你做的事情。」

希拉蕊有點衝動地說：「你喜歡讓別人牽著鼻子走？你喜歡跟著別人的指揮棒轉？沒有自己的想法？」

「假如必須這麼做，我準備安之若素。真的必須這麼做。我們正在爭取『世界和平』、『世界統一』、『世界秩序』。」

「可能嗎？爭取得到嗎？」

「任憑什麼也比我們現在生活在一團淤泥中要好。難道你不同意？」

有那麼一會兒，她感到十分疲倦，周圍環境的淒涼和黎明時分外美麗的曙光幾乎使她忘了一切，希拉蕊差點沒有斷然否定他所說的話。她本想說：「你為什麼貶低我們現在這個世界？這個世界上有好人，這一團淤泥哺育了仁慈和人性，不是比強加給我們的世界秩序——那個世界秩序今天或許是對的，但明天可能錯了——好得多嗎？我寧願要一個由善良而可能犯錯的人類所組成的世界，而不要一個由根本沒有憐憫、諒解和同情心的超級機器人所組成的世界。」

可是，她及時控制住自己，而用一種悉心抑制的熱忱說：「你說得多好啊！我累了。我們必須言聽計從，向前邁進。」

他笑了。

「這就好。」

10

這趟旅行像是在作夢，而且愈來愈像是在作夢。希拉蕊覺得，自己好像已經跟這五個離奇拼湊在一起的旅伴走了一輩子的路。他們離開鋪得好好的大路而走進虛無飄渺的太空。從某種意義上說，他們的這一旅程不能稱為飛行。她設想，他們大家都是自由自在的人，也就是說，他們自由自在地想到哪裡去就到哪裡去。就她所知，他們沒犯過罪，警察不會找上他們。可是現在卻得花很大的力量隱蔽他們的足跡。有時，她簡直莫名其妙，這到底是怎麼回事，因為他們並不是什麼逃犯。彷彿他們正在把自己變成其他別的什麼人。

就她的情況而言，的確就是這麼回事。離開英國時的希拉蕊·克雷文，現在已變成了奧麗芙·貝特頓。可能她那種奇異的不真實感就與這件事有關。每天，那些順口溜似的政治口號，她也愈來愈不費力地脫口而出了。她感到自己變得熱誠又認真，她認為自己是受了旅伴們的影響。

她知道自己現在有點怕他們。以前她從未跟天才特別親近過。現在天才就在眼前，而天才有某種超乎尋常的東西，使得一般人的思想和感情受到極大的壓力。這五個人各不相同，但每人都有那種奇怪、火一般的熱心，還有那種給人造成可怕印象的事業心。她不明白，這是關乎頭腦或世界觀。不過她認為，他們之中的每一個都是熱情的理想主義者。對巴倫博士來說，生命重心就是渴望再一次進實驗室，有用不完的金錢和物資供他做實驗工作。工作是為了什麼呢？她懷疑他是否向自己提出過這個問題。他有一次曾跟她談起他可以放出一種毀滅一個廣闊大陸的物質，而這種物質可以裝在一個小小的瓶子裡。她對他說：「但是你會這樣做嗎，真的這樣做嗎？」

他有點兒吃驚地望著她，答道：「當然，當然，當然會這樣做，一旦有這種需要的話。」他說這些話好像是為了敷衍了事。接著，他又說：「假如能看到確切的過程，確切的進展，那一定非常驚人。」他深深地噓下了一口沒嘆出來的氣，又說：「你知道，需要去探知的事情太多了，需要去發現的事情也太多了。」

希拉蕊好像頓時明白了。在這一瞬間，她站在他的立場上，全神貫注在那種排除一切的求知欲中，就算這種知識能把億萬人的生命一掃而光，也無關緊要。反正這是一種觀點，並且在某種意義上說，不見得是可恥的。尼達姆那個年輕女人簡直目中無人，她極為反感。至於彼得斯，她喜歡這個人，但有時又會對他那種突然狂熱起來的眼神感到厭惡、害怕。有一次，她對他說：「你不是要創造什麼新世界。你的樂趣在於摧毀這個舊世界。」

「你錯了，奧麗芙。你在說些什麼呀？」

「不，我沒錯，你骨子裡憎恨這一切，我能感覺到這點。你憎恨，想摧毀一切。」

她發現艾力森是最令人不解的一個人。她覺得他是一個空想家，不像那個法國人那樣講究實際；比起那個美國人那股要摧毀一切的激情相差甚遠，他的特點是具有北歐人那種狂熱的理想主義。

「我們一定要征服，」他說，「我們一定要征服這個世界。然後，我們才能進行統治。」

「我們嗎？」她問。

他點點頭，表情和平日不一樣，很溫柔，眼神流露出一種偽裝的溫和。

「對，」他說，「我們這些少數能起作用的人。我們有頭腦，這是最重要的。」

希拉蕊自忖，我們這是上哪兒去？等待我們的是一個什麼下場啊。這些人瘋了，但各人卻瘋得不一樣。他們好像各有各的目的，各有各的幻想。是的，「幻想」這個詞很合適。她撇開這幾個人，又仔細思考起貝克夫人。貝克夫人沒有狂熱，沒有憎恨，沒有夢想，沒有傲慢，也沒有什麼嚮往。希拉蕊在貝克夫人身上簡直找不到什麼值得她注意的。希拉蕊認為，貝克夫人是個既無感情又無良心的女人，她是一股不明的巨大力量所掌握的一種得力工具。

第三天過去了。他們來到一個小鎮，在一個土著的小旅館前下了車。希拉蕊發覺他們在這裡又得換上歐洲的衣著。那天晚上，她在一間狹小、設有家具、粉刷得很白的房間裡睡覺，就像睡在一間牢房裡一樣。天剛亮，貝克夫人就叫醒了她。

「我們馬上就要走了，」貝克夫人說，「飛機在等我們。」

「飛機？」

「是的，親愛的。感謝上帝，我們恢復現代化的旅行了。」

汽車開了大約一小時，他們來到一座機場，看起來好像是個廢棄的軍用機場。駕駛員是個法國人。他們飛了幾個小時，穿越千山萬水。從飛機上往下看時，希拉蕊想，從空中看世界，原來到處都一樣。高山、峽谷、公路、房屋，除非你是個善於辨別的飛行專家，否則所有地方看上去都很相像。你能說得上來的只是某處人口稠密些，某處人口稀疏些。由於在雲上飛行，有一半的時間什麼也看不見。

中午剛過，他們開始盤旋並降低高度。他們仍在山區，但降到一個平坦的平原上。那是一個標誌清楚的機場，旁邊有一棟白色建築物。他們安全著陸了。

貝克夫人帶領他們走向大廈。大廈旁邊是兩輛高級轎車，司機在一旁站著。顯然那是某種私人機場，因為沒有什麼正式的迎候。

「旅程到頭了，」貝克夫人開心地說，「我們都進去梳洗打扮一下吧，然後就坐車走。」

「旅程到頭了？」希拉蕊目不轉睛地盯著她。「可是我們並沒有……我們壓根兒沒有越過大海嘛。」

「你以為要越過大海？」貝克夫人好像樂了。

希拉蕊十分不解地說：「嗯，是呀。是呀。我想過，我以為……」她停下來了。

貝克夫人點點頭。

「啊，很多人也這麼想。關於鐵幕，人們胡說八道了很多東西。不過，依我說，鐵幕是可以在任何地方存在的，但人們都想不到這點。」

兩個阿拉伯僕人前來迎接他們。梳洗完畢，他們坐下來喝咖啡，吃三明治和餅乾。

後來，貝克夫人看了一下錶。

「好啦，再見，夥伴們！」她說，「我要和你們分手了。」

「你是回摩洛哥嗎？」希拉蕊吃驚地問。

「那不行，」貝克夫人說，「人們認為我在飛機失事時燒死了！這次我要踏上一個不同的旅程。」

「不過還是會有人認出你的，」希拉蕊說，「我指的是那些曾在卡薩布蘭加或菲斯旅館見過你的人。」

「哦，」貝克夫人說，「那他們就是認錯人了。我現在換了一張護照，的確，我的一個妹妹——一位凱芬．貝克夫人在飛機失事中死去。而我和妹妹長得很像。」她還說：「對於偶然在旅館裡相遇的人來說，愛旅行的任何美國女人長得都很像。」

唉，希拉蕊想，的確是那麼回事。貝克夫人身上那些外部的、不重要的特點仍是那樣醒目。乾淨、整齊、精心梳理的藍頭髮，非常單調而嘮叨的聲音。而那些內部的特點卻偽裝得十分巧妙，她發覺一點兒也看不出來。貝克夫人向全世界及她的旅伴所展示的只是一個外表，而外表之下卻莫測高深，就好像她有意要把那些容易被人辨認出來的獨特個性加以掩飾似的。

希拉蕊很想把這些話說出來。她和貝克夫人站得離其他人比較遠。

「誰也不知道，」希拉蕊說，「你到底是幹什麼的。」

「你為什麼想要知道呢？」

「是的，我為什麼想知道？然而，我想我應該知道。我們這樣親密地在一塊旅行了好幾天，但對於你，我卻一點也不了解，對我來說，這似乎太古怪了。我是說，我一點也不知道你的底細、你的感覺和你的思想，你喜歡什麼和不喜歡什麼，什麼對你重要和什麼對你不重要，我全然不了解。」

「親愛的，你真是太好奇啦。」貝克夫人說，「你要是接受我的忠告，就請別這樣打破沙鍋問到底了。」

「我甚至連你是從美國什麼地方來的都不清楚。」

「那也沒有什麼關係嘛。我已和自己的國家斷絕了關係，我有理由永遠不再回去。假如我能報復這個國家的話，我很樂意去做。」

就在說這話的一兩秒鐘之內，一種惡意流露在她的表情和聲調中。後來，她的聲調很快放輕鬆了，又像個興高采烈的旅行者一樣。

「好啦，再見了，貝特頓夫人，願你和丈夫順利團聚，萬事如意。」

希拉蕊無可奈何地說：「我現在連自己在這個世界的什麼地方都不知道。」

「哦，那不難。現在不需再對你保密了。你在阿特拉斯山[4]中一個遙遠的地方。快到了……」

貝克夫人動身了，並開始和他人告別。她跨過柏油停機坪，高興地和大家揮手。飛機已經加好了油，駕駛員正在迎候她。一陣寒意侵襲希拉蕊全身。她覺得這裡是她和外部世界的最後一個連接點了。站在她附近的彼得斯察覺出她的反應。

「我想，」他輕聲說，「我們要去的是個有去無回的地方。」

巴倫博士也輕聲說：「夫人，你還有勇氣嗎？或是你想馬上追上你的美國朋友，爬上她的飛機，跟她一起返回你離開的那個世界去？」

「假如我想要這麼做，走得了嗎？」希拉蕊問。

那個法國人聳了聳肩。

「難說。」

「要我叫她嗎？」安迪．彼得斯問。

「不，當然不要。」希拉蕊急忙阻止他。

4　阿特拉斯山（Atlas Mountains）位於北非，橫貫摩洛哥和阿爾及利亞境內。

尼達姆輕蔑地說：「這裡不是膽小女人待的地方。」

「她可不是一個膽小的人，」巴倫博士低聲說，「就像其他聰明的婦女一樣，她只是不斷對自己提問題而已。」

他特別強調「聰明」這個字眼，似乎是針對那個德國女人而發。但尼達姆並不為他的聲調所動。尼達姆瞧不起法國人，而對自己的價值很有信心。艾力森神經質地高聲說：「在我們就要到達自由世界時，難道還想走回頭路嗎？」

希拉蕊說：「可是，假如走回頭路不可能，或者，沒有選擇走回頭路的餘地，那就不是什麼自由！」

一個僕人走過來向他們說：「請吧，要開車了。」

他們穿過大樓對面的門，那裡有兩輛凱迪拉克轎車，司機穿著制服。希拉蕊表示喜歡坐在前座，說是大轎車的搖動容易使她暈車。這一理由馬上被接受了。行車中，希拉蕊不時和司機隨便談談。什麼天氣、轎車不錯呀之類的。她的法語講得很流利，司機也很願意答話。他的態度自然而認真。

「我們需要花多少時間到達？」她問。

「從機場去醫院嗎？夫人，車大概要開兩個小時。」

這個回答使希拉蕊有點吃驚，又有點悶悶不樂。她早已注意到尼達姆在休息室換了衣服，儘管當時並未多想這件事。尼達姆現在穿的是一身醫院的護士服。這和司機的回答是吻合的。

「說點醫院的情況給我聽吧。」她對司機說。

他熱情地回答她。

「啊，夫人，那裡漂亮極了。設備是世界上最新的。有很多醫生來訪問，臨走都讚不絕口。在那個地方為人類做這件好事，太偉大了。」

「的確，」希拉蕊說，「的確，的確，的確偉大。」

「那些可憐的人，」司機說，「過去總是被送到荒涼的島上悲慘地死去。可是，現在，柯黎尼大夫的新療法治癒了大多數人。甚至那些瀕臨死亡的，也救活了。」

「醫院好像是建在一個荒涼的地方。」希拉蕊說。

「哦，夫人，在這種情況下，也不得不荒涼。當局堅持要把醫院建在一個荒涼的地方，有什麼辦法呢？可是，這裡空氣新鮮，非常新鮮。夫人，你瞧，這裡可以看到我們要去的地方了。」

他指著外頭。

他們的車靠近了山脈最外面的山坳。靠著山坡的一塊平地上，坐落著一棟長長的白色大樓，閃閃發亮。

「在這個地方建造這樣一棟大樓，多了不起啊！」司機說，「花的錢必定難以想像。夫人，多虧這個世界上那些富有的慈善家。他們不像政府，辦事總是愈省錢愈好。在這兒，花錢像流水。人們都說，我們的贊助人是世界上最有錢的人之一。的確，他為了減輕人類的痛苦，在這裡創建了一件了不起的成就。」

他駕駛著轎車，行駛在彎彎曲曲的道路上，最後停在一個大鐵檻門前。

「夫人，你得在這裡下車了，」司機說，「他們不許我開車穿過這座鐵門。車庫離這兒有一公里。」

旅客們都下了車。門上有個很大的拉鈴。但他們還沒來得及拉，大門就慢慢地轉開。一個穿白長袍、膚色黝黑、滿面笑容的人向他們鞠躬，邀請他們進來。他們穿過大門。在另一邊，被較高的鐵絲籬笆隔開，有一個大院落，只見人們走來走去。當那些人轉過身來注視這些剛到的人時，希拉蕊帶著恐懼的聲音喊道：「哎呀，他們是痲瘋病人！痲瘋病人！」

她渾身上下直打哆嗦。

11

哐啷一聲，瘋瘋病院的大門在旅客的身後關閉了。這一聲敲打得希拉蕊更加心驚肉跳，無異於最後宣告生還已完全無望。好像是在說，放棄一切希望吧，所有你們這些進來的人們。她想，這一下是到頭了，真的到頭了，任何退路大概全都堵死了。

她孤零零地處在敵人的包圍之中。而且幾分鐘之後，她將要面臨的是冒名頂替被識破的場面。她整天朦朦朧朧地想著這一點。但是，人類無可屈服的樂觀精神及人的實體不可能一下子消失的堅強信念，使她把這一事實按住不想。她曾在卡薩布蘭加問過傑索普：「什麼時候到達托馬斯・貝特頓那裡？」當時，他十分嚴肅地說，那就是極度危險的時候。他還說，他希望到那個時候，他有可能為她提供某種保護。但是，希拉蕊不得不承認，這種得到保護的希望已經無法兌現了。

假若「赫瑟林頓小姐」曾是傑索普所依賴的那個代理人，那麼赫瑟林頓小姐早已遭到算計，在馬拉喀什就不得不承認失敗了。然而，不管怎麼樣，赫瑟林頓小姐又能做什麼呢？

這群旅行者已經到了一個有去無回的地方。希拉蕊曾和死亡進行賭博，但賭輸了。而且她現在知道傑索普的診斷是正確的。她不再想死了。她想活下去。活下去的熱情在她身上強烈地復活了。她用一種悲慘的憐憫心情想起奈傑爾，想起布蘭達的墳墓，可是，她不再陷入那種冷酷而沉悶的絕望之中了，那種絕望，曾誘使她想用一死來忘卻一切。她想：「我復活了，神志清醒，四肢健全……現在，我像一隻老鼠落入誘捕器中，要是能找到一條生路逃出去就好了……」

並不是她沒有考慮到這個問題。她考慮過。只是，儘管不願這樣想，事實似乎是，一旦遇上貝特頓，她就無路可走了。

貝特頓會說：「她不是我的妻子……」

就是這樣一句話！眾目睽睽，真相大白，原來她是一個隱藏在他們中間的奸細……

難道還有別的出路嗎？設想一下吧，要是她先發制人呢？想一想，要是她在貝特頓開口說話之前大叫一聲：「你是誰？你不是我的丈夫！」假若她裝作大發雷霆，大吃一驚，恐怖萬狀，裝得要多像就有多像，這樣能夠煽起懷疑嗎？懷疑貝特頓不是貝特頓，是別的科學家被派來冒充的，換句話說，是個奸細。不過，假若他們信以為真，那麼，這是否使貝特頓太難堪了？她的思路就這樣來回折騰了不知多少圈。然而，她認為，既然貝特頓是個叛徒，心甘情願出賣國家機密，還管他什麼難不難堪。她想，對忠誠加以衡量，甚至對任何人或事加以判斷，這是多麼困難啊……無論如何，煽起對貝特頓的懷疑，還是值得一試的。

儘管仍然有些眩暈，她立即恢復了正常。而老鼠落入誘捕器中的那種感覺，卻一直在她內心裡翻騰。可是，與此同時，她的外表卻很平靜，言行一點也未失常。

從外部世界來的這一小群人受到一個長相英俊、身材魁梧的男人所迎接。他好像是個語言學家，因為，他跟每個人寒暄用的都是他們本國的語言。

「能認識你真高興，我親愛的博士。」他低聲對巴倫博士說。然後轉向她：「啊！貝特頓夫人，我們熱烈歡迎你到這裡來。恐怕旅程遙遠使你有點迷惑，真遺憾。你的丈夫很好，當然，等你等得都有點不耐煩了。」

他得體地向她笑了一下。她注意到他皮笑肉不笑，看起來很不自然。

「你一定，」他又說，「渴望見到他吧。」

頭暈得更厲害了……彷彿感到周圍的那些人像海浪一樣在她身邊湧來湧去。她身邊的彼得斯伸出一隻手扶住她。

「你們大概不知道，」他對前來歡迎的主人說，「貝特頓夫人的飛機在卡薩布蘭加失事了，她摔成腦震盪。這一路上又很辛苦。另外，她熱切盼望見著自己的丈夫，心情很激動。我想，現在最好讓她到一間光線不強的房間裡躺一躺。」

希拉蕊從彼得斯的聲音和那隻扶著她的手臂中感受到他的好意。她又搖擺了幾下。要突然跪倒，或是躺下假裝失去知覺甚至真的失去知覺，都很容易。可以被抬進一個光線黯淡的房間，把被識破的時刻向後推遲一點……可是，貝特頓一定會到她這裡來，任何一個做丈夫的都會這樣做。他到了那裡，在昏暗中俯在床邊，聽到她說第一句話的聲音，並在他的眼睛適應了微弱的光線而第一次看到她的模糊輪廓時，就會一下子認出她不是奧麗芙．貝特頓。

希拉蕊鼓起勇氣。她挺起身來，雙頰馬上紅起來，她把頭高高抬起。

假若一切到這兒就要結束，那也要結束得漂漂亮亮。她要去見貝特頓，而且萬一他不認她，她要撒一個大謊，非常坦然而無畏：「不是的，我當然不是你的妻子。你的妻子……非常遺憾，太可怕了，她死了。她去世時我在醫院裡。我答應她無論如何要找到你，把她的遺言告訴你。我樂意這樣做。你知道，我很同情你的所作所為——我贊同你的政治立場，我想要幫助……太勉強了，太勉強了。而且，還有諸如做假護照、假信用狀那些難辦的小事需要解釋。不過，有時只要撒謊時臉不紅心不跳，只要大言不慚而振振有辭，憑藉三寸不爛之舌，暫時還是可以蒙混過關的。無論如何，只有繼續拚下去。」

她挺直腰桿，擺脫了彼得斯扶著她的手臂。

「哦，不。我要見湯姆，」她說，「我要到湯姆那裡去，現在，馬上！請帶我去吧。」

那個大個子有點為之動容了，看來一副深受感動的樣子（儘管，他那冷酷的眼睛仍然沒有表情，非常謹慎）。

「當然，當然，貝特頓夫人。我很了解你現在的心情。啊，詹森小姐來了。」

一個戴眼鏡的窈窕女郎走了過來。

「詹森小姐，見一見貝特頓夫人、尼達姆小姐、巴倫博士、彼得斯先生、艾力森博士。把他們帶到登記處去，好嗎？給他們喝點什麼。我待會兒就來。我先帶貝特頓夫人去見她的丈夫，隨後就來。」

他在前面走，她跟在後面。在走道拐彎的地方，她回頭看了一眼。彼得斯還在目送她，表情惘然，若有所失……她一度以為他會和她一起走。她想，他一定已經覺察到有點不太對頭，是從她身上覺察出來的，但是他說不出原因。

想到這裡，她微微打了個寒噤：「可能這是最後一次看到他了……」因此，當她跟著那男人拐彎的時候，她舉起手來搖了一下，表示再見。

那個大個子有說有笑。

「請這邊來，貝特頓夫人。你剛來，大概搞不清在我們這棟大樓裡怎麼走，這麼多走廊，而且差不多都一樣。」

希拉蕊覺得簡直像在夢中一般，在夢中順著一條潔白衛生的走廊走呀走呀，拐了一個彎又一個彎，拚命向前走，卻根本走不到盡頭……

她說：「我完全沒料到我會在一個……一個醫院裡。」

「沒有料到，當然。一切都難以預料，不是嗎？」他的聲音中夾雜著一種幸災樂禍的味道。「就像人們常說的，你只好『盲目飛行』了。順便說一句，我的名子是范．海德姆。保爾．范．海德姆。」

「這裡有點怪……而且，相當可怕，」希拉蕊說，「那些瘋瘋病人……」

「是的，當然。相當不尋常，並且出乎人們意料之外。的確使新來的人不好受。你會習慣的。是的，你到時候就會習慣的。」他抿著嘴輕聲笑了。「我自己認為，這是一個很逗人的玩笑。」他突然停了下來。「向上走一截樓梯。別急，輕鬆點。快到了。」

快到了，快到了，一步一步接近死亡。上呀，上呀！梯級是高的，比一般歐洲樓梯的梯級高些。現在，又順著一條潔白衛生的走廊向前走。在一扇門前，范．海德姆停了下來，敲敲門，等待著，然後，門開了。

「嗨，貝特頓，我們終於到了。你的妻子來了。」

他閃到一旁，有點手舞足蹈。

希拉蕊走了進去。不後退，不畏縮，昂首闊步，勇往直前。

窗戶旁站著一個男人，一個有點令人吃驚的美男子。她注意到他，在看到他那瀟灑的面孔時大吃一驚。不知怎的，那不是她所認識的貝特頓。確實，一點也不像她看過的那張貝特頓照片……

就是這種驚訝又困惑的感覺，促使她做出了一個大膽的決定。她全力以赴地要做一次絕望的掙扎。

她猛然衝向前去，然後又退了回來。她驚恐萬狀又大為沮喪地狂叫起來。

「噢！那不是湯姆。那不是我的丈夫……」

這一招做得非常漂亮，她感覺很好；是像演戲一樣，但演得並不過分。她用一種驚疑的目光看著范．海德姆。

然而，湯姆．貝特頓笑了，是一種平靜的、感到有趣的、幾乎是凱旋歸來的笑聲。

「啊，范．海德姆，真是妙極了，」他說，「連我的妻子都不認識我了！」

他急忙向前跨了四步，緊緊地摟住她。

「奧麗芙，親愛的。你當然認識我。縱然我的面孔和過去不太一樣，我還是你的湯姆呀。」

他把臉緊緊貼在她的臉上，嘴唇貼在她的耳朵上。她聽到了他悄聲說道：「加油。看在上帝的份上。危險。」

他鬆開了一下，又把她緊緊摟了過來。

「親愛的，好像很多年……很多年、很多年沒見到你了。你總算來到我身邊了。」

她能感覺到他用手指掐著她的肩胛下方，告誡她，緊急跟她打暗號。

過了一會兒，他放開了她，把她推遠一點，仔細端詳她的面孔。

「我還是有點不大相信，」他有點激動地笑著說，「現在該認出我來了吧？還沒有嗎？」

他的眼睛發狂似的注視著她的眼睛，仍在打暗號。

她實在不明白這是怎麼回事，也不可能明白。不過，這是老天爺創造的奇蹟，她振作精神，決心扮好角色。

「湯姆！」她說。她的聲音非常動人，連自己的耳朵也聽得出來，不免沾沾自喜。

「啊，湯姆，怎麼……」

「整容外科手術，維也納的赫茨在這裡。他真是妙手回春呀，你再也不會笑話我那個塌鼻子了。」

他又一次吻了她。這一次吻得很輕，也很自然。然後，她帶著抱歉的笑容轉向正在一旁監視的范．海德姆。

「我們太過欣喜若狂，真對不起呀，范．海德姆。」

「哪裡，哪裡……」那個荷蘭人和藹地笑了笑。

「漫長的等待，」希拉蕊說，「我……」她有點站不住了。「我……請讓我坐下來吧？」

湯姆急忙但又故意慢慢吞吞地讓她在一張椅子中坐下。

「當然，親愛的，你一定累壞了。一路上可怕極了。還有飛機失事。我的上帝，真是九死一生呀！」

（他們真是消息靈通。他們知道飛機失事的一切情況。）

「這次失事把我的腦袋撞得很不靈光。」希拉蕊帶著不好意思的笑容侃侃而談：「我老愛忘事，經常糊里糊塗，總是頭疼得厲害。而剛才，又發現你像個陌生人似的！親愛的，我真糟糕，但願沒給你添麻煩就好。」

「你給我添麻煩？絕對不會的。你好好休息一段時間就沒事了。在這裡，時間有得是。」

范・海德姆輕輕朝門口走去。

「你們在這兒獨處一會兒吧，」他說，「待會兒，貝特頓，帶你的妻子去登記處吧。現在你們會想要單獨在一起。」

他出去了，隨手帶上了門。

貝特頓馬上在希拉蕊面前跪下了，把臉壓在她的肩頭上。「親愛的，親愛的……」他不停地輕輕叫著。

她又一次感覺到他在用手指示警。耳語聲微弱得幾乎聽不到……很急迫，持續不停。

「繼續下去！這裡或許有竊聽器，誰也不知道。」

當然，事實的確如此。恐懼、疑慮、不安、危險……永遠是危險，她到處都能夠察覺到危險。

湯姆・貝特頓乾脆就跪坐下來了。

「看見你我真高興！」他輕聲說，「然而，你知道，這就像是一場夢……不像真的。你也有這種感覺嗎？」

「對，你說得很對，就像作夢。終於能和你在一起……好像不是真的，湯姆。」

她把兩隻手放在他的肩頭上。她盯著他，嘴角泛出隱隱約約的微笑（除了竊聽器，可能還有窺視孔）。

她冷靜地對她面臨的一切加以評估。一個精神緊張但長相英俊的三十多歲男人看來嚇壞了、快要完蛋了……而這個人本來似乎滿懷著崇高理想而來，現在卻變成這個樣子……

既然已經跨過了第一道難關，希拉蕊對於繼續扮演她的角色感到無比振奮。她一定要做好奧麗芙．貝特頓的角色，像奧麗芙那樣說話行事，像奧麗芙那樣感受外界的一切。生活是如此不真實，這一切反而顯得十分自然了。有個叫作希拉蕊．克雷文的人已經在飛機失事中死去了，從現在開始，她不會再記起她了。

她搜腸刮肚，盡量回憶她曾勤奮學習的那些功課。

「好像是很久以前的事了。」她說，「小鬍子……你還記得小鬍子嗎？牠生小貓了，就在你走了以後。發生了那麼多的事情，拉拉雜雜的日常瑣事，你卻都不知道，這好奇怪啊。」

「我知道。我和舊生活一刀兩斷，開始了新生活。」

「那麼，這裡一切都好嗎？你快樂嗎？」這是任何一個做妻子的人必然要問的問題。

「好極了。」湯姆．貝特頓正一正肩頭，把頭往後一甩。從那張微笑而自信的臉上流露出憂鬱而害怕的眼神。「一切設施應有盡有，沒有捨不得花的錢，工作條件十分完善。還有，這個組織，真是難以置信！」

「啊，我猜一定是這樣的。我一路上……你是從同一條路來這裡的嗎？」

「先不談這個。親愛的，我並不是不理睬你，但是，你知道，你一切都得從頭學起。」

「可是，那些瘋瘋病人……這裡真是瘋瘋病院嗎？」

「是的，一點也沒錯。這裡有一批醫師，致力於瘋瘋病的研究，他們做得很出色。不過他們是獨立自主的。你用不著操心，這不過是……一種巧妙的偽裝。」

「原來是這樣。」希拉蕊環顧四周。「我們就住在這裡嗎？」

「是的。這是客廳，浴室在那裡。再過去便是臥房。來，我帶你看看。」

她站起來，隨他穿過設備齊全的浴室，來到相當寬敞的臥房，裡面有雙人床、大壁櫥、梳妝台，靠床還有一個書架。希拉蕊開心地注視著空蕩蕩的壁櫥。

「我真不知道我要在這裡面放些什麼。」她說，「我所有的一切都在身上了。」

「啊，說到衣服，你要穿什麼就有什麼。這裡有時裝店，和一切附屬商品、化妝品，應有盡有，全是第一流的。本院自給自足，你所要的一切，在院裡都可以解決。不需要再到外面去了。」

他的話說得很輕鬆，但對希拉蕊敏感的耳朵來說，這些話的背後流露出一種絕望的心情。

「不需要再到外面去了。沒有機會再到外面去了。所有進來的人們，放棄你們的希望吧……這個設備齊全的牢籠！難道就是為了這個，」她想，「這些各不相同的人才放棄了自己的國家、忠誠和日常生活嗎？巴倫博士，安迪・彼得斯，神情恍惚的艾力森，傲慢專橫的尼達姆，他們就是為了這個而投奔到這裡來的嗎？他們知不知道他們將會發現什麼？他們滿意嗎？他們需要的就是這個牢籠嗎？」她繼而一想：「我最好別問這麼多問題……要是有人竊聽就糟了。」

有人在竊聽？有人暗中監視他們？很顯然，湯姆．貝特頓認為可能有人這麼做。不過是這樣嗎？或者是他神經過敏……甚至歇斯底里？她認為湯姆．貝特頓已經快要精神崩潰了。

「是的，」她冷酷地想道，「我自己也可能會這樣，在六個月之後……」

她不禁要問，這樣的生活會把一個人搞成什麼樣子呢？

湯姆．貝特頓對她說：「你想躺下，休息一會兒嗎？」

「不……」她有點猶豫。「不，我不想躺下。」

「那麼，最好和我一起去登記處。」

「登記處是幹什麼的？」

「凡是進來的人，都要通過登記處。他們會把你的一切都記錄下來。健康、牙齒、血壓、血型、心理反應、喜好、厭惡的東西、過敏物、習性、嗜好。」

「聽起來像軍隊……或者，當作入院就醫嗎？」

「兩者都是。」湯姆．貝特頓說，「既是參軍入伍，又是入院就醫。這個組織是非常嚴格的。」

「我聽說過這些。」希拉蕊說，「我的意思是，鐵幕後面的每件事情都是經過周密計畫的。」

她設法使自己的聲音帶有足夠的熱情。畢竟，奧麗芙早就被設想為黨的同情者，儘管她並非黨員。

貝特頓有點含糊其辭地說：「你需要了解的事太多了。」他隨即又補充一句：「最好不要太過急躁。」

他又一次吻了她，是看來非常溫柔甚至充滿熱情的一吻。不過，事實上這一吻冷若冰霜，他只是在她耳邊竊竊低語：「堅持下去。」然後聲音大了起來。「走，到登記處去。」

12

登記處由一個女人負責，她看起來好像是個非常嚴格的女保育人員。她的頭髮在腦後梳成一個難看的髻，戴著一副夾鼻眼鏡，看起來很能幹。當貝特頓夫婦走進這間冷冰冰的辦公室時，她點點頭表示歡迎。

「啊，你把貝特頓夫人帶來了，很好。」

她的英語很地道，只是有點咬文嚼字，使得希拉蕊認為她很可能是外國人。事實上，她的國籍是瑞士。她示意希拉蕊坐下，打開身邊的一個抽屜，拿出一疊表格，便很快地寫了起來。湯姆·貝特頓頗為尷尬地說：「奧麗芙，我先走了。」

「對啦，請吧，貝特頓博士。把一切手續快點辦完比較好。」

貝特頓出去了，順手關上門。那個機器人（因為希拉蕊認為她是個機器人）繼續寫下去。

「嗯，」她非常認真地說，「請告訴我你的全名、年齡、出生地、父母姓名、患過什麼重大疾病、口味、嗜好、擔任過的工作、在哪所大學拿過學位以及喜歡什麼食品和酒類。」

她一個勁兒地說下去，好像沒完沒了似的。希拉蕊應答得含糊其辭，近乎機械化。現在她十分高興傑索普曾安排她了解這些事。她把那一套完全背熟了，所以，回答得十分自然、主動，簡直用不著停下來想一想。當最後一欄填好之後，那個機器人說：「好了，在這個部門這些就夠了。現在，我們要把你交給施瓦茨博士檢查身體。」

「真的啊！」希拉蕊說，「有這個必要嗎？好像很荒唐。」

「啊，我們做什麼都一絲不苟，貝特頓夫人。我們要在檔案上把一切都記錄下來。你會很喜歡施瓦茨博士的。然後，在那裡結束後，再去找魯貝克博士。」

施瓦茨博士是一位很可愛的黃髮女性。她對希拉蕊的身體做了仔細檢查，然後說：「就這樣吧！可以了。現在，你去找魯貝克博士吧。」

「魯貝克博士是誰？」希拉蕊問，「也是位醫生嗎？」

「魯貝克博士是位心理學家。」

「我並不需要心理學家，我不喜歡什麼心理學家。」

「請別激動，貝特頓夫人。你並不是去接受什麼治療，只是測試一下智力和你的個性類型。」

魯貝克博士四十歲左右，瑞士人，修長的身材，顯得很憂鬱。他跟希拉蕊打了招呼，瞥了一眼剛從施瓦茨博士那裡傳遞過來的卡片，並表示贊同地點了點頭。

「很高興，你的健康情況很好。」他說，「聽說你最近遇到一次飛機失事？」

「是的，」希拉蕊說，「在卡薩布蘭加的醫院裡住了四、五天。」

「四、五天是不夠的，」魯貝克博士不以為然地說，「你應該在那裡多住幾天。」

「我不想在那裡多待，我要趕路。」

「當然，那是可以理解的。可是，對於腦震盪來說，最重要的是得到充分的休息。或許在事故之後，你顯得很健康，也很正常，但是，也可能留下了後遺症。是的，我看你的神經反應並不正常，毫無疑問，部分是因為一路上心情激動；部分是因為腦震盪。你會頭疼嗎？」

「是的，頭疼得很厲害，而且挺糊塗的，老忘事。」

希拉蕊感到不斷強調這一點很重要。魯貝克博士一再點頭表示安慰。

「是呀，是呀，是呀，別太操心了，一切都會過去的。現在，我們要做點聯想測驗，目的在於斷定你的心理狀態是什麼類型。」

希拉蕊感到有點緊張，但全部順利通過了。那似乎只是一種例行測驗。魯貝克博士在一張長長的表格上做了各種記載。

「和一個人打交道……」他最後說，「請你原諒，夫人，並對我接下來要說的話不見怪……和一個不是天才的人打交道真是愉快。」

希拉蕊笑了起來。

「哦，我當然不是天才。」她說。

「這對你是一件大好事，」魯貝克博士說，「我可以向你保證，你待在這裡一定會平安無事。」他嘆了一口氣。「你可能也知道，我在這裡處理的大多數是才智敏捷的人，而才智敏捷的人，心態容易不平衡，感情又容易衝動。夫人，研究科學的人並不是個個都冷若冰霜，像小說中所描寫的那樣。事實上，」魯貝克意味深長地說，「第一流的網球好手、正走紅的女歌星和一位核子物理學家，他們感情奔放起來的時候，並沒有什麼區別。」

「也許你說得對，」希拉蕊附和著，因為她記起別人想必以為她和科學家在一起生活了若干年。「他們有時是比較容易激動的。」

魯貝克博士兩手一攤。

「你簡直不能相信，」他說，「這裡的人感情一衝動起來是個什麼樣子。吵架！嫉妒！頑固！我們得採取對策來對付這些事。至於你，夫人，」他笑了。「你在我們這裡是屬於一個少數階層，我得說，那是一個幸運的階層。」

「我不大明白你的意思，哪一種少數？」

「妻子們，」魯貝克博士說，「我們這裡沒有多少人帶夫人來，只允許極少數人帶來。基本上，我們發現她們不至於像她們的丈夫和丈夫的同事那樣容易腦袋發脹。」

「那些妻子在這裡都做些什麼呢？」希拉蕊問道。接著，她又很難為情地說：「你知道，一切對我都很新鮮，我什麼也不了解。」

「你當然不了解。當然囉，這不足為奇。這裡有各種各樣的消遣、娛樂活動，教學課程種類繁多，但願你在這裡生活得愜意。」

「就像你一樣嗎？」

這是一個頗為大膽的問題。事後希拉蕊一直在思考這個問題問得是否明智。然而，魯貝克博士卻只表示出很高興的樣子。

「夫人，你說的沒錯，」他說，「我發現生活在這裡極其優閒而且有趣。」

「你不曾懷念……瑞士嗎？」

「我不想家，一點也不。部分是因為我的家境不好，我有妻子和幾個孩子。夫人，我這個人不太適合過家庭生活。這裡的生活條件對我來說愉快多了。我有充足的機會研究人類心靈的某些方面。關於這些，我非常感興趣，正在寫一本書。我沒有家累，沒有什麼事情分心，也沒有什麼干擾。這對我真是太合適了。」

他站起來很有禮貌也很正規地和她握手，希拉蕊問：「下一步我要去哪裡？」

「拉羅歇小姐會帶你去服裝部門。我擔保，」他鞠了個躬。「結果會很令你滿意。」

在會見了那位呆板得像機器人一樣的婦女之後，拉羅歇小姐的確使她大吃一驚。拉羅歇小姐曾是巴黎一家高級服裝店的女售貨員，嫵媚動人。

「夫人，認識你真高興，希望能為你效勞。因為你新來乍到，毫無疑問，一路上十分辛勞。我建議你今天只選用一點生活必需品就好，明天以及下星期，你有空時，再來看看庫存中有些什麼適用的東西吧。我總覺得急急忙忙選東西是件非常不愉快的事，那會把挑服裝的樂趣一掃而光。所以我提議，你要是同意，就先選一套內衣，一件用餐禮服，還有，量量身材就行了。」

「這太好了，」希拉蕊說，「隨身只有一把牙刷和一塊海綿，是多麼奇怪的事啊！。」

拉羅歇小姐開心地笑了，她很快就幫她把身材量好了，然後她把希拉蕊帶進一個有壁櫥的服裝部。這裡有各式各樣的衣服，衣料華貴，剪裁考究，大小尺碼一應俱全。希拉蕊選了一些最必要的服裝之後，她們又到化妝品部，希拉蕊在那裡選了蜜粉、面霜和其他化妝用品。這些東西都交給一個營業員拿著，那個營業員是個土著，面孔黑得發亮，穿一身純白色的衣服。拉羅歇小姐指示她，這些東西務必要送到希拉蕊的房間去。

希拉蕊愈來愈覺得所有這些都像是在夢中。

「我希望不久之後有幸再和你見面，」拉羅歇小姐很有禮貌地說，「夫人，我很榮幸，能幫助你挑選一些衣服。請不要和別人說，我有時對這裡的工作並不滿意。這些女科學家對服裝一點也不感興趣。真的，不到半小時前，你的一位旅伴曾到這裡來過。」

「是尼達姆嗎？」

「啊，是的，就是她。當然，她是個德國佬，德國佬和我們法國人不一樣。要是她稍微注意一下自己，長得倒也不難看；要是她能考慮一下她的線條而選擇衣服，那就更漂亮了。

可是，她沒有，她對服裝不感興趣。我知道她是一個什麼專家，我們只好希望她對她病人的興趣比對服裝大得多。啊，那樣一個人，男人會看她第二眼嗎？」

一行人來到時見到的那個身材窈窕、滿頭黑髮、戴副眼鏡的詹森小姐，現在也進了這間時裝沙龍。

「貝特頓夫人，這兒的事辦完了嗎？」她問道。

「是的，謝謝你。」希拉蕊說。

「那麼請去見見副院長吧。」

希拉蕊向拉羅歇小姐告別，就跟著那個一本正經的詹森小姐走了。

「副院長是誰？」她問。

「尼爾森博士。」

希拉蕊想，在這個地方，每個人都是某某博士之類的。

「尼爾森博士到底是誰？」她問，「是醫生，科學家還是什麼家？」

「哦，貝特頓夫人，他不是醫生，他負責這裡的行政管理工作。人們有什麼不滿或要求都得找他。他是本單位的長官。任何人一到這裡，都要和他談話。談話之後，你大概就不會再和他見面了，除非出了什麼嚴重問題。」

「原來是這樣。」希拉蕊溫順地說。她對自己現在的處境有種滑稽的感覺。

進入尼爾森博士的辦公室要穿過兩間外室，速記員在那裡工作。希拉蕊和她的嚮導最後進了內室，尼爾森博士從一個大辦公桌前面站起身來。他身強力壯，滿面紅光，溫文有禮。希拉蕊想，雖然他美國口音不重，但準是美洲人。

「啊！」他連忙走上前來和希拉蕊握手，並說：「這位是……是的，讓我想想……對啦，貝特頓夫人，很高興，歡迎你到這裡來，貝特頓夫人。希望你和我們在一起過得很愉快。聽說你在路上發生意外，我們都很難過。但令人高興的是，傷得還不算太嚴重。所以，你真是福星高照呀！福大命大。對啦，你的丈夫等你等得有些不耐煩了，所以，好在你現在已經來了，我希望你安頓下來，和我們一起愉快地生活下去。」

「多謝你，尼爾森博士。」

他挪動一把椅子讓她坐下，希拉蕊坐了下來。

「有什麼問題要問我嗎？」

尼爾森博士身子向前傾斜，一副等待她提問的樣子。希拉蕊稍微笑了一下。

「這太難回答了，」她說，「當然，確切的回答是：問題太多了，簡直不知從何說起。」

「好極了，好極了，我明白你的意思。假如你聽從我的意見——你知道，僅僅是意見——我就什麼也不問。趕緊使自己適應下來。相信我，適應環境就是最好的辦法。」

「我覺得我了解得太少了。」希拉蕊說，「全都……全都大大出乎我的意料之外。」

「是的，大多數人都這樣認為，一般的想法都以為是去莫斯科，」他開心地大笑起來。「我們這個沙漠之家是大多數人都料想不到的。」

「我的確一點也沒想到。」

「是的，事先我們告訴大家的不多。怕他們不夠謹慎，而你知道，謹慎是相當重要的。不過，你會發現，你在這裡會過得很舒適。假如你不喜歡什麼，或者說你特別想要什麼，只要提出來，我們將盡力辦到！比如，任何藝術上的需要，什麼繪畫呀、雕刻呀、音樂呀之類的，關於這類東西，我們特別設立了一個部門。」

「哦，我可沒有這方面的天才。」

「嗯，我們還有不少種類的社交活動，還有球類。我們有網球場和壁球場。人們只需要一兩個星期，便能熟悉這裡的環境，尤其夫人們更是這樣，假如你不介意我這樣說。你的丈夫有他的工作，他是很忙的，所以有時候要不了多久，新來的妻子們就會和已來的妻子們交上朋友了。事情就是這樣，你明白我的意思嗎？」

「可是要一直……一直待在這裡嗎？」

「一直待在這裡？貝特頓夫人，我不大懂你說的是什麼。」

「我的意思是，我們是一直待在這裡，還是要再到別處去？」

尼爾森博士的態度曖昧起來了。

「噢，」他說，「那要由你的丈夫決定。是的，多半要由他決定。有這種可能性，各式各樣的可能性。不過，目前最好不談這個。我是說你……好吧，三個星期以後再來見我一次。安頓下來以後，再談這個問題。」

「我們能……出去嗎？」

「貝特頓夫人，出去？」

「我是說到牆外面去，出大門。」

「這是一個非常自然的問題，」尼爾森博士說，此刻他露出一副頗為憐憫的神情。「是的，非常自然，大多數人剛來時都問過這個問題。但本單位的特點是：我們這裡本身就是一個世界。請允許我這樣說，沒有什麼外出的必要。外面只有沙漠，我並不是怪罪你，貝特頓夫人。大多數人剛來時的感受和你是一樣的。有一種輕微的幽閉恐懼症，這是魯貝克大夫說的。但我可以肯定這種情況很快便會過去。容我這樣說，這種情況是從你離開的那個世界所帶來的殘餘想法。貝特頓夫人，你注意過蟻穴嗎？看起來有趣極了。很有趣，也很具有教育意義，成千上萬的小黑螞蟻，忙來忙去，非常認真，非常熱心，目的性也很明確。然而整個世界是一團混亂。現在你擺脫了的那個罪惡的舊世界。而我們這裡，我向你保證，有的是優游的閒暇、高尚的目標、無窮無盡的好時光，」他笑了。「是一個人間天堂。」

13

「這裡彷彿是一所學校。」希拉蕊說。

她再次回到自己的房間，發現她挑選的那些衣物已經送來了。於是，她把衣服掛在壁櫥裡，而把房間裡的其他東西根據自己的喜好做了安排。

「我知道，」貝特頓說，「我一開始和你的感覺一樣。」

他們之間的談話非常謹慎又有點做作。那個可能存在的竊聽器，像陰影一樣籠罩在他們的心頭。他拐彎抹角地說：「我認為這裡不錯，你知道，大概是我想得太多了，但不管怎麼說……」

他的話只說到這裡。希拉蕊懂得他沒說出來的話是：「不過，不管怎麼說，我們最好不要掉以輕心。」

希拉蕊認為，整件事情是一場不忍設想的噩夢。她在這個地方和一個完全陌生的男人共用一間寢室。但是，心神不定和危險感是那樣強烈，以至於對他們兩人來說，這種親密並未使他們難堪。她想，這就像在瑞士登山一樣，與嚮導和其他登山者互相依偎著共用一間茅棚，是很自然的事。一兩分鐘後貝特頓說：「你知道，需要一番努力才能適應，我們可以放自然一些。就像一對普普通通的夫妻，好像我們還在自己家裡一樣。」

她了解到這樣做是明智的。那種非現實感依然存在，並且據她判斷，還將存在一段時間。貝特頓離開英國的理由、他的想法以及他怎麼醒悟的，此刻都是不能觸及的問題。可以說，有兩個人在演戲，而他們頭上卻籠罩著難以言狀的生死威脅。她馬上說：「我被帶去辦了不少手續，體檢、心理測驗，諸如此類的。」

「是呀，這裡一向如此。我想這是慣例。」

「你來時也得辦這些手續嗎？」

「差不多。」

「後來我去拜見……副院長，你們是這樣稱呼他的？」

「沒錯。他主管這個地方，很能幹，也是一個很理想的領導者。」

「但他還不是這兒的最高長官吧？」

「哦，不是的。我們還有院長。」

「一般人是否……我是否要拜見院長呢？」

「我猜早晚總要見的。但他不常來。他有時候來對我們演講……他是個非常令人興奮的人物。」

貝特頓的眉頭又稍微皺了起來，因而希拉蕊覺察到最好是放棄這個話題。貝特頓看了看鐘，說：「八點吃晚飯。八點到八點半。你要是準備好了，我們就下樓去，好嗎？」

他說得就好像他們是住在旅館裡一樣。

希拉蕊早就換好了一身她所選中的衣服。柔和的灰藍色襯托著她那頭紅頭髮，非常悅目。她在脖子上戴了一串頗為吸引人的珠寶項鍊，說她準備好了。他們漫步下樓並順著走道一直走進寬敞的餐廳。詹森小姐迎上前來。

「湯姆，我已為你們安排了一張較大的桌子，」她對貝特頓說，「和你夫人一道來的兩位同伴和你們坐在一起；當然，還有默奇松夫婦。」

他們走到那張指定的桌子前。餐廳裡大都是小桌子，可以坐四個人、八個人或十個人。彼得斯和艾力森已經坐在那裡了，他們看到希拉蕊和湯姆走近，便站起來。希拉蕊把她的「丈夫」介紹給他們兩位。他們坐了下來，一會兒又來了一對。貝特頓介紹他們是默奇松博士和夫人。

「賽蒙和我在同一個實驗室裡工作。」他解釋道。

賽蒙．默奇松是個二十六歲左右的年輕人，身材修長，臉色蒼白。他的夫人一頭黑髮，矮矮胖胖的，說話時有一口外國口音，希拉蕊從中斷定她是義大利人。她的名字是碧安卡。她跟希拉蕊很有禮貌地寒暄了幾句，但希拉蕊覺得她的態度似乎有所保留。

「明天，」她說，「我要帶你到各處瞧瞧。你並不是科學家，對吧？」

「很抱歉，」希拉蕊說，「我沒有受過任何科學訓練。」她還說：「我結婚以前在當祕書。」

「碧安卡學過法律，」她的丈夫說，「她研究過經濟和商業法。有時她會在這裡講課，可是，麻煩的是她閒不住，想找更多事來做。那是比較困難的。」

碧安卡聳聳肩。

「我會有辦法的，」她說，「畢竟，賽蒙，我到這裡來就是為了跟你在一起，我認為這裡有不少事情可以組織得更好些。我正在熟悉這裡的狀況。貝特頓夫人並不從事科學研究，或許她會幫幫我的忙。」

希拉蕊急忙地對這個計畫表示同意。而彼得斯說了一句沮喪的話，大家哄堂大笑了起來。

「以前我覺得我好像是一個剛進寄宿學校的小孩子，想家想瘋了。現在我得安下心來做點事了。」

「這個地方的工作條件極好。」賽蒙・默奇松滿腔熱情地介紹著。「沒有任何干擾，儀器設備應有盡有。」

「你是研究什麼的？」彼得斯問。

這三個人立即談起他們自己的一些專業來，希拉蕊一點也聽不懂。於是她轉向艾力森，他靠著椅背坐著，看起來心不在焉。

「你呢？」她問，「你的心情也像一個想家的小孩嗎？」

他打量著她，好像離她很遠似的。

「我並不需要家，」他說，「所有什麼家庭呀、愛情的結合呀、雙親呀、孩子呀，都是大包袱。對於一個致力工作的人，應該完全自由才好。」

「那麼，你覺得你在這裡會很自由嗎？」

「這我還不知道。但願是。」

碧安卡對希拉蕊說：「晚飯後，有很多事可做。有個紙牌間可以打橋牌；有個電影院，每週還有三次話劇演出，有時還有舞會。」

艾力森蹙額皺眉，不以為然。

「這些都不必要，」他說，「太消耗精力了。」

「對我們女人並不是這樣，」碧安卡說，「對我們女人來說，很有必要。」

他用一種幾乎是冷酷和疏離的厭惡目光瞪著她。

希拉蕊想：「對他來說，連女人也是不必要的了。」

「我要早點睡覺，」希拉蕊說。她故意打了個呵欠。「我今晚既不想看電影，也不想打牌。」

「好，親愛的，」貝特頓急忙說，「最好早點休息，好好地睡一夜。你一路上可是累壞了呢。」

當他們站起來時，貝特頓說：「夜晚，這裡的空氣非常清新。晚飯後，我們常常在屋頂花園散一會兒步，然後分開，有的去參加娛樂活動，有的回去工作、學習。我們上去走一會兒，然後你就去休息。」

他們乘電梯上去。電梯由一個穿一身白衣的英俊土人操作。這裡的服務生不像那些瘦弱、白皮膚的柏柏爾族人，他們皮膚比較黝黑，體格更加粗壯，希拉蕊認為，他們大概是某一沙漠民族的人。真沒料到屋頂花園如此富麗堂皇，她大吃了一驚。還有，修建這些豪華的設施一定花了不少錢。成噸成噸的泥土抬上這裡。就像《一千零一夜》裡的神話故事，那裡有噴泉，有高大的橡樹，有熱帶的香蕉樹和其他植物，還有按波斯花朵的圖樣用美麗的彩色瓷磚鋪就的小徑。

「太難以置信了！」希拉蕊驚嘆道，「這裡的周圍全都是沙漠啊！」她道出了心中的感想：「就像《一千零一夜》。」

「我很同意，貝特頓夫人，」默奇松說，「看起來就好像是求過神，拜過佛一樣！我想，甚至在沙漠中，也沒有什麼做不到的事，只要有水有錢，兩者都很充分就行。」

「水是從哪裡來的呢？」

「從深山引出的泉水。這就是這個單位得以存在的理由。」

屋頂花園中原先站著不少人，可是漸漸地都散得無影無蹤了。

默奇松夫婦也告退了。他們去看芭蕾舞。

留下的人已經不多。貝特頓用手拉著希拉蕊的手臂把她領到靠近欄杆的一個僻靜空地。滿天星斗，空氣涼爽宜人。最後只有他們兩個人了。希拉蕊在一個低矮的水泥凳上坐下來，貝特頓站在她前面。

「喂！」他壓低聲音，神情緊張地問，「你他媽的到底是誰？」

她抬頭看了他一會兒，一聲不響。因為，在她回答以前，她自己還得知道一些東西。

「你為什麼承認我是你的妻子呢？」她問道。

他們倆互相注視，不眨一眼。誰也不願先回答對方的問題。這是他們倆之間一場意志力的決鬥。可是，希拉蕊認定，不管湯姆．貝特頓離開英國時是什麼樣子，此刻，他的意志力必定不如自己。因為她到這裡來是充滿了自信，要組織自己的生活；而湯姆．貝特頓卻是按照別人的計畫生活著。所以，她是強者。

他的視線終於離開她而轉向別處了，他含糊地低聲說：「那不過是靈機一動。我是個該死的笨蛋，我還以為是他們派你來……把我救出去的哩。」

「那麼，你想離開這裡？」

「天啊，這還用問嗎？」

「你是怎麼從巴黎到這裡的呢？」

湯姆．貝特頓稍微苦笑了一下。

「我不是被綁架或用類似的方法弄來的——假若你是這個意思的話。我是自願來的，自己主動想辦法來的。我是興奮地帶著迫切感而來的。」

「你知道是到這裡來嗎？」

「我一點也不知道是到非洲來，你知道。我是三兩下就中了最簡單的圈套，聽信什麼世界和平，全球科學家分享科學祕密，打倒資本家、戰爭販子等等這些騙人的鬼話。那個跟你一起來的彼得斯也一樣，他也上了同樣的圈套。」

「當你到了這裡，卻發覺完全不是這麼回事？」

他再次苦笑了一下。

「你自己不久就會知道。哦，也可能或多或少是這麼回事，但和你原來想的不一樣。這不是……自由。」他坐在她旁邊，兀自皺起了眉頭。「你知道我過去在英國，就是因此而感到失望。我總是覺得受到監視，有密探。所有這些安全措施，比如，必須說出自己的所有行動，必須說出自己的所有親友，可以說，這一切都很必要。但是，最後不免令人失望。因此，當某人提出一個主張……好吧，那一切聽起來很動人。」他苦笑了一下。「但是最後的結局，卻是到這裡來了。」

希拉蕊慢條斯理地說：「你是說，你來到的環境和你設法逃走的那個環境一模一樣嗎？同樣是被監視嗎，甚至更為惡劣？」

貝特頓神經質地把頭髮從前額向後抹了一下。

「我不知道。」他說，「老實說，我真的不知道。我沒有把握。也可能只是我胡思亂想。我根本不知道我是否被人監視。為什麼要監視我？為什麼他們要找這個麻煩？他們都把我弄到這裡……進了監獄了。」

「一點也不像你所想像的那樣嗎？」

「怪就怪在這裡。從某方面來說，是和我想要的一樣。工作條件好到沒話說，各種儀器設備應有盡有，想工作多久就工作多久，或者，要少做點就少做點。生活很舒適，也很充裕，食品、衣著、住宿，無所不有。只是，你總是覺得是在蹲監獄。」

「我知道。今天我們進來，鐵門在我們後面哐啷一關時，感覺可怕極了。」希拉蕊不禁打了個寒噤。

「好啦，」貝特頓好像振作了起來。「我已經回答了你的問題，該你回答我了。你假裝奧麗芙到這裡來幹什麼？」

「奧麗芙……」她停了下來，努力搜索字眼。

「是呀，奧麗芙怎麼樣了？她出了什麼事？你想說什麼？」

她憐憫地注視著他那憔悴而緊張的面孔。

「我害怕告訴你。」

「你是說……她出了事？」

「是的，真不幸，太不幸了。你的妻子死了……她本來是要來和你會合的，飛機失事了。她被送進醫院，兩天以後死去了。」

他兩眼直愣愣地盯著前方。好像決心不流露一點感情。他平靜地說：「這麼說，奧麗芙已經死了？我明白了……」

長時間的沉默。然後，他對她說：「好吧，我們就從這裡繼續說下去吧。你取代她，到這裡來，為的是什麼呢？」

這次，希拉蕊早已準備好答詞。湯姆．貝特頓曾經認為她是被派來……如他自己所說，「救他出去的」。但情況並非如此。希拉蕊是個奸細。她是被派來刺探情報而不是來營救他這樣一個心甘情願自投羅網的人。況且，她自己和他一樣，也是個囚犯，她能有什麼法子救他呢？

她認為，向他吐露實情非常危險。貝特頓身體快垮了，他有可能很快就會一潰到底。在這種情況下，鬼才相信他能保守什麼祕密。

於是，她說：「你的妻子臨死時，我在醫院裡。我主動提出代替她設法找到你。她渴望著給你捎一個口信。」

他皺起眉頭。

「但是……」

她趕緊接了上來……他還沒來得及意識出這個憑空杜撰的故事有漏洞。

「你知道，我認同那些觀點……你剛才所說的那些觀點。各國共享科學祕密，建立新的世界秩序。我對所有這些理想都懷有滿腔熱情。還有我的頭髮……要是他們期待看到一個年齡相當的紅髮女人，我認為我是可以通得過的。反正值得試試。」

「沒錯，」他說，瞥了一眼她的頭部。「你的頭髮真的和奧麗芙一模一樣。」

「而且，你也明白，你的妻子激烈地堅持要我把那個口信捎給你。」

「對了，口信。什麼口信？」

「告訴你要小心，特別小心，說你很危險，要提防有個叫鮑里斯的什麼人。」

「鮑里斯？你是說鮑里斯·格萊德嗎？」

「對了。你認識他嗎？」

他搖搖頭。

「我從沒見過他，但我知道他的名字。他是我妻子的一個親戚。我聽說過他。」

「他為什麼危險？」

「什麼？」他心不在焉地說。

希拉蕊把她的問題重複了一遍。

「哦，那件事呀，」他好像終於回過神來。「我不知道他為什麼對我有危險。可是，根據我的了解，他是個危險的傢伙。」

「怎麼個危險法？」

「呃，他是那種半瘋狂的理想主義者，他們會毫不手軟地殺掉一半人類，只要他們基於某種原因認為這樣做是有益的。」

「我了解你所說的這種人。」

她認為她的確了解，並且他們好像就在眼前（但為什麼會這樣？）。

「奧麗芙見著他了嗎？他都對奧麗芙說了些什麼？」

「我不知道。她只說了這些。關於危險……啊，對啦，她還說她『無法相信』。」

「相信什麼？」

「我不知道。」她猶豫了一會兒，然後說：「你知道，這是她臨死前說的話……」

他的臉痛苦地抽搐了一下。

「我知道，我知道……到時候我自然會習慣的。目前我還適應不過來。只是關於鮑里斯這件事，我有點迷惑不解。我在這裡，鮑里斯怎麼會對我造成危險呢？假如他見到了奧麗芙，那大概是在倫敦。」

「是的，他到了倫敦。」

「我還是有點莫名其妙。那又有什麼關係？他媽的，反正現在任何事都沒關係了。我們在這裡，待在這樣一個王八蛋地方，周圍都是沒有人性的機器人。」

「我也有這種感覺。」

「我們逃不掉的，」他用拳頭向水泥凳捶了一下。「我們是逃不掉的。」

「不，我們逃得掉。」希拉蕊說。

他非常吃驚地轉過身來盯著她。

「你到底是什麼意思？」

「我們會找出辦法來的。」希拉蕊說。

「我的好女孩，」他輕蔑地笑了。「你根本不明白這是個什麼地方。」

「戰爭時期，人們都從最不可能的地方逃了出來，」她固執地說她絕不讓自己陷入絕望，「他們挖地道或用其他方法……」

「全是岩石怎麼挖得通呢？還有，挖到哪裡去？周圍淨是沙漠。」

「那麼，只好用『其他方法』了。」

他端詳著她。她充滿信心地笑了，這種信心很頑強，雖然根柢不牢靠。

「你這個女人真不尋常！聽起來你倒是滿有把握哩。」

「辦法總是有的。可能需要花時間，需要周密計畫。」

他又一次愁容滿面。

「時間，」他說，「時間……我可沒有多少時間了。」

「為什麼？」

「我不確定你能不能聽懂我的意思。是這樣的，我在這裡其實不能……做出什麼。」

她眉頭緊鎖。

「你這是什麼意思？」

「叫我怎麼說呢？我不能工作了，我也不能思考了。做我這一行，需要精神高度集中。工作中有大部分是……怎麼說呢，是創造性的。自從我來了以後，我幾乎喪失了對工作的迫切感。我所能做的只是把低級的工作做得出色一點而已，那是任何一個蹩腳的科學界同仁都做得到的。但他們把我弄到這裡來並不是為了這個，他們要的是有獨到見解的東西，可是我弄不出什麼獨到見解。而且我愈是緊張、愈是害怕，也就愈做不出來。這種情況快要把我逼得精神錯亂了，你明白嗎？」

她此刻明白了，她想起來魯貝克博士說的女歌星和科學家的那段談話。

「假如我交不出東西來，這樣一個機構會怎麼處置我呢？他們會除掉我。」

「哦，不。」

「哦，會的，他們會除掉我的，這幫人可不是什麼溫情主義者，他們迄今之所以還沒有要我的命，是因為我正在接受外科整容手術。你知道，這種手術每次只能進行一點點。很自然，一個經常做手術的人是無法集中精力的。不過，這個手術已經結束了。」

「做這種手術幹嗎？為什麼要做呢？」

「哦，那是為了安全，也就是說，為了我的安全。假若……假若你是被『找來的人』，他們就這樣幹。」

「那麼，你是被『找』的人？」

「是的。難道你不知道？我想，他們是不會在報紙上刊登這類廣告的，甚至奧麗芙也可能不知道。不過，我的確是他們要找的人。」

「你指的是……叛國？是這個罪名，對吧？你把原子祕密出賣給他們了，是嗎？」

他不敢正視她的眼睛。

「我什麼也沒出賣，我把我們的試驗過程告訴他們了，毫無保留地告訴他們。或許說來你不相信，我是心甘情願告訴他們的。因為，那是整個體制的一部分……共同享有科學祕密嘛。你懂我的意思嗎？」

她能理解，她能理解安迪·彼得斯這樣做，她可以想像艾力森那個空想狂人的眼睛，用一種高尚的熱情出賣祖國。

然而她很難想像湯姆·貝特頓也願意這樣做，她突然驚訝地了解到為什麼貝特頓幾個月前剛到這裡來時朝氣蓬勃，而今卻嚇壞了，精神緊張，情緒低落，一垮到底，簡直前後判若兩人。

就在她接受這個合乎邏輯的分析時，貝特頓還心神不定地環顧四周，並說道：「大家都下樓了，我們最好……」

她站起來。

「哦，沒關係，他們會認為這很自然。你剛來，不會引起懷疑的。」他十分尷尬地說，「你知道我們還得繼續把這齣戲演下去，我是說，你要繼續扮演我的……妻子。」

「當然囉。」

「我們還得共同使用一個房間等等。不過不會出什麼問題，我是說，你不用擔心……」

他怪難為情的，說不下去了。

他好英俊，她一邊想一邊看著他，可是怎麼一點也打動不了我的心呢……

「我想，我們不需要為那些事情操心，」她開心地說，「重要的事情是，怎麼活著逃出去。」

／14

在馬拉喀什城馬門尼亞旅館的一個房間裡，一位叫傑索普的男人正在和赫瑟林頓小姐談話。這位小姐和希拉蕊在卡薩布蘭加及菲斯認識的那位很不一樣。雖然她們模樣相似，舉止相同，髮型也一樣難看，但是神氣迥異。這位小姐活潑、精幹，作風比她的容貌看來要年輕多了。

房間裡的第三者是一位有雙聰明大眼、深色皮膚的矮胖男人。他一面用手指輕輕彈著桌子，一面哼著一曲法國小調。

「就你所知，」傑索普說，「在菲斯和她講過話的就是這些人。」

珍妮特．赫瑟林頓點點頭。她說：「有一位凱芬．貝克，就是我們在卡薩布蘭加遇到的那位婦女。說實在的，對她我一直到現在都還拿不定看法。她和奧麗芙．貝特頓相當友好，和我也一樣。但是一般美國人都很友善，他們在旅館裡與人聊天，旅途中也喜歡和大家湊在一起。」

「是的，」傑索普說，「她有點太像我們要找的人了。」

「此外，」珍妮特．赫瑟林頓接著說，「她也在這架飛機上。」

傑索普說：「你是認為這次飛機墜毀是預謀的……」然後他轉向那位矮胖男人說：「你看怎樣，勒勃朗？」

勒勃朗不再哼歌，手指也停止彈桌子一會兒。

「有可能。」他說，「飛機墜毀的原因可能是有人故意要搞破壞。真實情況我們永遠不可能知道。飛機墜毀後燒成一團大火，乘客無一倖存。」

「你知道那位飛行員嗎？」

「他叫阿爾卡迪，年輕精幹。只知道這些。還有，薪水很少。」他說最後一句話之前，稍微停頓了一下。

傑索普說：「因此，他大概想改行。但總不至於想自殺吧。」

「有七具屍體。」勒勃朗說，「全部燒焦，無法識別，但確實是七個人。我們不能不接受這一事實。」

傑索普轉向珍妮特．赫瑟林頓說：「你剛才說什麼？」

「在菲斯時，貝特頓夫人和一家法國人交談過幾句。有一位有錢的瑞典人帶著一位妖豔女郎。還有一位富有的石油大亨阿利斯泰德先生。」

「啊！」勒勃朗說，「原來是那位傳奇人物本尊。我常問自己，如果我也擁有那麼多財富，不曉得是什麼感覺。對我來說，」他坦率地接著說：「我要駿馬和女人，以及能得到的一切。可是老阿利斯泰德在他西班牙的城堡中深居簡出……的的確確在他西班牙的城堡裡，我的朋友，他在那裡收集中國宋朝的陶器。但是我們應該知道，」他接著說：「他至少七十歲了。一個人到了這個年齡只對中國陶器有興趣。」

「按照中國人的看法，」傑索普說，「六十幾歲正是生活最充實的時期。這個年齡的人最能欣賞生活中的美好與歡樂。」

「我可不這樣想！」勒勃朗說。

「在菲斯，還有幾位德國人。」珍妮特．赫瑟林頓接著說，「但是就我所知，他們沒有和奧麗芙．貝特頓交談過。」

「也許和服務生或傭人談過。」傑索普說。

「那當然可能。」

「你說，她曾一個人去過舊城？」

「她是和一位普通的導遊去的。在那次旅遊中，可能有人與她接觸。」

「不管怎樣，她十分突然地決定去馬拉喀什。」

「並不突然。」她糾正他說，「她已經訂好票了。」

「呵！我說錯了。」傑索普說，「我的意思是，凱芬．貝克夫人突然決定陪她去。」他起身踱來踱去。「她飛往馬拉喀什，」他說，「然後飛機墜毀燃燒。看起來對任何一位叫奧麗芙．貝特頓的人來說，乘飛機旅行都十分不祥。飛機先是在卡薩布蘭加失事，後來又是這次。這是一次偶然事故還是預謀事件？如果有人想幹掉奧麗芙．貝特頓，可以說，有很多種比毀掉一架飛機更容易的辦法。」

「這很難說。」勒勃朗說，「請你聽聽我的解釋，我的朋友。一旦你心裡不把人命當回事，並且認為把一小包炸藥放在飛機座位下面比深更半夜躲在角落裡等著從某人背後戳一刀要方便得多，那麼你就會把炸藥包放在那裡。至於會有六個人陪著一起喪命，就根本不在他們的考慮範圍之內。」

「那當然啦！」傑索普說，「我知道沒有人支持我的看法，但是我認為還有第三種答案……他們製造了一起假的飛機墜毀事件。」

勒勃朗顯出感興趣的樣子。

「是的，也可能是這樣。他們降下飛機，然後放把火。但是你不能忽略這個事實，傑索普，飛機上有乘客。燒焦的屍體確實存在。」

「我知道，」傑索普說，「這就是棘手之處。唉，無疑的我是有些異想天開。但我們費這樣大的氣力跟蹤追擊，而結局卻這樣簡單乾脆……太乾脆了。這就是我的感覺。我們的工作就此結束，我們在報告的空白處寫上：『祝他們安息！』然後結案，再也沒有什麼痕跡可尋。」他轉身對勒勃朗說：「你還在進行調查嗎？」

「已經進行兩天了。」勒勃朗說，「派了幾個能幹的人。當然，飛機墜毀處是荒無人煙的地區。順便說一句，飛機也離開了航線。」

「這點很重要！」傑索普插話說。

勒勃朗說：「最臨近的村莊、最近的居民人家、附近汽車的痕跡，我們對這些都進行了充分調查。如同貴國一樣，我們了解調查的重要性。在法國，我們也有幾位最優秀的年輕科學家失蹤了。我的朋友，我的看法是，控制幾個變幻無常的歌劇明星，要比控制一位科學家容易多了。他們很聰明，這些年輕人，反覆無常，有反抗性，但危險的是，他們非常容易受騙。他們想像中的那個地方是如何？純美、光明、真理體現和太平盛世？唉，可憐的孩子，等待他們的只是幻滅。」

「我們再看看乘客名單。」傑索普說。

那位法國人伸手從一個鐵絲筐裡找出一份名單，把它攤開在他的同行面前。兩個人全神貫注地看著。

「凱芬・貝克夫人，美國人。貝特頓夫人，英國人。托古・艾力森，挪威人……順便問一句，你了解這個人嗎？」

「回想不起來了。」勒勃朗說，「他很年輕，不超過二十七、八歲。」

「我不知道他的名字。」傑索普皺著眉說，「但我好像記得……我幾乎能肯定他曾在皇家學會宣讀過一篇論文。」

「接著是位宗教人士。」勒勃朗把名單翻過面來說，「名叫瑪麗的修女，不知是什麼人。安德魯．彼得斯，也是美國人。巴倫博士是個有名望的人，很有才華，是研究病毒的專家。」

「細菌戰，」傑索普說，「清楚了。一切都清楚了！」

「一個待遇低並且憤世嫉俗的人。」勒勃朗說。

「有幾個人去聖艾弗斯？」傑索普嘟囔地問。

這個法國人很快地瞥了他一眼，然後抱歉地笑了。

「正像一首古老的童謠所說，」他說，「『去聖艾弗斯找問號，旅行沒有目標』。」

桌上的電話響了。勒勃朗拿起話筒。

「喂！」他說，「哪一位？啊，是的，請他們上來。」他轉向傑索普，突然顯得喜氣洋洋，渾身是勁。「我手下一個人來報告。」他說，「他們發現了一些東西。親愛的同事，這是可能的。我不多說了，可能你的樂觀是對的。」

幾分鐘後，進來兩個人。第一位是勒勃朗那種類型的，矮胖，皮膚呈深色，聰明，彬彬有禮，但也很有活力。他身著歐洲服裝，但不太乾淨，渾身是土，顯然是剛旅行回來。另一位是身著當地白長袍的本地人，他有邊遠地區居民那種莊嚴從容的神氣，態度不卑不亢。當前一位用很快的法語講話時，他略微好奇地觀望房間的四周。

「獎賞已經發下去了。」第一個人說，「這位本地人及其全家和他所有的朋友到處仔細搜尋。我叫他把找到的東西親自交給你，可能你有事要問他。」

勒勃朗面向這位北非的柏柏爾族人說：「你做得不錯，」他用當地話說，「你有鷹一般的銳利眼睛，老爹。給我們看看你找到了什麼。」

穿長袍的本地人從口袋裡掏出一件小物品，放在這位法國人面前的桌上。這是一顆相當大的粉灰色假珍珠。

「這就像你給我們看的那顆珍珠。」他說，「它很有價值，我找到了它。」

傑索普伸出手來取過這顆珍珠。他從口袋裡拿出一顆完全一樣的珍珠，仔細對比。然後他走到窗口，用一個深度的放大鏡對這兩顆珍珠進行檢查。

「是的，」他說，「這裡有記號。」他的音調裡充滿喜悅，並回到桌旁連聲說：「好女孩！好女孩！好女孩！她幹得好！」

勒勃朗用阿拉伯語詢問了那位摩洛哥人後，對傑索普說：「對不起，親愛的同事。」他說，「這顆珍珠是在飛機出事地點的半英里之外找到的。」

傑索普說：「這說明奧麗芙．貝特頓沒有死。雖然七位乘客坐飛機離開菲斯，並且有七具燒焦的屍體，但是其中一具必定不是她。」

「我們現在要擴大調查範圍。」勒勃朗說。接著他又和這位柏柏爾族人談話，這個當地人高興地笑著，然後和帶他來的那個人離開房間。「要像當初允諾的那樣給他一筆錢，那麼整個村莊都會出動找尋這些珍珠。這些人有鷹一般的銳利眼睛，找到珍珠會有重賞的消息會很快傳開。我想……我想，親愛的同事，我們會得到結果，只要他們沒發現她的意圖就行。」

傑索普搖了搖頭說：「這是件很自然的事。一串大多數女人都會戴著的項鍊突然斷了，她拾起一些找到的珠子，塞在口袋裡，恰好口袋有個小洞。此外，他們根據什麼懷疑她？她是奧麗芙・貝特頓，急著找她的丈夫。」

「我們應該用新的眼光重新審查這件事。」勒勃朗說。他拿出乘客名單，勾出兩個名字說：「奧麗芙・貝特頓、巴倫博士，至少這兩個人正打算前往……他們的目標。至於那個美國人凱芬・貝克夫人，對她我們先不下結論。托古・艾力森，你說他曾在皇家學會宣讀過論文。美國人彼得斯的護照上註明他是研究化學的。至於那個修女，好吧，算她偽裝得很巧妙。事實是，全部乘客都在同一天從不同的地點很湊巧地被帶領到這架飛機上。然後飛機著火，裡面是燒焦的屍體，一個不少。我不明白他們是怎樣安排的？總之，真是了不起！」

「是的，」傑索普說，「這是很具說服力的一招。但是現在我們知道有六個或七個人已經開始了新的旅程，並且知道他們的出發地點。我們下一步怎麼辦？去現場看看？」

「正是這樣，」勒勃朗說，「我們要建立先遣指揮所。如果我沒弄錯，只要方向對了，其他證據將會陸續出現。」

「如果我們的計算確切，」傑索普說，「會有成果的。」

事情需要計算的又繁多又曲折。如汽車駕駛的速度、汽車行駛多久、需要加油的大概距離、旅客有可能在哪裡過夜等等。線索很多並令人迷惑，也不斷出現令人失望的情況，但是時而也有積極的成果。

勒勃朗說：「有啦，我的隊長！按照你的指示，我們去找廁所。在阿布杜爾．穆罕默德家的廁所角落，發現一顆珍珠嵌在一塊口香糖上。我們詢問那對父子，他們原本不說，後來承認來過一輛坐著六個人的車。他們說自己是德國考古考察隊，給了這家人很多錢，不許他們向任何人透露，理由是他們可能要進行一些非法的探勘。艾爾凱弗村的孩子們也找到兩顆珍珠。我們現在找到方向了。還有，隊長先生，如你所預言的，人們已看見『聖女之手』了。這一位可以告訴你。」

「這一位」是一個長相粗獷的柏柏爾族人。

他說：「那天夜裡我趕著牲口走時，一輛汽車開過來，我看到了『聖女之手』。它在黑暗中發亮。」

「在手套上塗磷果然有效。」勒勃朗嘟囔說，「親愛的，虧你想得出這個辦法。」

「這很有效，」傑索普說，「但也相當危險。我的意思是，這很容易被其他逃亡者發現。」

勒勃朗聳了聳肩說：「白天是看不到的。」

「但是如果一停車，他們在黑暗中下車……」

「即使如此，這也不過是阿拉伯人一種盛行的迷信。他們常常在車上塗漆。人們會認為這是一些虔誠的回教徒把發光漆塗在車上。」

「對。但是我們必須保持警覺。因為如果被發現，敵人就很可能用塗上磷光的『聖女之手』造出假記號騙我們。」

「啊！這一點我同意。大家應該提高警覺。永遠保持警覺。」

第二天早晨，當地人又交給勒勃朗一塊口香糖上嵌成三角形的三顆假珍珠。

傑索普說：「這意味著旅行的下一段路程是搭飛機。」

他用探詢的眼光望著勒勃朗。

「完全正確。」勒勃朗說，「這是在一個杳無人煙的荒廢軍用飛機場發現的。有跡象顯示一架飛機不久前曾在這裡著陸並起飛。」他聳了聳肩說，「一架來歷不明的飛機。然後他們又往去向不明的目的地起飛。這使我們的工作又一次停頓下來，我們不知道下一步要到哪裡去追蹤。」

／15

「這簡直不可思議，」希拉蕊暗暗想著，「真無法想像我在這裡已過了十天！」

她想，生活中最可怕的事莫過於很快地適應環境。她記得在法國看過一次有關中世紀酷刑的展覽。囚犯關在鐵籠裡，既不能站，又不能坐，更不能臥倒。講解員說，關在這裡的囚犯最後在鐵籠裡活了十八年，釋放後又活了二十年，直到老死。希拉蕊想，這種適應力就是人和動物的區別。人能夠在任何氣候吃下任何食品，處於任何條件也都可以活下去，不管他是奴隸還是自由人。

當她剛到這個地方來時，最初感到一種盲目的恐懼，一種被囚禁和灰心喪氣的可怕感覺，用豪華的環境遮掩囚禁的這一事實更加深了她的恐懼。可是在這裡度過一週後，她開始不知不覺地自然適應了這裡的生活條件。這是一種古怪、夢幻般的生活方式，沒有什麼是十分真實的。她感到在這個夢中已經很久了，但還要繼續在夢中過很久，或許，永遠過下去。

她將永遠在這裡過日子，與外界隔絕。

她認為這種危險的適應環境能力，部分原因是因為她是女人。婦女生來就能適應環境。這種適應能力帶給她們力量，但也是她們的弱點。她們善於觀察環境，接受它，然後採取現實主義的態度安頓下來，並盡可能加以享受。最使她感興趣的是與她同行的旅伴們的反應。她很少看到尼達姆，只有偶爾在吃飯時相遇。這個德國女人只是對她點點頭。她判斷，尼達姆很快活並且心滿意足。這裡的生活顯然符合她的想像。她是全神貫注於工作的那種女人，並且靠她天生的傲慢愜意地過日子。她自己和那些科學家同事的優越感是她信念中的第一條。她對人類間的友愛、和平的生活、思想和精神上的自由都認為是無稽之談。對她來說，未來是狹窄而壓倒一切的。她自己是優越種族中的一員，世界上受奴役的其他人如果表現得很好，可以施恩給他們。如果她的同事表示不同觀點，如果他們的思想是共產主義而不是法西斯，尼達姆也不在乎。只要他們工作出色，他們就是有用的，他們的思想是會轉變的。

巴倫博士比尼達姆更聰明些。希拉蕊偶爾會和他交談幾句。他也是全神貫注於工作，非常滿意他的工作條件。但他那好奇的法國式才智，導致他不停猜測和考慮現在所處的環境。

「這不是我所期望的，坦白說，不是。」他有一天這麼說，「這話不要對別人說，貝特頓夫人，我可以說我不喜歡監獄般的生活。但這確是如監獄一般，儘管囚籠上厚厚地鍍了一層金。」

「這裡沒有你要尋求的自由？」

他瞧著她很快地苦笑一下。

「不。」他說，「你錯了。我其實並不是來尋求自由的。我是個文明人。文明人明白，根本沒有自由這玩意兒。只有那些年輕、沒有完全開化的國家才把『自由』寫在它們的旗幟上，必須有個安排得當的安全機構。文明的實質就是生活方式應該適度，即中庸之道。人們總是要回到中庸之道上來的。不，我坦白對你說，我來這兒是為了錢。」

希拉蕊笑了，她的眉毛挑了起來。

「在這裡，錢對你有什麼用？」

「可以購買非常昂貴的實驗室設備。」巴倫博士說，「我不必自己掏腰包，這樣我可以為科學服務並且滿足我個人的求知欲。我是個熱愛工作的人，但我愛它不是為了造福人類。我發現那些為造福人類工作的人總有些呆頭呆腦，工作起來也不聰明。不，我的興趣是純學術性的研究。此外，我離開法國前已經得到一筆鉅款。這筆錢用另一個名字定期存在某銀行。等所有這些工作結束後，我就可以任意使用這筆錢了。」

「等所有這些工作結束後？」希拉蕊問道，「但是為什麼要結束呢？」

「人們應該知道，」巴倫博士說，「沒有任何東西是永久長存。我得出的結論是：這地方是個瘋子經營的。我告訴你，瘋子也可以有邏輯頭腦。如果你有錢、有邏輯思維，並且也是個瘋子，你可以在相當長的時間內，成功享受你的幻想世界。但最後，」他聳聳肩說，「到頭來一切都要毀滅。因為你知道，這裡進行的一切都是不合理的。凡是不合理的事情，最後總會有人來算帳。不過目前，」他又聳了聳肩說：「這裡對我是最合適不過了。」

那個托古．艾力森，希拉蕊曾以為他會幡然悔悟，但看來他對此地的氣氛十分滿意。他不像那位法國人那樣實用主義。他過著自己那種專心致志的生活。他的內心世界對希拉蕊來說太遙遠了，她根本不能理解。那種世界觀對艾力森產生了一種莊嚴的幸福感，使他沉醉於數學的計算之中，並幻想了一連串無窮盡的可能性。此人性格上的古怪和粗暴使希拉蕊害怕。她認為，像他這樣的年輕人在理想主義的一念之差中，或許寧可讓四分之三的世界毀滅，留下四分之一來實現他腦中想像出來的烏托邦。

希拉蕊和那位叫安迪．彼得斯的美國人很談得來。她想，可能因為彼得斯是個有才幹的人，但不是天才。她從別人那裡聽到，他是他那一行中的第一流人物，一位謹慎而熟練的化學家，但不是這門學科的先驅。彼得斯和她一樣，厭惡並且害怕這個地方的氣氛。

「事實上，我不知道我來的是什麼地方。」他說，「我以為我知道，但我錯了。政黨和這個地方無關。我們和莫斯科並不相關。這裡是在演獨腳戲……可能是法西斯的戲。」

「你不認為你這樣說是隨便扣帽子？」希拉蕊說。

他考慮了一下。

「可能你是對的，」他說，「說真的，我們隨便亂說也毫無用處。但有一點我可以肯定：我想離開這兒，我一定要設法離開此地。」

「不太容易吧。」希拉蕊低聲說。

這是他們晚飯後在屋頂花園噴泉旁所進行的談話。滿天星光燦爛，他們猶如漫步在阿拉伯某一君王宮殿的花園裡，混凝土的樓房已經消失在蒼茫暮色中。

「不容易，」彼得斯說，「出去並不那麼容易，但是世界上沒有不可能的事。」

「我很高興聽你這麼說，」希拉蕊說，「啊！我真高興聽你這麼說。」

他同情地看了看她，並問：「你感到沮喪了吧！」

「當然，但這不是我真正感到害怕的地方。」

「不是？那麼，是什麼呢？」

「我害怕的是對現狀安之若素。」希拉蕊說。

「是的，」他沉思地說，「是的，我懂你的意思。這裡好像在進行某種集體洗腦的工作。我認為你的害怕有道理。」

「依我看來，不平而鳴才是自然的。」希拉蕊說。

「是的，是的，我也覺得。事實上我曾思考過，這裡是否在搞什麼小小的鬼名堂。」

「鬼名堂？這是什麼意思？」

「好吧，坦白說，使用毒品。」

「你的意思是指，某種麻醉品嗎？」

「是的，你知道，這有可能。放些什麼在食品和飲料裡。這可以使人們……我怎麼說呢，馴服？」

「有這樣的麻醉品嗎？」

「這個，實際上不屬於我的知識範圍。有種藥，服下可以使人鎮靜。在動手術前可以使他們服服貼貼。至於有沒有一種長期定量服用的藥，同時又不影響工作效率，這我就不知道了。我現在比較傾向於認為，馴服的效果是透過洗腦而產生。我的意思是，我認為這裡有些組織人員和行政人員精通催眠術和心理學，並且在我們不知不覺的情況下，不斷地向我們提供福利，教我們如何達到我們的最終目的（不管是什麼目的），所有這些必然會產生一定的效果。你知道，用這種辦法可以搞出不少名堂，特別是這些人很善於玩這一套。」

「但是我們不能屈服！」希拉蕊生氣地說，「我們一刻也不能認為留在這裡是件好事。」

「你丈夫是什麼看法？」

「湯姆？我，啊，我不知道。這太難了，我……」她說到這裡就沉默了。

她不可能把她離奇的經歷告訴現在正在和她談話的男人。十天來她一直和一個陌生男人住在一個房間裡。他們睡在同一間臥室。夜裡她睡不著時會聽到他在另一張床上的呼吸聲。他們兩個都接受了這種無可奈何的安排。她是個冒名頂替者，一個間諜，只是扮演一個角色，冒充另一個人。她對湯姆．貝特頓毫不了解。對她來說，貝特頓是個驚人的典型範例，證明一個有才華的年輕人在這個令人精神衰弱的環境中度過了數月後會變成什麼樣子。他不願意老老實實接受他的命運。他不但沒興趣工作，而且她感到他對自己不能集中精力工作日益感到煩惱。有一兩次他重複了第一個晚上見到她時所講的話。

「我不能思考問題。好像我的一切都枯竭了。」

是的，她這樣想，像湯姆・貝特頓這樣真正的天才最需要自由。思想改造並不能彌補他喪失的自由。只有在充分自由的環境下，他才能進行創造性的工作。

她想，他是個精神即將錯亂的人。他對希拉蕊也是漠不關心。她在他眼中不是女人，也不是朋友。她甚至懷疑他是否意識到妻子已死亡，並且為此感到痛苦。在他腦子裡縈繞的全是他被囚禁了這個問題。他一次又一次說：「我一定要離開這裡。我一定要！我一定要！」

有時候他說：「我不知道，我沒有想到這裡是這樣。我怎樣才能從這裡出去呢？怎樣出去？我必須出去，我就是要出去！」

這和彼得斯說的話實質上一樣，但含義大不相同。彼得斯的話像是一個年輕有為、義憤填膺、幻想破滅的人所說的話，他充滿自信，要和他所在的這個地方、這些人鬥智。而貝特頓的反抗像是一個處於山窮水盡、走投無路的人，只是瘋狂地想逃。希拉蕊突然這樣想：也許她和彼得斯在這裡待上半年後也會這樣。也許一開始充滿強烈的反抗，並且對自己的才能有非常合理的自信，到後來卻變得像陷阱裡的老鼠那樣絕望。

她希望她能向身邊的這個男人說出一切。要是她能這樣說多好：「湯姆・貝特頓不是我的丈夫。我對他一無所知。我不了解他來這裡以前的情況，所以我是蒙在鼓裡。我不能幫助他，因為我不知道怎麼辦和說些什麼。」

但是，她卻是很謹慎地說：「對我來說，湯姆現在像個陌生人。他什麼都不向我說。有時候我想，囚禁，也就是關在這裡，把他逼瘋了。」

「那有可能，」彼得斯乾巴巴地說，「有可能造成這種情況。」

「告訴我，你這麼有信心地談到逃出這裡。我們怎樣逃？有絲毫希望嗎？」

「奧麗芙，我的意思不是說，我們後天就能走出去。這件事要深思熟慮。你知道，有人曾在最絕望的條件下成功逃跑過。我們一些人，還有大西洋這邊你們國家的一些人都寫過書，描述他們是怎樣從德國的防守要塞中逃出來的。」

「那時的情況和現在不同呀！」

「實質上是相同的。只要有路進來，就有路出去。當然，在這裡掘地道出去是不可能的，因此，有很多辦法用不上。但是我剛才說過，有路進來，就有路出去。要多動腦筋、虛張聲勢、偽裝、欺騙、賄賂以至腐蝕，要運用這些手段。你要學會並且思考這一套。我告訴你，我一定會離開這裡，請相信我的話。」

「我相信你會，」希拉蕊說，「但是我呢？」

「呃，你的情況就不一樣了。」

他的聲音帶著些侷促不安。她一時沒聽懂他的意思。後來她了解他的意思是，她已達到來這裡的目的。她來到這裡是找自己心愛的人，找到他後，她個人逃走的需求也就不大了。想到這裡，她真想把事情的真相告訴彼得斯，但是謹慎的本能阻止了她。

她道了聲晚安就離開屋頂花園。

／16

「你好，貝特頓夫人。」

「你好，詹森小姐。」

這位戴眼鏡的瘦削女孩看起來有些激動。她的眼睛在厚厚的鏡片後閃爍著。

她說：「今天晚上有個集會。院長要親自向我們講話！」

她說話時幾乎是壓著嗓門。

「那好啊，」安迪・彼得斯說，這時他正站在旁邊。「我一直等著瞧瞧這位院長。」

詹森小姐瞪了他一眼，嚴肅地說：「院長是個了不起的人。」

當她沿著一條粉刷得雪白的走廊走開時，彼得斯輕輕地吹起口哨。

「我剛才是不是聽到了呼喊『希特勒萬歲』的回聲？」

「聽來有點像。」

「人的不幸是我們總是不知道自己的去向。當我滿懷尋求大同世界的天真熱忱離開美國時，哪知道我會來到一個天生獨裁者的魔爪下……」他張開雙手。

希拉蕊提醒他說：「現在還不能肯定嘛！」

「我能從空氣中嗅出一些味道。」彼得斯說。

「啊！」希拉蕊喊出來。「我真高興你在這裡！」

彼得斯疑惑不解地望了望她。她臉紅了。

希拉蕊情不自禁地說：「你真好，真隨和。」

彼得斯被逗笑了。

「『隨和』這個字眼在我們那裡不是你那種意思。它也表示簡單、庸俗。」

「你知道我不是那個意思。我的意思是，你就像一般人一樣。啊！真糟糕，這聽起來也不很禮貌。」

「普通人，這就是你想要的？你受夠天才了嗎？」

「是的，自從你到這裡以後，你也變了。你喪失了那種仇恨感。」

他的臉色一下子變得嚴肅起來。他說：「不要只看表面，仇恨存在我骨子裡。我還在記仇。相信我，有些仇恨就是不該忘記。」

§

詹森小姐說的集會是晚飯後召開的。這裡的全體成員都在一間大講堂裡集合。與會者不包括那些所謂的技術人員，如實驗助理員、芭蕾舞演員、各種服務人員，還有為那些不帶妻子而又沒有和女工作人員同居的男人們解悶的妓女。

坐在貝特頓旁邊的希拉蕊極為好奇地等著那位神話般的人物——院長——在講台上出現。在她的詢問下，托馬斯·貝特頓對於這位主宰者的品格，只能給予差強人意和含糊其辭的回答。

「他沒什麼好看的，」他說，「但是他很有影響力。實際上我只見過他兩次。他平日不常露面。當然，他很出類拔萃，大家都有這種感覺，但是老實說，我並不清楚為什麼。」

從詹森小姐以及其他婦女談到他時所懷抱的虔誠態度中，希拉蕊在腦海裡塑造的形象是一個有著金黃長鬚、身著白袍的神仙似的虛無人物。

忽然，聽眾們都站起來了。她看到一個黑髮、矮胖的中年人靜悄悄地走上講台。她幾乎大吃了一驚。從外表看來，他毫無氣魄，像是來自英國中部工業區的一位商人。他的國籍的確不易判斷。他交替地用三國語言講話，話語從不重複。他講的法語、德語和英語都是同樣流利。

他開頭說：「首先，我要歡迎來此與我們團聚的新同事。」

然後他對每個新來的人都講幾句話致意。

接著他談了這個組織的宗旨和信仰。

希拉蕊稍後試著回憶他的談話，卻發現無法準確記起什麼。也許是因為他用的全是些陳腔濫調，但是在聽他講話當時，感覺卻完全不同。

希拉蕊記得她的一個女朋友曾經講過一件事。戰前這位女朋友住在德國，有一次，出於好奇，她參加了一個集會，聽那個狂人希特勒的談話。她邊聽邊歇斯底里地哭，激動到不能自已。她說，當時每個字聽來都是那麼明智和激動人心。但是事後回憶，這些字眼都是陳腔濫調。

現在就是同樣的情況。希拉蕊不由得激動起來。院長的講話很簡單。他主要談到年輕人，說年輕人是人類的前途。

「人們積累的財富、聲譽、地位，這些都是過去的力量。但是今天，實力是在年輕人手中。實力是智慧產生的。例如，化學家、物理學家、醫生的智慧。實驗室裡產生的實力可以進行大規模的毀滅。用這種實力，你可以說：『不投降，就滅亡！』這種實力不能給這個或那個國家。這種實力應該掌握在創造它的人的手裡。這個地方是全世界實力的集合地。你們從世界各地帶著創造性的科學知識來到這裡。隨著你們而來的，還有你們的青春！這裡沒有一個人超過四十五歲。時機成熟時，我們就成立一個托拉斯，科學智慧的托拉斯。我們要管理國際事務。我們要向資本家、皇帝、軍隊和工業家發布命令。我們要使世界生活在科學統治下的和平之中。」

他還講了一些其他的話，仍是一套令人陶醉的語言，這些話本身倒沒什麼，而是講話人的魄力把原來冷冰冰、持批判態度的與會者鼓舞起來了。聽眾們受到這種莫名其妙、無法形容的感情所支配。

院長最後忽然高呼：「勇氣和勝利！晚安！」希拉蕊像在夢幻中似的搖搖晃晃離開了講堂，她看到周圍的面孔也都是同樣的表情。她特別注意到那個挪威人艾力森的淺色眼睛在閃閃發亮，他的頭高興地往後仰著。

這時她感到安迪·彼得斯的手碰了碰她的手臂，聽見他說：「上屋頂花園去吧！我們需要些新鮮空氣。」

他們無言地進入電梯，到了花園後，他們漫步在星光下的棕櫚樹叢中。彼得斯深深地吸了一口氣。他說：「這才是我們需要的。讓空氣吹走榮光的彩雲吧。」

希拉蕊深深地嘆了口氣。她仍然有一種虛無飄渺之感。

彼得斯友善地推了一下她的手臂說：「振作起來，奧麗芙！」

「榮光的彩雲，」她說，「你知道，確實如此。」

「振作些，我說，像個女人，回到現實中來吧！等榮光的毒氣消失後，你就會明白，剛才聽到的還是老套。」

「但那是美好的，我的意思是，那是個美好的理想。」

「讓理想見鬼去吧！要面對事實。青春和智慧……榮光、榮光、哈利路亞！什麼是青春和智慧？尼達姆小姐是個不擇手段的利己主義者。托古．艾力森是個不切實際的幻想家。巴倫博士為了得到他工作上所需要的儀器，可以把祖母賣到屠宰場。拿我來說吧——就像你所說的一個普通人——只擅長於使用試管和顯微鏡，但是連管理好一個辦公室都沒辦法，還提什麼管理國際事務！再拿你丈夫來說吧，一個頭腦被嚇壞了的人，整天想的是害怕受到懲罰。我提的都是你最熟悉的人，但這裡的人都差不多，至少我碰到的人都如此。他們當中有些是天才，做起他們的工作非常出色，但是管理世界大事？見鬼去吧，別笑死我了！全都是毒草般的廢話，這就是我們剛才聽到的演講。」

希拉蕊坐在水泥圍牆上。她用手摸了摸前額說：「你曉得，我相信你是對的……但是榮光的彩雲還在飄浮。他怎麼做到的呢？他自己相信嗎？他一定相信囉。」

彼得斯陰沉地說：「我認為到頭來都是一個樣。只是一個瘋子相信他自己是神仙。」

希拉蕊慢慢地說：「我也這樣想。但是，這樣解釋好像有些奇怪，難以令人滿意。」

「但事實如此，親愛的。這種事在歷史上一再重演。但是它能迷惑人。今晚幾乎把我也給迷住了。要不是我把你帶上來談談，你必定也給迷住了。」他的神情突然一變，說：「我想我不應該帶你上來。貝特頓會說些什麼呢？他會認為有些古怪。」

「我想不會的。他根本沒注意到我們。」

他探詢地望著她說：「我很抱歉，奧麗芙。看著他每下愈況，一定使你很痛苦。」

希拉蕊激動地說：「我們一定要離開這裡，一定！一定！」

「我們一定會離開的。」

「你過去曾這樣說過，但是我們至今沒有什麼進展。」

「還是有的。我並沒有偷懶。」

她驚奇地看著他。

「沒有具體計畫。但是我已開始著手策反活動。這裡的不滿情緒高漲，要比我們上帝般的院長先生了解的還嚴重得多，特別是那些底層的成員。你知道，食品、金錢、奢侈和女人並不是所有的一切。奧麗芙，我要把你帶出去。」

「那湯姆呢？」

彼得斯臉色一沉說：「聽著，奧麗芙，相信我的話。湯姆最好留在這裡。他……」他遲疑一下接著說：「在這裡要比出去安全得多。」

「安全得多？多奇怪的措詞。」

「安全多了，」彼得斯說，「這是我刻意選用的措詞。」

希拉蕊皺起眉來。

「我不明白你的意思。湯姆並沒有……你不認為他的精神狀態日益反常嗎？」

「一點也不。他只是煩躁。我敢說，湯姆．貝特頓和你我一樣清醒。」

「那你為什麼說他在這裡更安全些？」

彼得斯慢條斯理地說：「你知道，籠子是個非常安全的地方。」

「呀！」希拉蕊喊起來。「不要對我說你也相信這個。不要告訴我那些集體催眠術——或者不管你叫它什麼——已經在你身上發揮了作用。安全、馴服、滿足！我們還是要反抗，我們一定要自由！」

彼得斯還是慢慢地說：「我知道，但是……」

「無論如何，湯姆也想離開這裡。」

「湯姆可能不知道什麼對他最好。」

突然，希拉蕊想起湯姆曾向她做過暗示。她想，如果他出賣過情報，他依法會被判刑，顯然，這也是彼得斯吞吞吐吐對她所做的暗示。但是希拉蕊已下定決心，寧可出去坐牢，也不留在這裡。

她固執地說：「湯姆必須出去。」

然後她嚇了一跳，因為她聽到彼得斯突然翻臉說：「你看著辦吧！反正我已經警告你了。我真想知道，你究竟為什麼這樣關心那傢伙。」

她難受地凝視著他。話到嘴邊她又收了回去。她想說的是：「我才不關心他呢。他對我一文不值。他是另外一個女人的丈夫。我只是對她負責而已。」她還想說：「你這個傻瓜！如果我有關心哪一個人，那就是你……」

§

「跟你那個溫柔的美國人玩得開心吧？」

當她回到臥室時，貝特頓迎面向她問了這麼一句。他正躺在床上抽菸。

希拉蕊臉紅了一下。她說：「我們是一起來這裡的。我們對某些問題看法一致。」

他笑了笑說：「啊！我沒有怪你的意思。」頭一次他用一種新穎、讚賞的眼光望著她。他說：「奧麗芙，你是個好看的女人。」

從他們一見面，希拉蕊就囑咐他要叫她奧麗芙。

他從頭到腳掃視她說：「你長得真美，我過去對這些會很注意。但是現在這類事對我沒有影響了。」

希拉蕊冷冷地說：「也許這樣更好。」

貝特頓說：「親愛的，我是個完全正常的人……或者說，曾經是。但是天曉得現在我成了什麼啦！」

希拉蕊坐到他旁邊說：「湯姆，你怎麼了？」

「我告訴你，我現在思想不能集中。以一個科學家而言，我已經毀啦。這地方……」

「其他人，或者大多數人，和你的感覺並不一樣。」

「因為他們是非常遲鈍的芸芸眾生。」

希拉蕊冷淡地說：「有些人還是挺敏銳的。要是你能夠有個朋友在這裡，一個真正的朋友……」

「嗯，我認識一個人叫默奇松，但他是個走狗。最近我常常和托古．艾力森在一起。」

「真的嗎？」希拉蕊不知為何感到有點奇怪。

「真的。我的上帝，他真聰明。我希望有他那樣的頭腦。」

希拉蕊說：「他是一個古怪的人。我總覺得他挺可怕的。」

「托古可怕？他非常溫順，在某些方面像小孩一樣，不懂人情世故。」

希拉蕊還是固執地強調：「我就是認為他可怕。」

「你的精神一定也有些不正常了。」

「還沒有，雖然我懷疑以後會。湯姆，不要和托古．艾力森太親近。」

他瞪著她說：「為什麼？」

「我不知道。我只是有這種感覺。」

／17

勒勃朗聳了聳肩膀說：「他們應該已經離開非洲了。」

「不一定。」

「跡象顯示是如此。」

那個法國人搖了搖頭說：「我們總算知道他們的目的地了，不是嗎？」

「如果他們的目的地是我們所認為的那個地方，那他們為什麼要從非洲出發？從歐洲任何一個地方出發不是更簡單嗎？」

「是這樣。但是事情還有另外一面。沒有人預料得到他們會在這裡集合出發。」

傑索普委婉地堅持說：「我仍然認為事情要更複雜些。此外，只有小飛機才能在那個飛機場起飛。在飛過地中海之前，它需要下來加油。在他們加油的地方會留下線索。」

「親愛的，我們已進行了周密的調查。到處……」

「偵測組的人員最後會得到結果。需要檢查的飛機有限，只要有一點放射性的反應，我們就可以查出我們要找的那架飛機……」

「如果你的部下能使用噴灑器。唉，老是說『如果』……」

傑索普堅持說：「我們會找到的。我不明白……」

「什麼？」

「我們一直假設他們是朝著地中海往北飛。但如果他們是往南飛……」

「返回他們的出發地嗎？但是他們飛向哪裡呢？往南飛就是阿特拉斯山脈，然後就是沙漠地帶了。」

§

「主人，你能夠保證你允諾的事情一定會實現嗎？在美國芝加哥給我一個汽油站，是真的嗎？」

「是真的，穆罕默德，如果我能離開這裡，就能實現。」

「成功要靠真主的意志。」

彼得斯說：「那麼，讓我們祝願你在芝加哥有個汽油站是真主的意志。你為什麼要去芝加哥呢？」

「主人，我妻子的兄弟已經到美國去了。他在芝加哥有一個汽油泵。你以為我願意終生留在這個落後的地區嗎？這裡有金錢、美饌、夜總會和女人，可是這裡沒有現代化，這不是美國。」

彼得斯沉思地望著這張嚴肅的黑面孔。穿著白袍的穆罕默德看起來很莊嚴。這個人的思想深處懷著多麼奇怪的願望。

彼得斯嘆了口氣說：「我不曉得你是否明智。就這樣說定了。可是，要是被人發覺……」

這個黑人一笑，露出了美麗而潔白的牙齒。他說：「那就是死路一條。當然對我是如此。也許對你不同，因為你有用處。」

「他們在這裡會隨便處死人嗎？」

這個黑人輕蔑地聳了聳肩。

「什麼是死？那個也是真主的意志！」

「你知道你該做些什麼嗎？」

「我知道，主人，天黑後我把你帶到屋頂。我把我們僕人穿的衣服留一套在你房間裡。然後，再進行下一步。」

「對！現在我最好離開電梯。可能會有人發現我們一個勁兒地上上下下，這會引起他們懷疑。」

§

舞會正在進行。安迪．彼得斯和詹森小姐跳著舞。他緊緊地摟著她，在她耳邊低聲說話。當他們慢慢轉到希拉蕊站的地方時，彼得斯嘻皮笑臉地向她擠眉弄眼。

希拉蕊咬著嘴唇忍住笑，把目光轉向別處。

她一轉過臉就看到貝特頓正在房間另一頭和托古．艾力森講話，不由得皺起眉來。

「奧麗芙，和我跳個舞吧！」賽蒙．默奇松在她旁邊說。

「當然好，賽蒙。」

他警告她說：「告訴你，跳舞我可不在行。」

希拉蕊集中精神不讓他踩到她的腳。

默奇松一邊輕輕喘氣一邊說：「我把它當作運動。」

他跳得很起勁。

「奧麗芙，你的服裝清雅脫俗。」他的話總像是舊小說裡的措詞。

希拉蕊說：「我很高興你喜歡它。」

「從時裝店買的嗎？」

她本想頂他一句：「不從那買從哪買？」但是她沒說，只說：「是的。」

默奇松喘著氣邊跳邊說：「不得不承認，他們對我們不壞。我的妻子碧安卡有一次曾這麼說。這裡處處比福利國家強。不愁吃穿，所得稅、修理費和維修費都不用操心。我敢說，這裡對婦女真是舒服極了。」

「碧安卡是這樣想的，對吧？」

「嗯，一度她有些不安心。但現在她已經組織了幾個委員會，還舉行過一兩次討論會和報告會。她抱怨你不太參加活動。」

「我恐怕不是那種人，賽蒙，我不大參加團體活動。」

「但是你們這些女士應該想辦法娛樂。當然，我的意思並不僅僅指『娛樂』……」

「找事做？」希拉蕊說。

「是的，我的意思是，現代婦女應該有自己的工作。我充分意識到，像你和碧安卡這樣的婦女來到這裡，是做了很大的犧牲。你們不是科學家，感謝上帝，不是那些女科學家。她們真夠悍的！我對碧安卡說：『你要給奧麗芙時間慢慢適應。』要花一些時間適應這個環境。開始，人們有一種幽閉恐懼感，但是會慢慢消失……」

「你的意思是，人們能適應任何環境？」

「是的，有些人比另一些人更敏感些。」默奇松說，「湯姆現在看起來似乎不大好。老湯姆今晚在哪裡啊，在那邊和托古談話。這兩人現在分不開啦！」

「我希望他們不要分不開。我的意思是，我不認為他們有共同點。」

「年輕的托古好像被你丈夫給迷住啦。他老是跟著貝特頓。」

「我也注意到了，我不明白……為什麼？」

「托古有些古怪的理論，我無法和他交談，你也知道，他的英文講得不好，但是湯姆聽得進去。」

舞曲結束了。安迪．彼得斯請希拉蕊跳下一支舞。

彼得斯說：「我看到你受的罪也夠啦。把你的腳踩壞了吧！」

「沒有，我動作很靈活。」

「你注意到我大顯身手了吧！」

「和詹森小姐嗎？」

「是的，我想我可以大言不慚地說，我成功了！在這方面顯然我成功了。只要下點工夫，這些長得差勁、骨瘦如柴、近視眼的女孩立即就上鉤了。」

「顯然你給人的印象是，你已經拜倒在她的石榴裙下了。」

「就是這個意思。奧麗芙，掌握好那個女孩會很有用。她知道這裡的一切活動。比如明天會有很多重要人物來此聚會。一些博士、政府官員和一兩位大亨。」

「安迪，你認為大概會有什麼機會……」

「不，我認為沒有什麼機會。我敢打賭他們會採取措施。不要抱持不切實際的希望。但這次訪問很重要，因為我們可以了解一些內幕。這樣下一次才能有所作為。只要我拉攏詹森，我可以從她那裡得到各方面的情報。」

「來的這些人對這裡的情況了解多少？」

「據我所知，他們對我們這些人——我的意思是這個地方——完全不了解。他們只是來視察這個地方，看看實驗室。這個地方刻意造得像迷宮一樣。來的人無法知道內幕。我知道有一座牆壁把我們這部分隔開了。」

「這一切簡直令人難以置信。」

「是的。人們有一半時間好像是在作夢。這裡還有一個令人感覺不真實的現象，那就是，從來看不到小孩。感謝上帝這裡沒有小孩，你也該慶幸沒有孩子。」

突然他感到和他跳著舞的希拉蕊身體挺得筆直。

「對不起，我說錯了話！」

他把她領出舞池，找兩把椅子坐下來。

他再三說：「我非常抱歉，傷害了你，是不是？」

「沒什麼，不是你的錯。我過去有個孩子，後來死了……就這樣。」

「你有個孩子？」他目瞪口呆地說，「你不是和貝特頓結婚才半年嗎？」

奧麗芙臉紅了一下，很快地說：「是的，但是我過去結過婚，後來和前夫離婚了。」

「噢，是這樣。這個地方最糟糕的就是，誰也不知道別人來這之前的情況，所以容易說錯話。我有時候因為對你一點也不了解感到很彆扭。」

「我也完全不了解你。你是在什麼環境中長大的？你的家在哪裡？」

「我是在純粹的科學環境中長大的，你可以說我是在試管裡養起來的。周圍的人想的、談的都是科學，但我不是家裡的聰明孩子，另一個人才是天才。」

「那是誰？」

「一個女孩子，智力超群，她本來可能成為第二個居禮夫人，打開一個新的天地。」

「後來她怎麼啦？」

他簡單地說：「被害死了。」

希拉蕊猜想一定是戰時發生的悲劇，就溫柔地說：「你很愛她嗎？」

「比任何人都愛。」突然他站了起來。「說這些有啥屁用！我們目前的麻煩事已經夠多了，就在這裡，就是現在。看看我們那位挪威朋友，除了那雙眼睛以外，簡直像個木頭人。還有他那僵硬的點頭動作……就像有人在後面牽線一樣。」

「那是因為他又高又瘦的緣故。」

「他並不太高，也就像我這麼高，五英尺十一英寸或六英尺，不會再高了。」

「身高會騙人。」

「是的，就像護照上的那些描述一樣。拿艾力森來說，身高六英尺，淡色頭髮，藍眼睛，長臉，舉止呆板，鼻子不高，嘴也很普通。再加上護照上不會寫的：說話準確但學究氣十足。即便這樣，你還是不能掌握艾力森長相到底如何。你怎麼啦？」

「沒什麼。」

她兩眼盯住了房間那邊的艾力森。剛才彼得斯這番形容好像說的就是鮑里斯．格萊德。幾乎每個字都是傑索普形容他的用詞。這難道就是她一看到托古．艾力森就感到神經緊張的原因？可不可能是……她突然對彼得斯說：「他就是艾力森？他不會是別人？」

彼得斯感到吃驚地說：「別人？那會是誰？」

「我的意思是，我想我的意思是……這個艾力森是不是別人裝的？」

彼得斯想了想。

「我想……不，我認為這不太可能。他一定是個科學家。而且，艾力森是個很有名望的人。」

「但是這裡的人誰也沒見過他。他可能是艾力森，但也可能同時還是別的什麼人。」

「你的意思是，艾力森過著雙重生活嗎？我想這也有可能，但是可能性很小。」

希拉蕊說：「不，當然不可能。」

當然艾力森不是鮑里斯．格萊德。但是為什麼奧麗芙．貝特頓生前堅持要警告湯姆提防鮑里斯呢？是不是因為她知道鮑里斯也來到這個地方呢？假如去倫敦那個自稱為鮑里斯．格萊德的男人並不是鮑里斯．格萊德呢？假如他其實是托古．艾力森呢？這和他的形容相符。自從他來到這個地方後，他就十分注意湯姆。她可以肯定，艾力森是個危險人物。你弄不清那雙淺色夢幻般的眼睛裡在打什麼主意……

她顫抖起來。

「奧麗芙，怎麼啦？怎麼回事？」

「沒什麼。你看，副院長準備宣布什麼事情啦！」

尼爾森博士用手勢要求大家肅靜。他站在大廳講台的擴音器前宣布：「各位朋友們和同事們。請大家明天到安全側廳去，上午十一時點名。緊急情況只需持續二十四小時。給你們帶來了不便，我感到很遺憾。通知已寫在布告欄上了。」

他微笑地走開，音樂又開始了。

彼得斯說：「我又要去追求詹森小姐了。看見她那樣認真地靠在柱子那裡，我想了解一下安全側廳的情況。」

他離開了。希拉蕊坐在那裡沉思。她是不是傻里傻氣地在想入非非？托古．艾力森？鮑里斯．格萊德？

§

點名是在一間大講堂裡進行的。每個人都來了，然後他們整隊出發。路線和過去一樣，穿過曲曲折折迷津般的走廊。希拉蕊走在彼得斯旁邊，看見他手裡握著一個小指南針，以此判斷方向。

他沮喪地低聲說：「沒什麼用。至少一時沒用，不過有時可能會有點用。」

在走廊的盡頭有一扇門，門打開時，大家暫時停了一會。

彼得斯掏出香菸盒，但是馬上聽到范・海德姆的命令：「請不要吸菸，這已經通知過大家了。」

「對不起，先生。」

彼得斯拿著菸盒停下來，然後他們再往前走。

希拉蕊厭惡地說：「像趕羊一樣。」

「別洩氣，」彼得斯輕輕地說，「咩，咩，」他學著羊叫。「羊群裡有隻黑羊在變魔術。」

她感謝地看了他一眼，這才笑了。

詹森小姐說：「女宿舍在右邊。」

她把婦女們領到所指的方向。

男人們向左邊走。

宿舍房間很大，也很衛生，像醫院的病房。床都靠牆擺著，床與床之間有塑膠簾子隔著，床旁有床頭櫃。

「設備相當簡單。」詹森小姐說，「不過因陋就簡，還過得去。洗澡間在右首。集體活動室在那頭。」

之後他們又在集體活動室集合。這裡設備簡單，就像飛機場的候機室一樣，一邊是一架櫃和一個速食部，另一邊是一排書架。

這一天過得令人滿意，用一部手提放映機演了兩場電影。

室內燈光是日光燈，使人感覺不到房間沒窗戶，好像白天一樣；晚上又換上了柔和的夜間燈光。

「真聰明，」彼得斯讚嘆說，「這可以緩解活活被幽禁的感覺。」

希拉蕊想，大家都這樣無助。就在這附近，有一批人從外界而來，但是沒辦法和他們聯繫，向他們求救。像往常一樣，樣樣安排都是冷酷無情又穩固妥當。

彼得斯坐在詹森小姐旁邊。希拉蕊向默奇松夫婦建議打橋牌。湯姆拒絕，他說他注意力不集中，後來巴倫博士參加了。

稀奇的是希拉蕊打得很開心。打完第三盤時已經十一點半了。她和巴倫博士是贏家。她看著錶說：「我玩得很開心。這麼晚了，我猜大人物們都已經走了，難道他們也在這裡過夜？」

賽蒙．默奇松說：「我不知道，我想一兩位專科醫生會留到明天中午再走。」

「要等到那時我們才能回去？」

「是的，不可能再延了。這種事常常把我們的日常工作打亂。」

碧安卡讚賞地說：「但是安排得不錯。」

她和希拉蕊站起來向男士們道了晚安。希拉蕊先讓碧安卡進到燈光暗淡的宿舍。就在這時，有人輕輕觸了她一下手臂。

她馬上回過頭，發現一個黑臉的高個僕人站在她旁邊。

他用急促的法文低聲說：「夫人，請你過來。」

「去哪裡？」

「請隨我來。」

她站在那裡猶豫了一下。

碧安卡已經進入宿舍。集體活動室裡則還有幾個人在談話。

她再次感到那個人輕輕拍她的手。

「夫人，請你隨我來。」

他走了幾步停下，往後看看，又向她招手。

希拉蕊有點懷疑地跟著他走過去。

她發現這個人的衣著要比其他僕人闊氣多了。他的袍子用金線繡了很多圖案。

他帶著希拉蕊通過活動室角落的一扇小門，再沿著那些必經的無名白色走廊走下去。她認為這不是今天他們進入安全側廳時的那條路，但是也很難肯定，因為所有的通道都一模一樣。她曾經想發問，但是這個嚮導不耐煩地搖搖頭，然後匆匆向前走。

最後他在一個走廊的盡頭停下，按了一下牆上的按鈕。一個暗門打開，裡面是個小電梯。他做手勢叫她進去，然後電梯往上開。

希拉蕊厲聲問：「你要把我帶到哪裡去？」

那個人用帶著責備的黑眼珠望著她說：「夫人，帶你到主人那裡，這對你是很大的榮幸。」

「你的意思是，去院長那裡？」

「到主人那裡。」

電梯停了。他把她帶出來，然後穿過另一條走廊，在一扇門前停下。這個僕人敲了敲門，門開了，又出現一張面無表情的黝黑面孔，這是另一個身穿繡金花白袍的僕人。這個人帶著希拉蕊穿過鋪著紅地毯的前室，拉開簾子讓她進去。出乎她意料，這是一間東方式的內室。房裡擺著低矮的長沙發、咖啡桌，牆上掛著美麗的壁毯。坐在土耳其式沙發上的人使她目瞪口呆。

小個子、黃皮膚，滿臉皺紋、老態龍鍾，希拉蕊難以置信地看著微笑中的阿利斯泰德先生。

／18

「請坐，親愛的夫人。」阿利斯泰德先生說。

他揮動著像爪子一樣的手，希拉蕊像進入夢境一樣坐在他對面另一個沙發上。他溫和地咯咯笑了。他說：「受驚了，這出乎你的意料之外吧？」

希拉蕊說：「不，沒什麼，我根本沒想到……」

她已經平靜下來。

希拉蕊這次和阿利斯泰德的會面，打破了她這幾個星期來脫離現實的夢幻生活。她現在才知道，她在這裡看到的一切都是假象，這一切不過是造作出來騙人的，院長先生娓娓動聽的演講也不是真實的，他只是一個擺設的傀儡。事實真相是在這間東方風格的密室裡，這裡坐著一個靜靜微笑的小老頭。由於阿利斯泰德先生是這一切的中心，因此，每件事都說得通了……都成了冷酷、實際和日常的現實。

希拉蕊說：「現在我明白了。這一切都是你的，對吧？」
「是的，夫人。」
「院長呢？所謂的院長呢？」
阿利斯泰德先生讚賞地說：「他做得不錯。我給他的薪資很高。他曾是福音傳教士會議的管理人。」
他吸菸沉思了片刻。希拉蕊也沉思不語。
「夫人，你旁邊有『土耳其樂』，假如你不愛吃，還有其他甜食。」又是一陣沉默後，他接著說：「夫人，我是個慈善家。你知道，我很有錢，是今天世界上幾個最有錢的人之一……可能是第一位。我的財富使我感到有義務為人類謀福利。在這個遙遠的地方，我修建了一個痲瘋病院，集中了大量人才，進行治療痲瘋病的研究工作。有幾種類型的痲瘋病可以治好，其他幾種至今尚無解救之道，但是我們一直研究並取得成果。痲瘋病並不是非常容易傳染的，比起天花、斑疹傷寒、鼠疫等等，傳染性要小得多。但是，如果你和別人說『痲瘋病』，他們就會嚇得發抖並且敬而遠之。這種恐懼是傳統性的，聖經上就有過描述，一直流傳至今。這種對痲瘋病的恐懼心理，促使我修建了這個病院。」
「你就是為了這個緣故建造這個地方嗎？」
「是的，我們這裡還研究癌症，研究對肺病的治療，研究病毒。此外，還研究生物戰。當然，大家都知道，我們研究它完全是為了對付它，所以才需要保密。我們從事一切人道的、人們能接受的科學研究工作，這一切都增添了我的榮耀。世上最著名的內科醫生、外科醫生、化學研究者都常常來此觀摩，就像今天來的這批客人一樣。這個建築物是經過特別設計的，其中一部分完全封鎖，就是從天上也看不見。最保密的實驗室是在岩石隧道裡。不管怎樣，沒有人敢懷疑我。」他微微一笑然後說：「你知道，我很有錢。」

希拉蕊問：「為什麼你這樣迫切要從事破壞呢？」

「夫人，我並不迫切從事破壞，你這麼說是冤枉了我。」

「但是，那……嗯，我實在一點也不懂。」

「我是個企業家，」阿利斯泰德說，「也是個收藏家。當一個人的錢多得不好受，就會想做些別的事，在我的有生之年，我收藏了不少東西，我收集的名畫是歐洲最出色的，還有多種陶器；我在集郵圈也相當出名。當某種東西收集夠了，我就換另一種。夫人，我已年邁氣衰，沒有很多東西可再供我收藏了，所以最後我著手收藏智慧。」

「智慧？」希拉蕊問道。

他輕輕地點了點頭。

「是的，這是各種收藏中最有趣的一種。夫人，我逐步把世界上最聰明的智囊都集中在這裡。我弄到這裡來的那些年輕人，都很有前途、有成就。總有一天，當世界上那些疲憊不堪的國家一覺醒來，就會發現他們的科學家已老化，而那些年輕的聰明腦袋：醫生、化學家、物理學家和外科醫生都在我的掌握之下。如果他們想要一個科學家、一個整形外科醫生，或是一個生物學家，他們就只能到我這裡來高價收購！」

「你的意思是……」希拉蕊朝前坐了坐，瞪著他說：「你的意思是，這是一筆金錢交易？」

阿利斯泰德又點了點頭。

「是的，」他說，「當然了。不然就說不通了，不是嗎？」

希拉蕊深深嘆了口氣說：「是的，這正是我的感覺。」

「你知道，畢竟，」阿利斯泰德有些抱歉地說：「這是我的職業，我是個金融家。」

「你的意思是，你完全沒有政治色彩，你不想征服全世界……」

他把手一甩表示反駁說：「我不想當上帝。我是有宗教信仰的人。想當上帝，這是獨裁者的職業病。至今我還沒染上這種病。」他想了一下又說：「也可能我以後會有這種想法，但現在還沒有。」

「你是怎樣把這些人弄到這裡來的？」

「經由收購而來的，夫人。像其他商品一樣，從自由市場上購買。有時候我用錢買，更多的是用思想影響。年輕人是幻想者，他們有理想，有信仰。而對某些違反法律的人則是用安全感收買過來的。」

希拉蕊說：「這就把事情說清楚了。我的意思是，這解決了我到這裡時，一路上感到迷惑不解的問題。」

「噢，這使你在旅途中感到迷惑嗎？」

「是的。大家都各有所望。安迪・彼得斯，那個美國人，似乎完全是個左派。艾力森對超人有瘋狂的崇拜。尼達姆是個最傲慢的異教法西斯主義者。巴倫博士……」她猶豫了。

阿利斯泰德說：「巴倫博士是為錢而來的。他是個文明人，玩世不恭，沒有幻想，但是真正熱愛工作。他要的錢是無止境的，藉此他可以進一步開展他的研究工作。」他接著說，「夫人，你是聰明人，我在菲斯一下子就看出來了。」

他輕輕地咯咯一笑。

「夫人，你不知道，我去菲斯就是專門為觀察你而去的，或者說，我叫人把你帶到菲斯，以便對你進行觀察。」

希拉蕊說：「我明白了。」她注意到對方那後半句話的東方式措詞。

「我很高興你來到這裡。如果你懂我的意思。這裡沒有什麼聰明人能交談。」他做了個手勢。「這些科學家、生物學家、化學家，他們沒有絲毫情趣。也許他們在各自的工作上是天才，但是和他們交談使人感到枯燥無味。」他沉思後接著說：「他們的妻子也是十分呆板。我們不鼓勵他們的家屬來這裡，只有一個原因允許家屬來此地。」

「什麼原因？」

阿利斯泰德說：「個別特例，如果該人因為老是想念妻子，不能正常工作。你的丈夫托馬斯・貝特頓好像就是一例。托馬斯・貝特頓以天才的年輕科學家而聞名於世，但是他到這裡以後，卻只能做第二流的普通工作，使我感到失望。」

「但是你難道沒發現，這樣的事例經常發生嗎？這些人像關在監獄裡，他們當然要反抗了，不是嗎？至少在一開始的階段？」

阿利斯泰德先生同意這點。他說：「這很自然，並且不可避免，就像鳥兒第一次被關在籠中一樣，但是如果這隻鳥是由一個鳥類飼養專家來照養，給牠需要的一切：伴侶、種子、水、嫩樹枝及牠生活中的一切必需品，那麼牠就會忘記牠過去是自由的了。」

希拉蕊顫抖了一下說：「你說的事叫我害怕，真的害怕。」

「你慢慢會明白這裡的很多事，夫人。我肯定地對你說，雖然這些思想不同的人來到這裡感到幻想破滅，並且還想反抗，但是他們最終還是要按著我們指定的路子走。」

希拉蕊說：「你不能這麼肯定。」

「我同意你這點看法，人們對世界上的任何事情都不能絕對肯定。但是在這個問題上，百分之九十五可以肯定。」

希拉蕊望著他，感到有些恐怖。她說：「這真可怕。這像是打字員的聯合組織，你在這裡辦的是智囊的聯合組織。」

「就是這樣，夫人，你說得極為正確。」

「你打算有一天從這個組織裡高價出售科學家？」

「是的，大體上就按這樣的原則，夫人。」

「但是你不能像派出打字員那樣派出一個科學家。」

「為什麼？」

「因為一旦你的科學家回到自由世界，他會拒絕為你的買主工作，因為他自由了。」

「這在某種程度上是對的，因此，必須採取某種手段……是不是可以這樣說？」

「手段……你這是什麼意思？」

「你聽說過腦白質切除術嗎？」

希拉蕊皺皺眉說：「是一種腦部手術吧！」

「是的，最初它是用來治療憂鬱症患者。夫人，我和你說話時不用醫學專有名詞，我會用你我都懂的字眼。手術後，病人就沒有自殺的企圖，也沒有罪惡感。他會變得無憂無慮，服從命令。」

「這不會有百分之百的成功率吧？」

「過去沒有，但是現在已有很大進展。這方面我有三位外科醫生：一位俄國人，一位法國人，還有一位奧地利人。經過對腦部進行移植和精密處置等不同手術，病人逐漸變得馴服，並且容易受人控制，但是這毫不影響他的智力。看來我們是有可能使一個人的才智絲毫不受損害，卻完全馴服，他可以接受別人向他提供的任何建議。」

「這太可怕了！」希拉蕊叫了起來。「太可怕了！」

阿利斯泰德嚴肅地糾正她說：「這是很有用處甚至很有益。病人會變得快樂、心滿意足、沒有恐懼，也沒有渴望，更沒有任何煩惱。」

希拉蕊反駁說：「我不相信這會成為事實。」

「親愛的夫人，如果我說你在這個問題上沒資格發言，請你不要見怪。」

希拉蕊說：「我的意思是，我不相信一個心滿意足、受人控制的動物，能做出真正有智慧、有創造性的工作。」

阿利斯泰德聳了聳肩。

「這有可能。你很聰明。你剛才說的有一定道理。但是時間可以證明，這種試驗一直在進行。」

「你的意思是，拿活人做試驗？」

「那當然，這是唯一切實可行的辦法。」

「用什麼樣的人做試驗呢？」

阿利斯泰德說：「總是有人不適應這裡的生活，他們不願意合作。這些人是最好的試驗品。」

希拉蕊死死地抓住沙發的靠墊。她對這個笑咪咪、黃臉上沒有任何人性的小老頭恐懼萬分。他說的話，每句都有道理，合乎邏輯，也有條有理，這些更加深了她的恐怖感。

這個人不是胡言亂語的瘋子，他不過是拿人類當作試驗。

她問：「你相信上帝嗎？」

阿利斯泰德先生揚了揚眉說：「我當然相信上帝。」他好像感到莫大震驚似地說，「我已告訴過你，我是一個有宗教信仰的人。上帝賜予我最高的權力、金錢和機遇。」

希拉蕊問：「你讀過《聖經》嗎？」

「當然，夫人。」

「你記得摩西和亞倫曾對法老說過：『讓我的人們走吧！』？」

他微笑地說：「那我就是法老嗎？你就是摩西和亞倫二者合一嗎？夫人，你說讓人們走的意思是指，讓所有人都走，還是指個別的人？」

希拉蕊說：「我希望讓所有的人都走。」

「親愛的夫人，你很清楚，這樣說是浪費時間。換言之，你是不是想代你的丈夫請求？」

希拉蕊說：「他對你沒有什麼用處。你現在一定也察覺到了。」

「夫人，也許你這樣說是對的。是的，我對托馬斯·貝特頓頗為失望。我曾希望你來了之後會使他恢復智慧。他很聰明，他在美國的聲譽是名副其實的，但是你到達以後，他好像還是沒什麼進展。當然，我不是只憑直覺，而是從那些有資格了解他的人所做的彙報中得知。那些人都是長期和他一起工作的科學家。」他聳了聳肩說，「他是在認真地做一般化的工作，但沒有做到更多的事。」

希拉蕊說：「被囚禁的鳥兒不能唱歌。可能有些科學家在某種環境下不能發揮創造力，你應該承認，這種可能性是合情合理的。」

「我不否認，可能是這樣。」

「那麼，你就把托馬斯．貝特頓當作你失敗的事例，一筆勾銷，讓他回到外部世界去吧！」

「這太不可能了，夫人！我還不準備讓外面知道這裡的情況。」

「你可以叫他發誓保密，要他不洩漏一個字。」

「他會起誓，但是他不會遵守諾言。」

「他會的，他一定遵守。」

「這是做妻子說的話。在這點上，我們不能相信當妻子的人。當然……」他往後靠著椅背，把他的黃色手指握成拳頭說：「當然，他可以留下人質，這可能可以封住他的嘴。」

「你指的是……」

「我指的是你，夫人。如果讓托馬斯．貝特頓走，你就留下來當人質。這個交易怎麼樣？你願意嗎？」

希拉蕊凝視著他，好像看到了什麼。阿利斯泰德先生不知道她腦海裡浮現的情景：她在醫院裡，坐在一個垂死女人的身旁。她聆聽傑索普的指示，並且默記這些話。如果現在有機會使湯姆．貝特頓獲得自由，把她留下來，這是不是幫助她完成任務的最好辦法？因為她知道（而阿利斯泰德先生卻不知道），實際上他並沒有留下真正的人質。她本人對托馬斯．貝特頓來說是無所謂的。他曾愛過的妻子已經死了。

她抬起頭來望望沙發上的小老頭說：「我願意。」

「夫人，你有勇氣、忠心和愛情，這些都是高貴的特質。至於其他……」他笑笑說，「我們以後再說。」

「不，不，不！」希拉蕊突然用手掩著臉，兩肩顫抖著說，「我受不了！我受不了！這太不人道了！」

「你別太在意，夫人！」這個老頭溫存又體貼地說，「今晚我把我的決心和抱負向你訴說，這使我很開心。很有意思，可以了解一個像你這樣鎮靜、清醒、明智的人在毫無心理準備下的直接反應。你給嚇壞了，受到挫折，但是我認為這樣嚇嚇你是明智的。開頭你反對這種思想，然後你反覆思考，最後你會感到這是自然規律，是永恆而正常的。」

「絕對不可能！」希拉蕊喊道，「絕對不可能！絕對！絕對！」

「唉！」阿利斯泰德先生說，「紅頭髮的人就是說話都帶著這種激情和叛逆精神。」他回憶說：「我第二個妻子就是紅頭髮，她是個很美麗的女人，也很愛我。奇怪嗎？我一向就喜歡紅髮女郎。你的頭髮真美麗。你還具有其他我喜歡的特點：你的精神、勇氣。還有，你有你獨特的見解。」他嘆口氣說，「唉！女人現在很少引起我的興趣。這裡有幾個年輕女人使我挺高興的，但是現在我更需要的是精神上的伴侶。相信我，夫人，這次和你談話，使我的精神大為振奮。」

「如果我把你講的一切對我丈夫說，你覺得怎麼樣？」

阿利斯泰德先生滿不在乎地笑了笑說：「如果……但是你會說嗎？」

「我不知道，啊，我不知道！」

他說：「你是聰明人。有些事，女人不該說就不要說。你現在累了，情緒不佳。以後我會常來這裡，到時候把你找來，我們可以討論很多問題。」

「讓我離開這個地方……」希拉蕊向他伸出手來說，「讓我走吧！讓我和你一起離開吧！求求你！」

他輕輕地搖搖頭。他的表情是寬容的，但略帶輕蔑的神態。

他責備地說：「你現在又像小孩一樣說話了。我怎麼會讓你走呢？我怎麼會同意你向全世界散布你在這兒看到的一切呢？」

「如果我發誓不說一個字，你會相信我嗎？」

「當然不相信。」阿利斯泰德先生說，「如果我相信這類的話，就成了傻瓜了。」

「我不願意待在這裡，我不願意留在這個監獄裡，我要出去。」

「但是你有丈夫在這裡。你是自願來找你丈夫的。」

「但是我不知道我來的是什麼地方，我一點也不知道。」

阿利斯泰德先生說：「是的，你不知道。但是我能向你保證，你來的這個地方，比起鐵幕後的生活要快活多了。這裡有你需要的一切！奢侈品，良好的氣候，各種娛樂……」

他站起來輕輕拍她的肩說：「你會穩定下來的。」他滿有信心地說，「是的，一隻紅羽毛的籠中鳥終究會安定下來的。在一年或許兩年內，你一定會感到精神很快樂。」他想了一下接著說：「雖然可能不那麼有趣！」

19

希拉蕊半夜被驚醒，撐著手臂抬頭聽著。

「湯姆，你聽見了沒有？」

「是的，飛機飛得很低。沒什麼，它們常常這樣。」

「我不明白……」她的話沒說完。

她躺在那裡反覆回憶她和阿利斯泰德那場奇怪的會面。這個老頭對她有一種難以理解的喜愛。

她能利用這點嗎？

她最後能靠他把她帶出去嗎？

下一次他再來，再次召喚她，她要想辦法讓他談他死去的紅髮妻子。靠肉體的引誘是不能打動他的。他血管裡流的血液對這些男女之愛是冰冷的。此外，他還有幾個年輕小姐。但是老人喜歡回憶，願意談過去的歲月……

喬治叔叔，他曾住在切特漢。

希拉蕊在黑暗中微笑，她回憶起喬治叔叔。

喬治叔叔和這個百萬富翁阿利斯泰德在內心裡難道有所不同？喬治大叔有個女管家，「她是個好人，可靠，一點都不性感；十分和善，單純，理智。」後來喬治叔叔和這個樸實的好人結了婚，害全家都很不高興。這個女人很注意傾聽別人講話……

希拉蕊曾對湯姆說過什麼？「我要想辦法從這裡出去。」假如出去的辦法竟是經由阿利斯泰德，那就好玩了……

§

「有消息啦！」勒勃朗說，「終於有消息啦！」

他的通訊員剛才進來了，敬了禮後，遞給他一份文件。他打開後，興奮地說：「這是一份來自我們偵察飛行員的報告。他在阿特拉斯山脈選定一塊地區活動。在山區某一地點，他發現有人打信號。這個信號是用摩斯電碼重複兩次打的，都在這裡。」

他把封好的密件遞給傑索普。上面寫著：COGLEPROSIESL。

他用鉛筆把最後兩個字母勾出來說：「SL，這是我們的密碼，意思是『不要回答』。」

傑索普說：「開頭的COG是我們的識別信號。」

勒勃朗用筆畫出當中剩下的字母說：「這就是實際內容了。」

傑索普看了這幾個字說：「這是『痲瘋病』。」

勒勃朗問：「什麼意思呢？」

「你是否掌握一些重要或次要的痲瘋病院的情況？」

勒勃朗打開一張大地圖。他用因吸菸而燻黃的短粗手指指著說：「這個地區是我們那些飛行員活動的地方。現在讓我看看，我記得……」

他離開房間，很快又回來了。他說：「我知道了。這個地區有一個很有名的醫學研究所，由一些名望很高的慈善家捐助修建，並開展研究工作。順帶一提，這是個杳無人煙的地區。在研究痲瘋病方面，這裡做了很多有價值的研究。痲瘋病院裡收容了兩百人，還有一個癌症研究中心和一個肺病療養院。這都是非常可靠的機構，明白吧！這個機構聲譽很高，其贊助人就是董事會的主席本人。」

傑索普讚賞地說：「漂亮！」

「那裡隨時都可以公開參觀，對這方面有興趣的醫學界人士常來此地。」

「可是他們看不到他們不該看的東西！何必讓他們看呢？要掩藏見不得人的勾當，最好的方法就是塑造一個令人肅然起敬的環境。」

勒勃朗說：「我想這可能是某些成群結隊的旅行者在中途停腳的地方，也許他們對一兩位歐洲中部來的醫生做過這樣的安排，並獲得成功。也可能是一小組人，就像我們追蹤的那些人，他們可能在這裡隱蔽幾個星期之後，再繼續他們的旅途。」

傑索普說：「我認為不僅如此，它也可能就是旅途的終點。」

「你認為這個地方可能……不單純？」

「痲瘋病院這件事對我很有啟發……我認為在現代的醫療條件下，痲瘋病都是在本地治療的。」

「在文明國家可能如此，但在這個國家做不到。」

傑索普說：「痲瘋病這個詞語，現在仍和中世紀時的概念聯繫著。那時給痲瘋病人掛上警鈴來警告路人。只是一般的好奇心不會促使人們來參觀痲瘋病院。就像你所說的那樣，只有對這方面有興趣的醫學專家才會來；可能還有一些社會工作者，他們想了解痲瘋病人的生活條件，這些當然是值得尊敬的。但是在慈善事業的背後，什麼事都可能做得出來。順便問一句，這個地方到底是屬於誰的？哪些慈善家資助修建了這個病院？」

「這很容易查清楚，等一等！」

勒勃朗很快地回來，手裡拿著一份官方的參考資料。他說：「這是一家私人企業開辦的。為首的慈善家叫阿利斯泰德。你知道，他是個百萬富翁，對慈善事業很願意慷慨解囊。他在巴黎和西班牙的塞維利亞都修建了醫院。這個地方實際上是以他為主，其他幾位慈善家不過是幫手而已。」

「原來如此，是阿利斯泰德的企業。奧麗芙・貝特頓在菲斯時，他也在那裡。」

「阿利斯泰德！」勒勃朗領會了他的含義。他用法文喊道：「這可非同小可！」

「是的。」

「這真是難以相信！」

「當然。」

「總之，這太可怕了！」

「確實如此。」

勒勃朗激動地用食指在對方面前擺動著說：「你了解這有多麼可怕嗎？這個阿利斯泰德到處插手。幾乎任何組織他都是後台，銀行、政府、製造工業、軍備、運輸！他從不露面，人們甚至也沒聽說過他。他坐在西班牙古堡的溫暖房間裡吸菸。有時候他在一張小紙片上潦草地寫幾個字扔在地上，然後一個祕書爬過來撿起，幾天以後巴黎的一個重要銀行家就自殺了。事情就是這樣。」

「勒勃朗，你說得可真生動，實際上他沒什麼奇怪的。一些國家的總統和部長發布重要聲明時，銀行家就坐在他們堂皇的辦公桌旁發表詞藻華麗的談話……發現在這一切的背後，一個小老頭才是真正的原動力，這並不稀奇。這個阿利斯泰德是所有這些失蹤科學家的大後台，這一事實一點也不令人驚奇，其實，如果我們敏感些，早就應該想到他了。整個事件是個大規模的商業敲詐，這完全沒有政治色彩。現在的問題是，我們該怎麼辦？」

勒勃朗臉色陰沉。他說：「你知道，這可不容易。如果我們判斷錯誤……我簡直不敢想像！即使我們對了，我們還必須證明我們是對的。如果我們進行調查，上級還可能會撤銷這些調查，你明白吧！這件事可不容易啊……但是，」他搖晃著他那又短又粗的食指說，「我們還是要幹！」

20

汽車沿著山上的道路行駛，然後停在一面鑲在岩石上的大門前。一共來了四輛汽車。第一輛車裡是一位法國部長和一位美國大使。第二輛是英國領事、一位議員和警察局長。第三輛是以前皇家學會的兩位會員和兩位名記者。這三輛汽車裡的其他人都是必要的陪同人員。第四輛車內是一般人不熟悉、但在他們行業內很知名的人物，包括勒勃朗上校和傑索普先生。穿著筆挺制服的司機打開車門，敬禮後把貴賓接下車來。

法國部長憂鬱地嘟囔說：「希望別接觸到任何一種傳染病。」

一位侍員立即用安撫的口吻說：「不會的，部長先生，一切預防措施都採取了，視察時我們會和病人保持相當距離。」

這位年事已高、憂心忡忡的部長聽了感到寬慰。美國大使說了幾句話，表示現在對這些病患都有更好的了解和治療。

大門打開後，門口有一群人站在那裡歡迎，其中有黝黑粗壯的院長，大個子、黃頭髮的副院長，兩位知名醫生和一位著名的化學家。歡迎儀式是法國式的，熱烈又冗長。

法國部長說：「我誠懇地希望那位阿利斯泰德先生不會因為健康不佳而失約。」

副院長說：「阿利斯泰德先生昨天從西班牙乘飛機來到，正在裡面恭候。部長閣下，請允許我帶路。」

大夥兒隨著他魚貫而入。有點憂慮的部長先生向他右首修建得很堅固的欄杆凝視著。痲瘋病人在離欄杆老遠的地方排隊等候視察。部長看起來鬆了口氣，他對痲瘋病的看法還停留在中世紀的水準。

在現代化設備的休息室裡，阿利斯泰德已恭候他的客人多時。大家鞠躬、問候、互相介紹後，穿著白袍、戴著穆斯林頭巾的黑人侍從端來開胃酒。

一位年輕的記者說：「先生，你在這裡有塊寶地。」

阿利斯泰德打了個東方式的手勢說：「我對這個地方感到驕傲，你可以說，這是我的最後佳作！我給人類的最後一件禮物，不惜工本。」

主人方面的一位醫生熱誠地說：「沒錯，這地方對專業人員來說真是夢寐以求啊！我們在美國的條件也不錯。但自從來到這裡，才取得了成果！先生，我們確實取得了成果。」他的熱情話語充滿了感染力。

美國大使彬彬有禮地向阿利斯泰德表示：「我們應當感謝你的私人企業為人類謀幸福。」

阿利斯泰德謙虛地答道：「上帝對我們是仁慈的。」

這個蜷在椅子中的小老頭活像個黃色的癩蛤蟆。那個議員悄悄地向那個又老又聾的皇家學會會員說，這個傢伙說得十分有趣又自相矛盾。他接著又低聲說：「這個老流氓很可能毀了四百萬條人命。他賺了這麼多錢不知道怎麼花，這隻手抓進來，那隻手扔出去。」

那個上了年紀的法官答道：「真不知道他花上這麼多錢究竟取得了多大成果。很多造福人類的偉大發明，都是用非常簡單的儀器弄出來的。」

開胃酒喝完後，阿利斯泰德說：「我不勝榮幸，可以為你們設簡宴接風，由於醫生對我的飲食有所限制，我特請范．海德姆博士代表我充當主人。簡宴以後你們可以進行參觀。」

和藹可親的范．海德姆博士陪著客人進入餐廳。經過兩小時的飛行和一個小時的車程，大家都餓了。飯菜烹調可口，部長極力讚揚。

范．海德姆說：「我們每週空運兩次新鮮蔬菜和水果到這裡。對肉類和凍雞也做了安排。此外，我們有大量的冷凍設備。科學必須滿足人的食欲。」

進餐時伴有上等名酒，飯後送上土耳其式咖啡，然後開始參觀。兩個小時的參觀，內容豐富。結束時，法國部長感到十分高興。他被那些亮晃晃的實驗室及潔白耀眼、好像永遠走不完的走廊搞得眼花撩亂，更使他暈頭轉向的是，他們遞給他的那些大量科學資料。

儘管部長對這些資料沒什麼興趣，其他一些人卻對此進行了比較深入的調查。如對人員的居住條件和其他一些細節表現出好奇心。范．海德姆盡量顯示出，自己願意向客人展出一切他們想看的東西。勒勃朗和傑索普二人，前者陪著部長，後者陪著英國領事。當回到休息廳時，他們走在大家的後面。傑索普拿出一個老式的懷錶來看時間。

勒勃朗激動地嘀咕說：「沒什麼線索。」

傑索普說：「一點也沒有。」

「親愛的，如果我們搞錯了，那就大禍臨頭了！我們花費了多少個星期才安排了這一切，對我來說，這可能斷送了我的前途。」

傑索普說：「我們還沒失敗。我們的朋友還在這兒，我敢肯定。」

「但是沒有他們的蹤跡。」

「當然不會有蹤跡。他們不會讓那些人露面的，對這樣的官方視察，事事都要安排妥當。」

「那我們怎麼尋找證據呢？我告訴你，沒有證據就沒有說服力。來的人全都不太相信這個地方有鬼。那個部長，那個美國大使，還有那個英國領事……他們全都說，阿利斯泰德那樣的人是無可懷疑的。」

「要鎮靜，勒勃朗，要鎮靜。我告訴你，我們還沒敗陣下來。」

勒勃朗聳了聳肩說：「你非常樂觀，朋友！」

他轉身和隨伴中一位穿戴整潔、圓臉的年輕人交談了幾句後又轉過身來，向傑索普忐忑的問道：「你在笑什麼？」

「我高興的是科學的進步，確切地說，那個偵測器做了最新的改進。」

「我不是科學家。」

「我也不是，但是這個非常敏感的放射性探測器告訴我，我們的朋友是在這裡。這個建築物刻意設計得像迷宮一樣，所有的走廊和房間都相仿，使人搞不清自己的位置，也無法設想建築物的平面圖。這個地方還有一部分沒讓我們看。」

「你推測你的朋友們在此，是因為放射性的顯示嗎？」

「就是。」

「是不是又發現了那位夫人的珍珠？」

「是的，你可以說，我們還在玩捉迷藏的遊戲。但這裡的信號不像項鍊上的珍珠或塗著磷的手那樣顯而易見。人們看不到這個標記，卻能感覺到……透過這個放射性探測器……」

「但是，我的上帝，這就夠了嗎？」

傑索普說：「應該夠了，但令人擔心的是……」

「你的意思是，來訪的這幾個人不大相信。他們從一開始就不大相信，是的，就是如此。甚至你們那位英國領事也是個謹慎小心的人，你們政府欠了阿利斯泰德不少債。至於我們法國政府，」他聳聳肩接著說，「那位部長先生很難被說服。」

傑索普說：「我們不要寄希望於政府，政府和外交官做事總是被綁手綁腳，但是我們需要把他們弄來，因為只有他們才有權威。如果談到信任，我寄望於其他人。」

「我的朋友，你寄望於什麼人身上呢？」

傑索普那張嚴肅的面孔露出了笑容。

「同來的還有新聞界人士。記者對新聞最敏感，他們不會幫忙掩蓋醜聞，他們最願意相信那些難以相信的事。我還寄望於另一個人，就是那個聾老頭。」

「啊，我知道你指的那個人，那個人看來已經一隻腳踏進棺材了。」

「是的，他耳聾、體弱、視力半瞎，但是他對挖掘真相感興趣。他以前是司法大臣，雖然風燭殘年，又聾又瞎，但是他的頭腦還像過去一樣敏銳，他有著卓越法學家的那種敏感，他感覺得出哪些事情可疑，並且知道有些人在掩蓋事實。他會聽取並且願意聽取人們提出的證據。」

他們現在回到休息室，又是茶酒招待。部長三番兩次地向阿利斯泰德表示讚揚，美國大使也湊上幾句。然後部長環顧四周，聲音略有些緊張地說：「先生們，現在我們該向我們好客的主人告別了。我們已經看到了這裡的一切……」他意味深長地強調了最後幾個字。「這裡的一切都非常傑出，的確是第一流的建築和設備。我們非常感謝主人的款待，並且向他祝賀有這樣的成績，所以我說我們該告辭了，好嗎？」

這些話完全是符合常規的，態度也是如此，回顧四周也是禮節。然而，其實這話中有話，弦外之音是：「先生們，你們看到了，這裡沒有什麼值得懷疑和害怕的東西。這下子大家都可以放心了，並且可以不受良心責備地離開這裡了。」

在沉默中，有人說話了。這是傑索普先生發出鎮靜、客氣、有教養的英國人口音。他用英國腔調的地道法語向法國部長說：「先生，請允許我要求我們好客的主人幫個忙。」

「當然，當然可以，傑索普先生。」

傑索普嚴肅地向范．海德姆博士說話，故意不看阿利斯泰德先生。

「我們在這裡已看到你們很多人，確實有些眼花撩亂。我有一位老朋友在這裡，在我們離開之前，能否為我們安排一下會面機會。」

范．海德姆博士有禮貌又感到驚奇地說：「你有一位朋友在這裡？」

傑索普說：「是的，實際上有兩位朋友。一位是婦女，貝特頓夫人，奧麗芙．貝特頓。據我所知，她的丈夫托馬斯．貝特頓在這裡工作，他曾在哈韋爾工作過，再以前是在美國。我臨走前很想和他們夫婦談幾句。」

范．海德姆博士的反應真是無懈可擊。他先是有禮貌地睜大眼睛，然後困惑不解地皺皺眉說：「貝特頓，貝特頓夫人……沒有，恐怕我們這裡沒有這個名字的人。」

傑索普說：「還有一個美國人安德魯．彼得斯，好像是研究化學的。對吧，先生？」他恭敬地轉過去問美國大使。

美國大使是一位機靈且有雙敏銳藍眼睛的中年人。他不但具備外交長才，還很有個性。他看了看傑索普，沉默了足足一分鐘才說：「是的，沒錯，安德魯．彼得斯。我也想看看他。」

范・海德姆顯得更驚奇了，但還是那麼彬彬有禮。傑索普很快地掃了阿利斯泰德一眼。那張黃臉不動聲色，毫不見怪，沒有驚奇也沒有不安，看來只是一副不感興趣而已。

「安德魯・彼得斯？沒有，閣下，你弄錯了吧？我們這裡沒有這個名字。恐怕我連聽都沒聽過。」

傑索普說：「那你聽說過托馬斯・貝特頓這個名字，是嗎？」

范・海德姆猶豫了一秒鐘。他的頭向坐在椅子上的那個老頭稍微轉了一下，但馬上又轉回來。

「托馬斯・貝特頓，嗯，對，我想……」

一位記者很快地趁機說：「托馬斯・貝特頓是位頭條新聞人物。半年前他失蹤時鬧了好大的新聞，歐洲的所有報紙都用大標題刊登這個消息。警察到處找他。你的意思是說，他一直待在這裡嗎？」

「沒有，」海德姆尖聲說，「恐怕是有人在騙你們，也許是個騙局。你們今天已看到了這個地方的全體工作人員。你們看到了所有的一切。」

傑索普鎮靜地說：「不，不是所有的。」他接著說：「還有一位年輕人叫艾力森，還有路易・巴倫博士，還可能有凱芬・貝克夫人。」

「呵！」范・海德姆似乎開了竅。「這些人都在摩洛哥那次飛機失事中喪了命。現在我想起來了，至少我記得艾力森和路易・巴倫博士是在那次事故中喪生，那次法國蒙受了極大損失，像路易．巴倫博士這樣的人才是無可彌補的。」他搖了搖頭又說：「對凱芬．貝克夫人我就一無所知，但我記得有一位英國或是美國婦女也在這架飛機上，也可能就是你說的貝特頓夫人，這真是件不幸的事。」然後他帶著詢問的目光問傑索普：「先生，我不曉得為什麼你認為這些人會在這裡？是不是巴倫博士在北非曾提出他希望參觀這個地方？這可能引起了一些誤解。」

傑索普說：「你的意思是，我錯了？這些人沒有一位在這裡？」

「親愛的先生，既然他們都在飛機失事中喪命，怎麼可能在這裡？據我所知，屍體都找到了。」

「找到的屍體都燒焦了，『難以辨認』。」傑索普有意地強調了最後幾個字。

他背後有人輕輕動了一下，然後一個尖細、清楚又微弱的聲音說：「你的意思是，不能準確地辨認屍體，是嗎？」

阿夫斯托克勳爵往前坐了坐，用手扯著耳朵傾聽。濃密的眉毛下，他兩隻精明的小眼睛直盯著傑索普。

傑索普說：「是無法正式辨認，勳爵先生。我有理由相信，這些人還活著。」

「相信？」阿夫斯托克勳爵尖細的聲音中頗為不悅。

「我應該說，我有他們活著的證據。」

「證據？什麼樣的證據？傑索普先生。」

「貝特頓夫人在離開菲斯去馬拉喀什時，戴了一串假珍珠項鍊。而在飛機墜毀燃燒的半英里外，我們發現了一顆珍珠。」

「你能肯定地說，你們找到的這顆珍珠，就是貝特頓夫人那串項鍊上的珍珠嗎？」

「能，因為項鍊上的每顆珍珠都做了記號。肉眼是看不見，但在高倍數的放大鏡下仍然可以辨認。」

「誰做的記號？」

「我做的，阿夫斯托克勳爵，當時在場的還有在座的我的同事勒勃朗先生。」

「你做的記號？你為什麼要在珍珠上做記號？」

「我的勳爵，因為我有理由相信，貝特頓太太會引導我去找尋她那位受到通緝的丈夫，托馬斯·貝特頓。」傑索普接著說，「後來我們又找到兩顆同樣的珍珠，都是從飛機失事地點到瘋瘋病院這段路途中發現的，我們在拾到珍珠的各個地方進行調查，當地人都曾經看到六人一同旅行，他們所形容的容貌，和所謂飛機失事中喪命的六個人大致相同。六個旅客中，有一個人戴了一只手套，上面塗著夜裡會發光的磷；很多人在載著旅客來這裡的一輛汽車上看到了這只手套。」

阿夫斯托克勳爵用他枯燥、審判時專用的聲調說：「真是不尋常呀。」

阿利斯泰德坐在那張大椅子上動了一下，他眨了眨眼問道：「這些旅客留下的最後一個線索是在哪裡？」

「在一個廢棄的機場上，先生。」他提出了具體地點。

「那兒離這裡有幾百英里。」阿利斯泰德先生說，「即使你那饒有趣味的推測是正確的，也就是說，有人為了某種需要而假造了一起飛機失事，那麼，那些旅客早就從那個廢棄的機場飛往某一目的地了。那個機場離這裡有數百里，我實在無法相信你有什麼根據判斷那些旅客在我們這裡。他們為什麼要在這裡呢？」

「是有一些充分的理由，先生。我們的一架偵察機發現了一個信號……這位勒勃朗先生收到了信號。那個有識別密碼的信號告訴我們，這些失蹤的人就在你們這個瘋瘋病院裡。」

阿利斯泰德先生說：「哎呀！真了不起，太了不起了！依我看，必定是有人想矇騙你們。這些人根本不在這裡。」他說話語氣鎮靜而堅定。「如果你們願意，請隨意搜查。」

傑索普說：「如果表面查查，那是什麼也查不到的。我要提出搜查的起點。」

「好啊，從哪裡開始？」

「第四走廊往第二實驗室左轉後那條通道的盡頭。」

范・海德姆猛然一抖，兩個杯子落在地上打碎了。傑索普笑著看了看他。

傑索普說：「博士，你看，我們的消息很靈通吧！」

范・海德姆尖聲叫起來。

「這真荒謬，太荒謬了！你們是在暗示，我們違反了他們的意志拘留了他們！對此我斷然否認。」

法國部長不自在地說：「看來我們陷入僵局了。」

阿利斯泰德先生和氣地說：「這是個有趣的理論，但也只是個理論而已。」他看了看錶說：「先生們，請原諒我，我現在建議你們離開這裡。從這裡去機場還有一大段路，如果你們耽誤了起飛的時間，是會引起騷亂的。」

勒勃朗和傑索普都感到非攤牌不可了。阿利斯泰德在施加他個人的全部影響力。他猜這些人不敢違抗他的意志。如果他們堅持下去，就意味著他們要公開和他作對。他分析，法國部長根據上級指示，是急於投降的。警察局長是完全站在部長那一邊。美國大使沒有被說服，但出於外交考慮不會堅持下去。英國領事則不得不緊跟上述那兩位的步伐。

那兩位記者——阿利斯泰德考慮著，他們的要價可能很高，但是他認為可以收買他們，如果收買不了，他另有辦法對付。

至於傑索普和勒勃朗，他們已經知道真相。但是，如果沒有官方支持，他們什麼也幹不了。他的眼睛最後和那雙與他一般昏花的老眼相遇了，那雙冷靜、嚴正的眼睛。他知道，這個人收買不了，但是到頭來……突然，那個冷靜清晰、好像自遠方傳來的聲音打斷了他的思路。

這個聲音說：「我覺得，我們匆匆忙忙離開這裡並不合適。因為，這個案子還需要進一步調查。既然有人嚴肅地提出了控告，我認為不能撒手不管。要公平處理，給人一切機會來反駁。」

阿利斯泰德說：「大家都應該提出證據。」他向在座的所有人員做出一個優美的手勢說，「這是有人誣告，但沒有任何證據可以證實。」

「可以證實！」

范·海德姆博士吃驚地轉過身來。一位摩洛哥族僕人走向前來，他身材高大，穿著繡花白袍，頭上裹著穆斯林的白色頭巾，他的臉黑黝黝地發亮。

使大家呆若木雞的原因是，他那厚厚的黑人嘴唇裡竟發出大西洋彼岸的純粹美國人口音。

「不是沒有證據。你們現在就可以聽取我的證詞。這些先生剛才否認以下幾位人士在這裡，他們是：安德魯·彼得斯、托古·艾力森、貝特頓夫婦，還有路易·巴倫博士。說他們不在是假的，他們全都在這裡。我在這裡代表他們說話。」他轉向美國大使說：「先生，現在你大概認不出我來，但是，我就是安德魯·彼得斯。」

阿利斯泰德的嘴唇裡發出非常微弱的斥責聲，隨即靠往椅背，面部毫無表情。

彼得斯說：「這裡藏了很多人：有慕尼黑的施瓦茨，有尼達姆，有英國科學家傑佛瑞和戴維森，有美國的保羅·韋德，有義大利人里柯切提和碧安卡，還有默奇松。他們都在這棟大樓裡。這裡有一系列包圍措施，肉眼是看不見的。整組的祕密實驗室就建在岩石裡。」

「上帝保佑我！」美國大使突然喊著。他仔細打量這個看來挺有分量的非洲人，然後笑起來說：「就是現在，我還不敢說我已認出你來了。」

「這是因為我的嘴唇上塗了石蠟，先生，更甭提臉上塗的黑色染料了。」

「如果你是彼得斯，你在聯邦調查局的代號是什麼？」

「八一三四七一，先生。」

「對，」大使說，「你的名字的縮寫字母是什麼？」

「BAPG，先生！」

大使點了點頭說：「這個人是彼得斯。」

他望了望法國部長。部長猶豫了一下，然後清了清喉嚨。他向彼得斯說：「你聲稱，這些人在他們本人不同意的情況下被拘留在這裡，是嗎？」

「有些人是自願的，閣下，有些則不是。」

部長說：「在這種情況下，必須個別留下每個人的口述，是的，一定要記錄下來。」

他注視著警察局長，警察局長走上前來。

阿利斯泰德舉起手來說：「請等一等。看起來，」他用柔和又清楚的語調說，「有人在此濫用我的信譽。」他用冷酷的目光從范．海德姆掃到院長，一副毫不寬容的神態。他對他們說：「先生們，你們出自對科學的熱情做了些什麼，我一直是不清楚的。我之所以資助這個地方完全是為了科學研究的興趣。我沒有參與制定政策或付諸實施。院長先生，我給你一個忠告，如果這些控告確有事實根據，那麼你應該立即將這些非法拘留的人釋放。」

「但是，先生，這不可能。這……」

阿利斯泰德說：「任何試驗都要停止。」他用平靜的、金融家的眼光環視他的客人後說：「先生們，我可以向你們保證，如果這裡有任何非法情事，全都與我無關。」

這無異於一道命令……人們之所以這樣理解，是完全出自於他的財富、權力和影響力。舉世聞名的阿利斯泰德先生是不會被牽連進去的。但是，即使他沒有受到什麼損害，這對他而言仍然是一次失敗。這使他未能達到目的，不能在他所經營的智囊團中牟取暴利。只是阿利斯泰德先生對失敗一向是輕鬆面對。這在他的職業生涯中也時有發生，他總能用哲學頭腦來認識這些失敗，然後再捲土重來。

他做了一個東方式的手勢說：「這件事我絕不干預。」

警察局長開始活動起來。他現在得到了暗示，懂得這份指示並且準備全力以赴。他說：「不准阻攔。我有義務進行全面搜查。」

范．海德姆臉色刷白地走上前來說：「請你跟我來，我將帶你參觀我們的備用房間。」

21

「唉，我好像從噩夢中醒來似的。」希拉蕊伸著懶腰，嘆口氣說。她和貝特頓坐在摩洛哥北部港口丹吉爾一家旅館的陽台上。他們是這天早晨搭飛機到這裡的。希拉蕊接著說：「眼前這些都是真實的嗎？好像不是。」

托馬斯．貝特頓說：「一切都是真的，但是我同意你的看法，奧麗芙，這真像一場噩夢。好啦，我總算是出來了。」

傑索普走到陽台上，坐在他們旁邊。

希拉蕊問：「安德魯．彼得斯上哪兒去了？」

傑索普說：「去辦點事，很快就回來。」

「原來彼得斯是你們的人哪！」希拉蕊說，「是他用發光的磷塗在什麼東西上，還有一個鈷製的香菸盒發出放射性的東西。過去我從未聽過這些玩意兒。」

傑索普說：「你們兩人都很謹慎，互相戒備。但是嚴格說來，他不是我們的人。他是美國政府的人。」

希拉蕊說：「你曾說過，如果我能找到湯姆，就會得到保護，當時你的意思是不是指安德魯．彼得斯？」

傑索普點了點頭，很嚴肅地說：「希望你別怪罪我沒有提供方便，使你完成你的心願。」

希拉蕊沒弄懂，問：「什麼心願？」

「一種更為光明正大的自殺方法。」

「唉，那個呀！」她不可置信地搖著頭說，「那件事也和其他事一樣，像一場噩夢。我當了那麼長時間的奧麗芙．貝特頓，現在又回來當希拉蕊．克雷文，真把我搞糊塗了。」

「啊！」傑索普說，「我的朋友勒勃朗來了，我要找他談談。」

他沿著陽台走開。這時托馬斯．貝特頓很快地說：「再幫個忙，可以嗎？奧麗芙……我還是叫你奧麗芙，因為已經習慣了。」

「當然可以。什麼事要幫忙？」

「陪我沿著陽台走過去，然後你再回到這裡，說我回房間躺下了。」

她不懂他的意思，問：「為什麼？你怎麼……」

「親愛的，我要走了，還是走為上策。」

「走？去哪裡？」

「任何地方。」

「為什麼?」

「動腦筋想想,親愛的小姐。我不知道這裡的情況,但丹吉爾是個奇怪的地方,不屬於任何一個國家管轄。我知道如果我和你們一起去直布羅陀下場會如何。到達後,他們第一件事就是逮捕我。」

希拉蕊擔心地望著他。在從瘋瘋病院裡緊張逃出的過程中,她全然忘記了托馬斯·貝特頓的煩惱。

「你是指那個保密條例之類的東西吧?但是事實上你並沒有真的逃走,你逃得走嗎?湯姆!你能到哪兒去呢?」

「我說過了,去任何地方。」

「但現在走得了嗎?你需要錢,還會有各式各樣的困難。」

他笑了一下說:「錢沒問題。我有一筆錢,用另外一個名字存起來了,隨時可以領出。」

「也就是說,你確實拿了人家的錢了。」

「當然拿了。」

「但是他們會抓到你的。」

「那可不容易。奧麗芙,你不知道我現在的模樣和過去完全不一樣嗎?這就是我這樣熱中於外科整形手術的原因。你知道,這就是關鍵所在。我離開英國,在銀行裡存錢,改變模樣，這樣我一輩子就不用愁了。」

希拉蕊懷疑地望著他。

「你錯了。」她說，「我敢肯定你錯了。你最好勇敢地承擔後果。此外，現在不是戰時，我想，他們可能只會對你判個短期徒刑。你一輩子老被人追捕有什麼好處呢？」

「你不明白，」他說，「你一點也不知道這件事是怎麼開始的。起來，我們走吧，機不可失。」

「但是你怎麼離得了丹吉爾呢？」

「我走得了，你不要擔心。」

她站起來陪他慢慢沿著陽台走著，心裡很不自在，也無話可說。她對傑索普和那位死去的女人奧麗芙·貝特頓已盡了她應盡的責任，現在再也無需多做什麼了。她和湯姆·貝特頓共同生活了幾個星期，但她感到他們彼此還是陌生人。他們之間並沒有同志或友誼之情。

他們走到陽台盡頭。那裡有扇小門，門外是條狹窄的曲徑可以下山到港口。

「我要從這裡溜出去，」貝特頓說，「沒有人會看見，再見吧！」

「祝你成功！」希拉蕊慢吞吞地說。

她站在那裡看著貝特頓走到門前，扭開門把。當門打開後，他倒退一步，愣在那裡了。三名大漢站在門口，兩個進來，其中一個正式宣布：「托馬斯·貝特頓，這是你的逮捕令，在引渡手續辦好之前，我們要把你拘留在這裡。」

貝特頓驟然轉過身去，但另一個人很快地轉到他面前。貝特頓只好又轉回來，笑了一下說：「很好。只不過我不是托馬斯．貝特頓。」

門外的第三個人也進來了，他站在這兩個人的旁邊說：「你就是托馬斯．貝特頓。」

貝特頓笑笑說：「你會這麼說是因為，一個月以來你和我在一起，聽人們喊我托馬斯．貝特頓，也聽我自稱托馬斯．貝特頓。問題是，我不是托馬斯．貝特頓。我在巴黎見過貝特頓，我是頂了他的名字來的。如果你們不信，可以問問這位女士。」他接著說，「她裝作我的妻子來找我，我也承認她是我的妻子，是不是這樣？」

希拉蕊點了點頭。

貝特頓說：「正因為我不是托馬斯．貝特頓，我當然不知道托馬斯．貝特頓的妻子是何許人也。我以為這位女士是托馬斯．貝特頓的妻子。後來我編出各種解釋，才使她安心下來。這就是事情的真相。」

「這就是你假裝認我的原因了，」希拉蕊喊道，「你要我和你一起製造這場騙局。」

貝特頓又是自信地一笑。

「我不是貝特頓。」他說，「你們看看貝特頓的任何一張相片，就會知道我說的是實話。」

彼得斯向前邁了一步。他的聲音不像希拉蕊所熟悉的聲音。現在這個鎮靜又憤懣的聲音說：「我看過貝特頓的相片，同意你所說的，我不能把你認出來，這一點也沒錯。但你就是托馬斯・貝特頓，我有證據。」

他一把抓住貝特頓，撕開他的外衣說：「如果你是托馬斯・貝特頓，你右臂的手肘上會有個Z形疤痕。」

他邊說邊把貝特頓的襯衣撕開了。

「就在這裡，」他像打仗似地指出了這個疤痕。「美國的兩位實驗助理員也可以證明。俄爾莎曾寫信告過我，你什麼時候弄的這個疤。」

「俄爾莎？」貝特頓目瞪口呆，他嚇得發抖了。「俄爾莎？俄爾莎怎麼樣？」

「看看警方對你的控告是怎麼說的吧！」

警官又一次走上前來說：「控告是：蓄意謀殺你的妻子俄爾莎・貝特頓。」

22

「很抱歉，奧麗芙。請相信，我對你真的十分抱歉。為了你，我已經給了他一次機會。我警告過你，讓他留在那裡會更安全。我跑了半個地球來找他，就是要讓他為殺害俄爾莎一事得到應有的懲罰。」

「我不明白，我什麼都不明白。你是誰？」

「我原來以為你知道呢！我就是鮑里斯・安德烈・帕甫洛夫・格萊德，俄爾莎的表弟。我從波蘭到美國去讀書，由於歐洲的形勢危急，我的舅舅叫我入了美國籍，於是我改名為安德魯・彼得斯。戰爭時期，我又回到歐洲，並參加了地下工作。後來我把舅舅和俄爾莎從波蘭帶到美國。俄爾莎的情況，我曾告訴過你。她是當代第一流的科學家。是她發現了ZE分裂。貝特頓是個年輕的加拿大人，他幫助曼海姆教授做實驗。他熟悉他的工作，但他也就只有這點本事。他別有用心地向俄爾莎求愛，並和她結婚，以便把他和她所從事的科學工作聯繫起來。當她的試驗快成功時，他意識到ZE分裂的重要性，就蓄意毒死妻子。」
「噢，不，不！」
「是的，當時並未有人懷疑。貝特頓假裝痛不欲生，然後全神貫注地投入工作，並且宣布ZE分裂是他自己的發現。這為他帶來了他所企望的一切：名譽、被公認為第一流的科學家。後來他認為離開美國到英國來比較明智。接著又去哈韋爾工作。
「戰後我在歐洲停留了一段時期。由於我懂德語、俄語和波蘭語，我就在那裡從事公益的工作。俄爾莎被害前寫給我的信使我深為不安。她的病情和死因使我感到莫測難解。後來我回到美國，開始對這事著手調查。調查的經過先不談了，但是我證實了我的懷疑。我要求檢驗屍體。在所在區域的律師事務所，有個年輕律師是貝特頓的好友。那時他去了歐洲，我想，他在拜訪貝特頓時把檢驗屍體的要求告訴了貝特頓，於是貝特頓緊張起來。我想，那時他已經和阿利斯泰德先生的代理人接觸過。不管怎樣，他找到了最好的機會來逃避謀殺罪責。他接受了阿利斯泰德提出的條件，徹底改變了他的模樣。當然，後來他完全被幽禁在瘋病院中。此外，由於他無法在科學研究上做出成績，他知道自己的處境十分危險。他本來就不是個天才科學家。」
「於是你就追蹤他？」
「是的，當報上刊登了科學家托馬斯．貝特頓失蹤的聳動消息後，我來到了英國。一位非常優秀的科學家朋友告訴我說，聯合國組織的一位司皮德太太曾向他做過某種暗示。我到倫敦後，得知這位太太曾和貝特頓接觸過。我騙她，刻意向她表達左傾觀點，並且吹噓我的科學才能。那時我以為貝特頓去了沒有人能找到他的鐵幕世界。那好，如果別人無法找到他，我一定要找到他。」他說著說著，變得十分激動和憤懣。「俄爾莎是第一流的科學家。她美麗、溫柔，但竟被她所愛和信任的人害死。所以，我發誓，如果有必要，我要親手殺死貝特頓。」

「我明白了，」希拉蕊說，「啊，我現在明白了。」

「我到英國時曾用我的波蘭名字寫信給你，把事實經過告訴你。」他看了看她說，「我料想你不會相信，所以一直沒有回信。」他聳聳肩說，「然後我去找情報人員，裝成一個波蘭軍官，那種死板、非常循規蹈矩的外國人。那時我對任何人都懷疑，但最後找到了傑索普。」他歇了口氣，接著說：「我的追蹤到今天上午告一段落。我將提出引渡貝特頓的要求，要把他送到美國審判。如果他獲判無罪，我就無話可說了。」他又嚴肅地加了一句：「但他不會無罪釋放的，證據太過確鑿。」

他停下話來，凝視著臨海那個陽光燦爛的花園，然後說：「糟糕的是，為了找他，我遇到你，而後又愛上了你。這真糟糕，奧麗芙，你一定很難接受，我就是負責把你丈夫送上電椅的人。我們不能不接受這個事實。這件事即使你能諒解，也不可能忘掉。」他站起來接著說，「我已經把這件事的來龍去脈告訴你了，再見吧！」

他說完轉身要走，希拉蕊一把拉住他說：「等一等，」她說，「等一等，還有些事你並不了解……我不是貝特頓的妻子。奧麗芙．貝特頓在卡薩布蘭加死了。傑索普要求我冒名頂替她。」

他轉過身來盯著她說：「你不是奧麗芙．貝特頓？」

「不是。」

「我的上帝，」安德魯．彼得斯說，「我的上帝！」他一屁股坐在她身邊的椅子上。

「奧麗芙，」他說，「奧麗芙，我心愛的。」

「不要叫我奧麗芙。我的名字是希拉蕊，希拉蕊．克雷文。」

「希拉蕊？」他問道，「我一定要改過來，叫你希拉蕊。」

他把自己的手放在希拉蕊的手上。

§

在陽台的那一端，傑索普正和勒勃朗討論如何處理眼前的幾個技術性問題。傑索普一句話還沒說完，忽然心不在焉地問了一句：「你剛才在說什麼？」

勒勃朗說：「我說，親愛的，看起來我們還不能對阿利斯泰德那個畜生起訴。」

「是啊，是啊，那個阿利斯泰德是個不倒翁，他總是能化險為夷。但是，這次他可要花掉不少錢，這樣他會不高興的。不過，阿利斯泰德總有一天要死的。從他的樣子看來，等不了多久，他就要去見閻王了。」

勒勃朗說：「剛才是什麼讓你分了心，我的朋友？」

「那兩位，」傑索普說，「我把希拉蕊．克雷文趕去走了一趟未知的旅途，但這次旅途竟一如英國古典喜劇的通俗結局那樣圓滿結束了。」

勒勃朗一時感到茫然，之後才恍然大悟，他說：「噢，是呀！你說的是你們莎士比亞的典故。」

傑索普說：「你們法國人真是博覽群書啊！」

專文推薦

藏在日常細節中的冒險

楊照（作家）

一開始，就都在那裡了。

一九二〇年，阿嘉莎．克莉絲蒂出版了《史岱爾莊謀殺案》，神探白羅就已經退休了。而且在這個案子裡，藉由敘述者海斯汀的轉述，就鋪陳出克莉絲蒂小說最基本的偵探原則：

「那些看來或許無關緊要的小細節……它們才是重要的關鍵，它們才是偉大的線索！」

「豐富的想像力就像洪水一樣，既能載舟亦能覆舟，而且，最簡單直接的解釋，往往就是最可能的答案。」

「沒有任何謀殺行為是沒有動機的。」

還有，一個不討人喜歡的死者，一群各有理由不喜歡死者、因而也就都有殺人動機的人，這些人彼此之間構成複雜的關係，有的互相仇視，有的互相愛戀，麻煩的是，有些愛人其實貌合神離，有些仇人其實私下愛慕；更麻煩的是，不論是愛或是仇，都有可能是扮演出來的。

一個外來的偵探必須周旋在這些嫌疑者之間，從他們口中獲取對於案情的了解，換句話說，他必須在很短的時間內，搞清楚誰是誰、誰跟誰吵架、誰跟誰偷情，然後判斷誰說的哪一句是實話、哪一句是謊言。常常謊言比實話對於破案更有幫助。

再偷偷透露一下，如果要和小說裡的凶手及小說背後的作者鬥智，就像克莉絲蒂對英國社會的了解，祕訣就在於要去追究小說裡的人物背景，尤其是他們的階級地位。基本上，階級地位愈高、權力愈大、愈有錢者，說的話就愈不要相信。例如在《史岱爾莊謀殺案》中，僕人、園丁說的話遠比有頭有臉的人說的要可信多了。就算要說謊，他們的謊言也比較天真，而且往往出於善良動機。當你歸納線索時，就會知道他們並非故意說謊，那是因為他們的認知受到蒙蔽或誤導，而你慢慢就從這蒙蔽或誤導中被引導到真相。

《史岱爾莊謀殺案》出版那年，克莉絲蒂三十歲，但書稿其實早在五年前就寫好了，畢竟要找到有人願意出版一個看來再平凡不過的家庭主婦寫的小說，並不是那麼容易。

所有和克莉絲蒂接觸過的人，都對於她的「正常」留下深刻印象。她看起來就和她那個年紀的典型英國家庭主婦一樣，害羞、靦腆，只能在社交場合勉強跟人聊些瑣事話題，完全無法演講，甚至連只是站起來對眾賓客說幾句客套話，請大家一起舉杯，她都做不到。她不演講，也很少答應接受採訪，就算採訪到她也很難從她口中得到有趣的內容。她會講的，幾乎都是記者本來就知道、或者自己就可以想得出來的。

例如說白羅這個神探的來歷。克莉絲蒂回答：他應該是個外國人，這樣就能在英國日常生活中看出英國人自己看不出的線索。她自己碰過的外國人，只有第一次大戰剛爆發時到英國避難的比利時人。比利時警察怎麼能跑到英國來？那一定是因為他已經退休了。他有潔癖，所以對於現場會有特殊的直覺，馬上感受到不對勁的地方。一個有潔癖的人，好像應該長得矮小些才相稱，一個矮小有潔癖的人最適當的名字，就是希臘神話裡的大力士「赫丘勒斯（Hercules）」，製造出荒唐的對比趣味。那白羅這個姓是怎麼來的呢？克莉絲蒂很誠實地說：「我不記得了。」

一切都如此順理成章，一切都如此合邏輯，不是嗎？有記者問她怎麼看自己的舞台劇〈捕鼠器〉，創下了英國劇場、甚至全世界劇場連演最多場紀錄的名劇？克莉絲蒂的回答也還是中規中矩，合理合節：那是一齣小戲，在一個小劇院演出，成本很低，任何人想到了都可以帶家人或朋友去看，老少咸宜，並不恐怖，也不特別荒謬打鬧，可是又什麼都有一點，包括恐怖和荒謬打鬧的成分。

她的身上找不出一點傳奇、怪誕色彩，那她為什麼能在五十年間持續寫偵探小說，創造了那麼多謀殺，還創造了那麼多詭計？

首先因為她是女性，以及她的身世，包括她的階級身分，使得她在描寫故事場景時比一般男性作者來得敏感。因為在她之前的偵探推理小說男性作家的階級身分都是高高在上，基本上他們會從較高的角度看社會，比較看不到底層的感受。

而她的婚變以及婚變中遭逢的痛苦，都使她更能體會與觀察，將英國社會的複雜細節融入小說的核心情節，讓探案與線索分析結合在一起。

克莉絲蒂一生結過兩次婚，第一次在一九一四年，婚後不久，丈夫就參加了歐戰，是英國皇家空軍最早一批飛行員。一九二六年，這個丈夫有了外遇，直率地向克莉絲蒂要求離婚，在那之前，克莉絲蒂的媽媽才剛過世，雙重打擊之下，又遇到車子無法發動，克莉絲蒂崩潰了，她棄車而走，忘記了自己究竟是誰，躲進一家鄉間旅館，登記時寫了她心裡唯一有印象的名字——她丈夫情婦的名字。

離婚後，一次在晚宴中，有人提起近東烏爾考古的最新收穫，克莉絲蒂就取消了原定要去西印度群島的計畫，改訂了跨越歐洲到君士坦丁堡的「東方快車」，是的，就是這趟旅程給了她寫《東方快車謀殺案》的靈感。不過更重要的是，在烏爾，她認識了一位年輕的考古學家，比她小十四歲，這個人後來成了她的第二任丈夫。

這位考古學家陪她去參觀在沙漠中的烏克海迪爾城，卻在沙漠中迷路困陷了。幾小時中克莉絲蒂卻沒有一點驚慌不安，當下考古學家就決定要向她求婚。

原來，克莉絲蒂的內心是有這種冒險成分的。要不然她不會兩次選到的，都是喜愛冒險的丈夫，而她本身大概也不會吸引一個在各種危險情境下挖掘古代寶藏的人，讓他願意向一個大他十四歲的女人求婚。

這樣說吧，維多利亞時代後期的英國環境，壓抑限制了克莉絲蒂冒險、追求傳奇的內在衝動，她只好將這樣的衝動寄託在丈夫和寫作上。她一邊陪著第二任丈夫在近東漫走，一邊在小說中寫各式各樣的謀殺與探案。謀殺和探案都是冒險，還有，偵探偵查中做的事——蒐集線索，還原命案過程——其實和考古學家的考掘，如此相似！

克莉絲蒂寫得最好的，正是「藏在日常中的冒險」。她個性中的雙面成分，造就了特殊的偵探魅力。既嚮往非常傳奇，卻又有根深柢固的日常邏輯信念，兩者都在克莉絲蒂的小說中扮演了重要角色。她的謀殺案幾乎都和日常習慣緊密編織在一起，日常環境成了凶手最重要的掩護。有些日常規律明顯地被破壞了，讓我們很自然以為那會是謀殺的線索，沿著這些線索形成了閱讀中的推理猜測，然而白羅早就提醒了，真正重要的反而是那些「細節」，也就是看來像是依隨日常邏輯進行的事，或說藏在日常邏輯中因而不被看重的事，那裡要嘛藏著凶手的核心詭計、煙幕，要嘛藏著凶手致命的破綻。

凶案的構想，就是如何讓異常蓋上日常、正常的面貌，又如何故意將日常、正常予以扭曲，製造假象；那麼偵探要做的，就是如何準確地在日常中分辨出真正的異常，將假的、明顯的異常撥開來，找出細節堆疊起來的異常真相。

此外，克莉絲蒂的小說裡隱藏著極其曖昧的情感價值觀，最典型、最有名的就是《東方快車謀殺案》。透過追查過程，讓讀者知道為什麼凶手要訴諸於這種手段，其動機具有可同情之處，再加上克莉絲蒂對身分階級的觀察，她比較相信或讓讀者相信那些沒有權力、地位的人，隨著偵查節奏去認識可能或必須懷疑的人。克莉絲蒂最擅長營造「多重嫌疑犯」的小說特質，因為讀者在閱讀時必須被迫去認識很多不一樣的人。在她最受歡迎的作品，大概都具備這樣的特質。

當然，她的作品中還有兩個最突出的神探，即白羅和瑪波。白羅是比利時人，但為什麼必須是外國人？這是因為英國人具有高度階級意識，這種觀念一路滲透到所有互動細節，包括人與人之間如何說話。而白羅因為不是英國人，他會發現一般英國人不太看得出來的東西，以及兩個人互動的方法哪裡不正常。至於瑪波為什麼得是老太太？她一如那個年代的老人家，總是靜靜坐著打毛線，因為不起眼，自然讓人放鬆防備，所以瑪波探案的線索都是來自於這樣的互動模式。

然而，白羅有很明顯的優勢，瑪波的身分使她基本上只能進行「靜態」的辦案，案子的空間受到侷限，白羅卻可以跨越各種空間，恣意揮灑。而且白羅擁有警官身分，可以合理出現在各種犯罪現場，瑪波能出現的地方，相形之下就勉強、不自然多了。白羅是明白的outsider，在英國，只要他出現，就會覺得有外人在而感到緊張，於是很容易露出平常不會表現的行為；瑪波則看起來是insider，但實質上是outsider，因為總是沒人發現她、當她空氣人。這兩人的探案，是兩個極端。雖然讀者最愛白羅，但克莉絲蒂自己偏愛瑪波勝於白羅。

不管後來的偵探、推理小說發展了多少巧妙詭計，克莉絲蒂卻不會過時，因為她的推理如此密切地和日常纏繞在一起；活在日常中，我們就無可避免被克莉絲蒂的「日常細節推理」吸引，隨時讀來都充滿驚奇趣味。

名家盛讚克莉絲蒂（依推薦時間排序）

金庸（作家）

克莉絲蒂的寫作功力一流，內容寫實，邏輯性順暢，也很會運用語言的趣味。閱讀她的小說，在謎底沒有揭露之前，我會與作者鬥智，這種過程非常令人享受。其作品的高明之處在於：布局的巧妙完全意想不到，而謎底揭穿時又十分合理，讓人不得不信服。

詹宏志（作家、PChome網路家庭董事長）

推理小說在從先輩柯南・道爾等人的發明中出現力量時，誕生了一位《天方夜譚》故事中每天說故事說個不停的王妃薛斐拉・柴德，也就是「謀殺天后」克莉絲蒂，整個世界對聽這些故事才有如此的熱情。他們捨不得睡覺，每天問後來還有嗎、還有嗎，永遠不肯離去，這就是克莉絲蒂對推理小說的最大貢獻。

可樂王（藝術家）

所謂「克莉絲蒂式」的推理小說，就是一場和一個天才的寫作者或高明的恐怖份子在紙上捕掠捉殺的戰事。即便是一列火車、一處飯店或一間酒吧，在克莉絲蒂寫來皆充滿神祕和猜謎。在人生適合的下午裡，我總是一面嚼著口香糖，一面跟著矮子偵探白羅穿梭謀殺現場，克莉絲蒂的推理作品無疑是推理世界中最充滿「魔術性」的小說。

吳若權（作家、節目主持人）

我從小就對推理小說情有獨鍾，克莉絲蒂一系列的作品尤其令我愛不釋手。多年來，閱讀推理小說的經驗讓我覺悟：讀者在文字情節中推展開來的驚嘆，不只是因緣於故事的本身，而是自我性格的投射。從這個觀點來看克莉絲蒂一系列的作品，她簡直就是洞徹人性的算命師。而讀者，在她的文字中，發現了自己無可奉告的命運。

藍祖蔚（國家電影及視聽文化中心董事長）

做過藥劑師，難免懂得毒藥；嫁給考古學家，難免也就嫻熟文明的神祕；再加上曾經失蹤九天，一切不復記憶的離奇經驗，的確提供了寫作靈感，但若少了想像力，那些片羽靈光縱使辛辣如辣椒，卻不足以成菜。

推理小說重布局、重人物描寫，克莉絲蒂最厲害的卻是犀利的人性觀察，她一手創造的白羅探長，潔癖個性完全和她相反，更將她所憎厭的人格特質集於一身，殊不知，唯有不對著鏡子寫作，才能夠跳出框架與制式反應，開闢無限寬廣的新世界，建構多面向的詭異迷宮。

看完她的小說，你只會更加訝異，到底是什麼樣的心靈才能成就這般視野？

李家同（作家、前暨南大學校長）

克莉絲蒂的整體布局十分細膩，最後案情也都講解得非常詳細，回頭去看，在書中都找得到線索。故事的情節與內容也很好看，不是像一個流氓在街上被殺掉那麼單調。……看小說應該要花腦筋、要思考，從小就要養成思辨的能力，看她的小說，就是對邏輯思考能力極佳的訓練。

袁瓊瓊（作家）

雖然被公認是冷靜理性的謀殺天后，但是在理性之下，克莉絲蒂的底色依舊是感情。克莉絲蒂很明白，所有的慾望之後，都無非是某種愛情。在以性命相搏的犯罪世界裡，凶手以終結他人的性命來遂私欲，不過是為了成全自己的愛，或者是成全自己的恨。

鄧惠文（精神科醫師）

以推理小說作家而言，克莉絲蒂的風格相當獨樹一格。她的偵探在辦案時，靠的不光是科學證據的搜集，而是大量運用犯罪心理學，及對人性的深刻了解。例如在《五隻小豬之歌》中，白羅便是藉由聽取嫌疑犯訴說案情時所不自覺顯露的主觀意識及中心思想，而看出其中破綻，找出真凶。白羅是靠腦袋辦案，以心理層面去剖析案情，即使人們敘述的是同一件事，他可以聽出不同角色因出發點及看待角度不同所透露的情緒觀感，從而抽絲剝繭，還原事實真相。

克莉絲蒂所塑造的人物也生動且各具特色，不同個性所出現的情緒反應描寫，皆細膩而準確，讓讀者產生豐富的想像空間，一展卷便欲罷而不能。

吳曉樂（作家）

克莉絲蒂使用的語言平易近人，主要是以角色與情節的對應來斧鑿出故事的深度，堆疊出讓讀者回味的迂迴空間。而她筆下的角色往往性別、階級、性格、族群各異，塑造出多元又豐富的人物群像。

文學作品不問類型，若要流傳於世，最終仍得上溯至「人性」的理解與反思。而阿嘉莎．克莉絲蒂的作品中，我們可以看到人類屢屢得和自己的人生討價還價，或千方百計讓主觀意識與客觀條件達成某種程度的整合，讀者在重建人物的心理軌跡時，也見識到自身的是非成敗，我認為，這也是克莉絲蒂的作品能夠璀璨經年、暢銷不衰的主因。

許皓宜（心理學作家）

克莉絲蒂筆下的故事看似在談人性的醜惡，實則像一位披著小說家靈魂的心靈引導者，用她的文字訴說著人們得不到「愛」時的痛苦。於是在故事終了的剎那，你不得不對人生多了幾分「看透感」：原來，我們心裡的那些痛苦、報復與自我折磨的慾望，不是因為「憤恨」，而是起於對「愛的失落」。這或許是我們在情感世界中最珍貴且深刻的一種覺察了。

推理小說荒謬驚悚嗎？不，它其實很寫實。它幫我們說出心裡的苦、怨、醜陋的慾望，於是，我們可以重新學習愛了。

一頁華爾滋 Kristin（影評人）

從有記憶以來，閱讀克莉絲蒂最迷人之處往往不在真正的凶手是誰，而是在於「Why」（為什麼）與「How」（如何進行），在於人性與心理描摹的故事肌理。依循其書寫脈絡，會發覺不只是邏輯清晰、布局縝密、著重細節，她總能完美掌握敘事節奏，書中人物彷彿真實存在般鮮明躍然紙上，讀者情緒會隨精準文字保持流轉、跳動、收放，掩卷時並無太多真相水落石出的暢快，反倒淡淡的惆悵化為餘韻襲上心頭，原來還是種種意料之外，卻屬情理之中的人性盲目使然。私以為，那成就了克莉絲蒂的推理故事之所以無比迷人的主因之一。

冬陽（推理評論人）

雖然阿嘉莎．克莉絲蒂的作品並非我的推理閱讀啟蒙，卻是養成閱讀不輟的重要推手。首先，她無庸置疑是個說故事能手，打開我名為好奇的開關；其次是設計犯罪事件的巧妙多元，既日常又異常，凶手更是叫人意想不到。沒錯，我相信每個當讀者的都忍不住想破案，想早偵探一步識破詭計，或者像考試結束鈴響前一秒，瞎猜都要指著某個角色大喊「你就是犯人」！然後會忍不住作弊——不是翻到最後幾頁窺探真凶身分，而是往前翻查讓人起疑的段落、偵探顯然掌握重要線索的時刻，直到忍不住豎白旗投降，看神探（我知道啦，真正把我要得團團轉的聰明人是作者）頭頭是道地分析我遺漏錯置的片片拼圖，終於看清真相全貌。這，就是偵探推理，我因此熟悉遊戲規則、沉醉在每一場迷人故事裡，成為這個類型書寫的俘虜，享受至今不疲的美好滋味。

石芳瑜（作家、永樂座書店店主）

布局細膩、處處留下線索，破案解說詳細，說明了這位安靜、害羞的推理小說女王心思縝密，且充滿想像力。密室殺人，完美犯罪，《東方快車謀殺案》不愧為古典推理小說的經典。再加上神祕的東方色彩，隨著火車抵達的迫切時間感，連非推理小說迷都會神經拉緊，讀完大呼過癮。

家庭主婦缺少人生經驗？處女座的阿嘉莎．克莉絲蒂充分展現她過人的寫作天分，靠得是從小開始的閱讀，以及對偵探小說的著迷。三十歲寫下第一本偵探小說《史岱爾莊謀殺案》的克莉絲蒂，在那個時代並不能說是「早慧」，但寫作生涯五十五年中，共創作了八十部偵探小說，卻令人難以企及。這位害羞靦腆的小說女神，大概是相信只要有足夠的理由，每個人都有殺人的可能！

余小芳（暨南大學推理研究社指導老師、台灣推理作家協會常務理事）

學生時代加入推理社團，社課指定讀物便是經典作品《一個都不留》，成為我對克莉絲蒂的初步印象，自此沉浸於推理小說的世界。隔年寒假陪同學參與轉學考，在斜風細雨的走廊中，滿足讀完《東方快車謀殺案》。隨著歲月遠走，已昇華成趣味回憶。

踏入推理文學領域需要認識的作家，阿嘉莎．克莉絲蒂絕對名列其中，她的作品常有英國小鎮風光、莊園式的謀殺、設備豪華的交通工具等，還有特色鮮明的偵探活躍其中。書中少有血腥、暴力的橋段，布局巧妙且結構嚴密，手法純粹、知性，故事內容與人物性格融為一體，以高超的想像力結合說好故事的能耐，為推理小說開創新局面。克莉絲蒂推理全集重編改版，值得新舊讀者一起探索。

林怡辰（國小教師、教育部閱讀推手）

多年後，還是難忘第一次閱讀阿嘉莎．克莉絲蒂作品的感動和激動。這套將近一世紀的作品，文筆流暢，邏輯縝密，過程中不斷與作者較量、猜出凶手，直到最後解答不禁佩服，蛛絲馬跡處處展現作者的精妙手法，於是又拿起另一部作品，再次沉溺在謀殺天后所編織的日常世界中的奇幻，無可自拔。犯罪動機和手法穿越時空限制，如今讀來合理且依舊令人感動，閱讀中趣味橫生，難怪成為後來諸多偵探小說的原型。

克莉絲蒂創作生涯中產出的八十部推理作品，至今多部躍上大銀幕，無怪乎被稱之為「經典」，喜愛推理偵探作品的人不可不讀，你會驚異於她在文字中施展的魔法！

張東君（推理評論家、科普作家）

我愛克莉絲蒂！這位在台灣有時會被稱為克奶奶的超級暢銷推理小說家，即使是自認沒讀過她的書的人，也都會在各種書籍或影視作品中看到對她致敬的片段。由於她喜歡旅行和冒險，那些經驗與體驗都成為書中的場景，因此閱讀她的作品時，不只是雀躍地跟著偵探推理，也有了虛擬的旅行體驗。或者當成旅遊導覽書，在出發去尼羅河、去英國鄉間、去搭船搭火車時，就塞一本克奶奶的作品到隨身背包中。

我還是大學新生時，就聽學姐說她哥哥經常看克奶奶的小說，而且邊看邊狂笑。於是我跟著效仿，在某次搭飛機之前買了第一本小說當旅伴，不只看得超開心，看完後還到處找尋書中出現的那種有兜帽的斗篷，當成出門時的必備用品。克奶奶的作品是跨越文字、國界的。只要看過一本，就會不停地追下去。還好，真的是還好只有八十本。何況這次是全新校訂的紀念珍藏版，當然不能錯過！

發光小魚（呂湘瑜）（文史作家、助理教授）

一部好的偵探小說，除了情節設計巧妙之外，還需要洞悉人性，如此方能合理地交代人物的言行舉止與動機。阿嘉莎．克莉絲蒂便是其中翹楚，她的作品不管是偵探、愛情小說或戲劇，必要元素都是謎題與人性。在寧靜無波的場景下暗潮洶湧，永遠都有意料之外，讀者的情緒也會隨著劇情的進行起伏糾結。克莉絲蒂觀察到時代的變化，將犯罪心理融入作品中，於是，看她的小說不只能得到解謎的快樂，同時對人性也能夠有所省思。

此外，克莉絲蒂豐富的人生歷練及旅行經歷，例如一九二二年的環球之旅、居住過也旅行過的巴黎和埃及，甚至是追隨考古學家丈夫前往的中東，都讓她的小說讀來更加充滿異國情調。如果你也愛旅行，不如就讓我們一同搭上那一班南法的藍色列車，或由伊斯坦堡出發的東方快車，跟著白羅鑽進一樁奇案，一嘗旅程中破解謎題的快感吧。

盧郁佳（作家）

國小時，家裡買了一套阿嘉莎．克莉絲蒂全集，從此成了我的毒品，在白癡課本將我的腦袋啃嚙成海綿般空洞時，撫慰受創的心靈，那時我仍對人心險惡一無所知。

數學課教你列算式，樂趣遠不如克莉絲蒂教你住宅平面圖、偷換時序的密室魔術，你從庭園長窗進房間，我從房門直通鄰房，他從走廊進房……從而學會故事是建構邏輯。她文風多變，時而《四大天王》中讓神探白羅向助手海斯汀大賣關子，眉頭緊皺，山雨欲來，預示天翻地覆，只能靠他拯救世界；時而用維吉尼亞．吳爾芙《自己的房間》中俏皮的語言，讓貧苦村姑安妮在《褐衣男子》中回憶南非出生入死的冒險，竟源於她耽讀村裡圖書館爛舊的冒險愛情小說，還有戲院每週末放映〈帕米拉歷險記〉，帕米拉每集從飛機跳落高空、搭潛艇、爬上摩天大樓，每次被黑幫老大抓到總不一刀斃命，卻老要用瓦斯毒死她，暗示續集又會逃出生天。

長大才發現，克莉絲蒂小說就是我的〈帕米拉歷險記〉：它以歌劇般輝煌龐大的天真陰謀、精細的人際觀察（一句話重音放在哪個字、從膝蓋鑑定女人的年齡等），召喚年輕讀者抱持浪漫精神投入未知的壯遊，瘋魔、衝撞、冒犯，傷痕累累毫無懼色。正如瓦斯在冒險片中太多、現實中卻太少；陰謀在現實中沒有克莉絲蒂寫得那麼複雜，但她刻畫的心理卻是現實中解謎的試金石。

賴以威（臺灣師範大學電機系副教授）

或許可以為經典下幾個定義：該領域的愛好者更都讀過；不是這個領域的愛好者，許多人也都聽過；影響後續的作品，在很多著作中都可以看到它的影子；值得反覆再三閱讀，每隔一陣子再讀都可以獲得閱讀的樂趣，有更多的體悟。我永遠記得第一次讀《東方快車謀殺案》時，被那宛如嚴謹設計數學謎題的鋪陳、推進給深深吸引、震撼。從這幾個角度來說，克莉絲蒂的推理小說被稱之為「經典」，可說是當之無愧。

謝哲青（作家、旅行家、知名節目主持人）

克莉絲蒂小說的魅力在於透過每個角色的對白，藉由不斷的說話來表現人物的個性，以彰顯其人格特質中一些無法被忽略的事實。我們從他們的言語、講話的過程和字裡行間，竟然就能知道誰是凶手。

我從克莉絲蒂的小說學到很多，除了推理小說有趣的事實之外，最重要的是，我在工作的職場跟人應對的時候，如何從語言和對話裡去捕捉某些隱而不顯的事實。許多人們欲蓋彌彰的東西，無論心事也好、祕密也好，克莉絲蒂都會用文學的手法，讓你理解語言的奧妙和魅力。

克莉絲蒂的書寫會讓你覺得彷彿自己也在現場，你可以從聽到的對話當中，學會如何理解人心的一些小技巧，這是小說家最出色、最偉大的地方。我們必須學習傾聽別人說話——這些人講話是真誠的嗎？他想要跟你分享什麼資訊？這些資訊可靠嗎？——這是我在閱讀推理小說時，最大的收穫和理解。

阿嘉莎・克莉絲蒂大事記

1890		• 九月十五日出生於英格蘭德文郡托基鎮。
1894	4 歲	• 開始在家自學，父母親、姐姐教導閱讀、寫作、算術和彈鋼琴。
1895	5 歲	• 家中經濟走下坡，舉家搬至法國，學會流利的法語。
1905	15 歲	• 在巴黎寄宿學校學鋼琴和聲樂，但生性極度害羞，未成為職業鋼琴家，最終回到英國。
1907	17 歲	• 陪同母親前往埃及調養身體，對社交活動充滿興趣，但尚未對日後感興趣的埃及古物點燃熱情。 • 回英國後繼續寫作、參與業餘戲劇表演。
1908	18 歲	• 寫出第一篇短篇小說〈麗人之屋〉，同時也寫出第一部愛情小說《白雪黃漠》，以筆名向出版社投稿，但屢遭退稿。
1912	22 歲	• 與英國皇家軍官亞契・克莉絲蒂（Archibald Christie）熱戀。 • 八月爆發第一次世界大戰，亞契奉派到法國作戰。
1914	24 歲	• 耶誕夜結婚，亞契隨即返回戰場。克莉絲蒂參與紅十字會工作，在醫院擔任護士和藥劑師，因此對藥理和毒物非常熟悉，造就後來多部推理小說情節都以毒藥殺人。
1916	26 歲	• 開始嘗試寫推理小說，寫出第一部小說《史岱爾莊謀殺案》，主角偵探赫丘勒・白羅的靈感，來自於大戰期間英國鄉間的比利時難民營。本書歷經數家出版社退稿後，終獲柏德雷・海德（The Bodley Head）圖書公司的出版機會，之後並簽下另五本小說的合約。
1919	29 歲	• 前一年亞契返回英國，八月生下女兒露莎琳。

1920	30 歲	• 出版《史岱爾莊謀殺案》。
1922	32 歲	• 出版第二部小說《隱身魔鬼》，主角是夫妻檔偵探湯米和陶品絲。 • 與亞契至南非、澳洲、紐西蘭、夏威夷和加拿大等國旅行十個月，在南非得到《褐衣男子》的靈感。
1923	33 歲	• 三月出版第三部小說《高爾夫球場命案》，白羅再度登場。
1926	36 歲	• 四月母親過世，克莉絲蒂陷入憂鬱。 • 六月在「威廉·柯林斯父子出版社」出版《羅傑艾克洛命案》。 • 八月亞契因外遇提出離婚，十二月初一次爭吵後，克莉絲蒂離家棄車失蹤，消息登上全國新聞。
1927	37 歲	• 一月在悲痛心情中寫出《藍色列車之謎》，第一次創造出聖瑪莉米德村，即後來瑪波小姐居住的村子。 • 分居期間在雜誌刊登以白羅為主角的短篇小說，後來集結出版《四大天王》。 • 十二月在雜誌刊登短篇小說〈週二夜間俱樂部〉，瑪波小姐初登場，後來收錄在一九三二年出版的短篇小說集《十三個難題》。
1928	38 歲	• 十月正式離婚，仍保留「克莉絲蒂」姓氏。 • 秋天搭乘「東方快車」前往土耳其的伊斯坦堡，再轉往伊拉克首都巴格達，參觀考古現場烏爾，認識考古學家伍利夫婦（Leonard and Katharine Woolley）。
1930	40 歲	• 二月應伍利夫婦之邀再訪烏爾，認識考古學家麥克斯·馬龍（Max Mallowan），九月於英國愛丁堡結婚。這段婚姻開啟克莉絲蒂旺盛的創作生涯，兩人到中東考古現場的旅行為許多作品帶來靈感。

- 婚後克莉絲蒂開始維持固定的寫作行程。十月出版《牧師公館謀殺案》，是第一部以瑪波小姐為主角的小說。
- 出版第一部以「瑪麗・魏斯麥珂特」（Mary Westmacott）為筆名的《撒旦的情歌》，並陸續發表了五部非犯罪小說。

1932 42歲
- 出版《危機四伏》。

1934 44歲
- 出版《東方快車謀殺案》，是白羅海外辦案三部曲之一，故事靈感來自中東的旅行經歷。一九七四年第一次改編成電影大獲好評。

1936 46歲
- 出版《美索不達米亞驚魂》，白羅海外辦案三部曲之二。

1937 47歲
- 出版《尼羅河謀殺案》，白羅海外辦案三部曲之三，故事背景是年輕時與母親同遊的埃及。一九七八年第一次改編成電影大受歡迎。

1939 49歲
- 二次大戰期間，克莉絲蒂在大學學院醫院擔任義務藥師，學習到最新的毒藥知識，對於推理小說寫作大有助益。
- 出版《一個都不留》，是克莉絲蒂最著名作品之一。

1941 51歲
- 出版《密碼》，呈現出克莉絲蒂對戰爭的看法。
- 出版《豔陽下的謀殺案》。

1942 52歲
- 出版《藏書室的陌生人》、《五隻小豬之歌》等名作。

1944 54歲
- 以「瑪麗・魏斯麥珂特」為筆名出版第三部作品《幸福假面》，被美國書評人發現是克莉絲蒂的作品，讓她從此失去匿名創作的自在樂趣。

1950	60 歲	• 獲選為皇家文學學會的會員。
1953	63 歲	• 出版《葬禮變奏曲》。
1956	66 歲	• 一月獲頒大英帝國爵級大十字勳章（GBE）。 • 十一月以「瑪麗．魏斯麥珂特」為筆名出版《愛的重量》，是這個筆名的最後一部作品。
1958	68 歲	• 成為「偵探作家俱樂部」主席。
1960	70 歲	• 馬龍獲頒大英帝國爵級大十字勳章。
1961	71 歲	• 獲得艾克塞特大學頒發榮譽文學博士學位。
1968	78 歲	• 馬龍獲封為爵士，克莉絲蒂亦被稱為馬龍爵士夫人。
1971	81 歲	• 獲頒大英帝國爵級司令勳章（DBE），獲封為女爵士。
1973	83 歲	• 出版最後一部創作《死亡暗道》，亦為湯米和陶品絲最後一次辦案。
1974	84 歲	• 最後一次公開露面，出席電影《東方快車謀殺案》首映會。
1975	85 歲	• 八月六日，白羅成為有史以來第一次在《紐約時報》頭版刊出訃聞的小說主角，宣傳九月即將出版的《謝幕》，這也是白羅最後一次辦案。
1976	86 歲	• 一月十二日去世。 • 十月出版《死亡不長眠》，瑪波小姐的最後一次辦案。

克莉絲蒂推理原著出版年表

1920　史岱爾莊謀殺案 The Mysterious Affair at Styles（神探白羅系列）
1922　隱身魔鬼 The Secret Adversary（神探湯米＆陶品絲系列）
1923　高爾夫球場命案 The Murder on the Links（神探白羅系列）
1924　白羅出擊 Poirot Investigates（神探白羅系列）
1924　褐衣男子 The Man in the Brown Suit（神探雷斯上校系列）
1925　煙囪的祕密 The Secret of Chimneys（神探巴鬥主任系列）
1926　羅傑艾克洛命案 The Murder of Roger Ackroyd（神探白羅系列）
1927　四大天王 The Big Four（神探白羅系列）
1928　藍色列車之謎 The Mystery of the Blue Train（神探白羅系列）
1929　七鐘面 The Seven Dials Mystery（神探巴鬥主任系列）
1929　鴛鴦神探 Partners in Crime（神探湯米＆陶品絲系列）
1930　牧師公館謀殺案 The Murder at the Vicarage（神探瑪波系列）
1930　謎樣的鬼豔先生 The Mysterious Mr. Quin（神探鬼豔先生系列）
1931　西塔佛祕案 The Sittaford Mystery
1932　十三個難題 The Thirteen Problems（神探瑪波系列）
1932　危機四伏 Peril at End House（神探白羅系列）
1933　十三人的晚宴 Lord Edgware Dies（神探白羅系列）
1933　死亡之犬 The Hound of Death
1934　三幕悲劇 Three Act Tragedy（神探白羅系列）
1934　李斯特岱奇案 The Listerdale Mystery
1934　帕克潘調查簿 Parker Pyne Investigates（神探帕克潘系列）
1934　東方快車謀殺案 Murder on the Orient Express（神探白羅系列）
1934　為什麼不找伊文斯？ Why Didn't They Ask Evans?
1935　謀殺在雲端 Death in the Clouds（神探白羅系列）
1936　ABC 謀殺案 The A.B.C. Murders（神探白羅系列）
1936　底牌 Cards on the Table（神探白羅系列）
1936　美索不達米亞驚魂 Murder in Mesopotamia（神探白羅系列）

1937　巴石立花園街謀殺案 Murder in the Mews（神探白羅系列）
1937　尼羅河謀殺案 Death on the Nile（神探白羅系列）
1937　死無對證 Dumb Witness（神探白羅系列）
1938　白羅的聖誕假期 Hercule Poirot's Christmas（神探白羅系列）
1938　死亡約會 Appointment with Death（神探白羅系列）
1939　一個都不留 And Then There Were None
1939　殺人不難 Murder Is Easy（神探巴鬥主任系列）
1940　一，二，縫好鞋釦 One, Two, Buckle My Shoe（神探白羅系列）
1940　絲柏的哀歌 Sad Cypress（神探白羅系列）
1941　密碼 N Or M?（神探湯米＆陶品絲系列）
1941　豔陽下的謀殺案 Evil Under the Sun（神探白羅系列）
1942　五隻小豬之歌 Five Little Pigs（神探白羅系列）
1942　藏書室的陌生人 The Body in the Library（神探瑪波系列）
1942　幕後黑手 The Moving Finger（神探瑪波系列）
1944　本末倒置 Towards Zero（神探巴鬥主任系列）
1944　死亡終有時 Death Comes as the End
1945　魂縈舊恨 Sparkling Cyanide（神探雷斯上校系列）
1946　池邊的幻影 The Hollow（神探白羅系列）
1947　赫丘勒的十二道任務 The Labours of Hercules（神探白羅系列）
1948　順水推舟 Taken at the Flood（神探白羅系列）
1949　畸屋 Crooked House
1950　謀殺啟事 A Murder Is Announced（神探瑪波系列）
1951　巴格達風雲 They Came to Baghdad
1952　殺手魔術 They Do It with Mirrors（神探瑪波系列）
1952　麥金堤太太之死 Mrs. McGinty's Dead（神探白羅系列）
1953　黑麥滿口袋 A Pocket Full of Rye（神探瑪波系列）
1953　葬禮變奏曲 After the Funeral（神探白羅系列）

1954 未知的旅途 Destination Unknown
1955 國際學舍謀殺案 Hickory, Dickory, Dock（神探白羅系列）
1956 弄假成真 Dead Man's Folly（神探白羅系列）
1957 殺人一瞬間 4:50 from Paddington（神探瑪波系列）
1958 無辜者的試煉 Ordeal by Innocence
1959 鴿群裡的貓 Cat Among the Pigeons（神探白羅系列）
1960 哪個聖誕布丁？ The Adventure of the Christmas Pudding（神探白羅系列）
1961 白馬酒館 The Pale Horse
1962 破鏡謀殺案 The Mirror Crack'd from Side to Side（神探瑪波系列）
1963 怪鐘 The Clocks（神探白羅系列）
1964 加勒比海疑雲 A Caribbean Mystery（神探瑪波系列）
1965 柏翠門旅館 At Bertram's Hotel（神探瑪波系列）
1966 第三個單身女郎 Third Girl（神探白羅系列）
1967 無盡的夜 Endless Night
1968 顫刺的預兆 By the Pricking of My Thumbs（神探湯米＆陶品絲系列）
1969 萬聖節派對 Hallowe'en Party（神探白羅系列）
1970 法蘭克福機場怪客 Passenger to Frankfurt
1971 復仇女神 Nemesis（神探瑪波系列）
1972 問大象去吧 Elephants Can Remember（神探白羅系列）
1973 死亡暗道 Postern of Fate（神探湯米＆陶品絲系列）
1974 白羅的初期探案 Poirot's Early Cases（神探白羅系列）
1975 謝幕 Curtain: Hercule Poirot's Last Case（神探白羅系列）
1976 死亡不長眠 Sleeping Murder（神探瑪波系列）
1979 瑪波小姐的完結篇 Miss Marple's Final Cases（神探瑪波系列）
1991 情牽波倫沙 Problem at Pollensa Bay
1997 殘光夜影 While the Light Lasts

國家圖書館出版品預行編目（CIP）資料

未知的旅途 / 阿嘉莎・克莉絲蒂（Agatha Christie）
著；楊照明譯. -- 二版.-- 臺北市：遠流出版事業
股份有限公司, 2024.10
面； 公分. -- (克莉絲蒂繁體中文版20週年紀
念珍藏；76)
譯自：Destination Unknown
ISBN 978-626-361-899-2(平裝)

873.57　　113012939

克莉絲蒂繁體中文版 20 週年紀念珍藏 76

未知的旅途

作者 / 阿嘉莎・克莉絲蒂
譯者 / 楊照明

主編 / 陳懿文、余式恕　校對 / 呂佳眞
封面、內頁設計 / 謝佳穎　排版 / 連紫吟、曹任華
行銷企劃 / 舒意雯　出版一部總編輯暨總監 / 王明雪

發行人 / 王榮文
出版發行 / 遠流出版事業股份有限公司
地址 / 104005臺北市中山北路一段11號13樓
電話 / (02)2571-0297　傳眞 / (02)2571-0197　郵撥 / 0189456-1
著作權顧問 / 蕭雄淋律師

2004年3月1日 初版一刷
2024年10月1日 二版一刷
定價 / 新臺幣380元 (缺頁或破損的書，請寄回更換)

ISBN 978-626-361-899-2

ylib 遠流博識網 http://www.ylib.com E-mail: ylib@ylib.com
遠流粉絲團 https://www.facebook.com/ylibfans

www.agathachristie.com